Uwe Timm
Halbschatten

UWE TIMM

HALBSCHATTEN

ROMAN

KIEPENHEUER
& WITSCH

2. Auflage 2008

© 2008 by Verlag Kiepenheuer & Witsch, Köln
Alle Rechte vorbehalten. Kein Teil des Werkes
darf in irgendeiner Form (durch Fotografie, Mikrofilm
oder ein anderes Verfahren) ohne schriftliche
Genehmigung des Verlages reproduziert oder unter
Verwendung elektronischer Systeme verarbeitet,
vervielfältigt oder verbreitet werden.
Umschlaggestaltung: Rudolf Linn, Köln
Umschlagmotiv: © Rudolf Linn, Köln
Autorenfoto: © Isolde Ohlbaum
Gesetzt aus der Stempel Garamond
Satz: Pinkuin Satz und Datentechnik, Berlin
Druck und Bindung: GGP Media GmbH, Pößneck
ISBN 978-3-462-04043-2

ALONSO:

I long
To hear the story of your life, which must
Take the ear strangely.

William Shakespeare, *The Tempest*

EIN GEBIRGE, aufgetürmt, schroffe Felsen, blaugrau, der eingeschnittene, zum Gipfel führende Weg, ein helles Braun, auf dem Weg ein Büffel, den ein Mann reitet, die Beine seitlich herabhängend. Alt ist der Mann, mit einem grauen langen Bart. Beide, der Mann und der Büffel, blicken in das Tal. Auf mittlerer Höhe Bäume, Kiefern, die Kronen heben sich von dem abendroten Himmel ab. Dort die Wolken, zarte, den Himmel verschleiernde Wolken. Es ist ein Bild der Ruhe, ein wenig bewegt von einem Licht, das von außen hereindringt.

Wie kompakt das Weiß von hier aus wirkt, und wie das Weiß, je näher es kommt, zerfasert, durchsichtiger wird. Und jedes Mal wieder stellt sich diese Unruhe ein, beim Eintauchen in das ziellose Grau, in dem sich schnell das Gefühl für Höhe und Tiefe, für oben und unten verliert. Feuchtigkeit, sichtlose Kühle, dann, langsam, wird das Grau heller, und plötzlich dieses Blau der Tiefe.

Der Kanal, die Steinböschung, zertretenes Gras, ein Weg, asphaltiert, dahinter der kleine, gärtnerisch gepflegte Bereich, alte Grabsteine, viele durch Einschüsse und Bombensplitter beschädigt, weiter hinten Wildnis, Unkraut, hohes Gras, Disteln. Früher war der Friedhof militärisches Sperrgebiet. Die Mauer, die Ost und West teilte, verlief am Ufer des Kanals. Hinter der Mauer waren die Grabsteine für ein freies Schussfeld entfernt und ein Sandstreifen aufgeschüttet worden, sorgfältig geharkt wie in einer japanischen Tempelanlage. Die Spuren sollten Flüchtende verraten. Einige der umgeworfenen Grabplatten waren mit Holzplanken bedeckt worden, hier patrouillierten die Grenzsoldaten, Kommandorufe, graue Uniformen, Stahlhelme, Karabinerhaken, ein leises metallisches Klappern, Schäferhunde, keine Blumen, keine Büsche, hinter denen sich jemand hätte verstecken können, so sah es aus, zerstört und wüst, als wäre der Krieg erst vor Tagen zu Ende gegangen. Dann fiel die Mauer, sagt der Stadtführer, und nach der Vereinigung von Ost und West war auch dieser Friedhof wieder zugänglich.

Ein Mann um die fünfzig, hager, das Haar schon grau, ein schmales Gesicht, asketische Falten um Mund und Nase. Ein langer, zerschlissener, auf Taille gearbeiteter Mantel, grau, der ihm ein militärisches Aussehen gibt. Schnallenschuhe. Nein, bei genauem Hinsehen sind es modische, hellbraune Halbschuhe, die nicht zu dem grauen Mantel passen und für diesen nasskalten Novembertag viel zu leicht sind. Ein später Nachmittag, der mit dem vom Kanal hochziehenden Dunst schon Abend wird. An der hinteren, die Straße begrenzenden Friedhofsmauer geht gebückt eine Gestalt umher. Der schnarrende Ruf einer Elster. Zwei, drei kleine Kerzen brennen auf dem Friedhof. Allerseelen. Ein schönes altes Wort, aber die hier Versammelten sind meist Protestanten, sagt der Graue, und Konfessionen spielen bei einem aufgelassenen Friedhof sowieso keine Rolle mehr. Dort das Flämmchen hat jemand auf den Grabstein von Mölders gestellt, einem der wenigen Katholiken hier. Oberst und Jagdflieger im Zweiten Weltkrieg, 101 Abschüsse, wie es so schön heißt. Er zeigt mit den wie zu einem Stab zusammengerollten Manuskriptseiten auf eine große Marmorplatte. Und da hinten, an der Mauer, steht noch so ein Licht. Viele der Namen kann man schon nicht mehr lesen. Wenn sie nicht im Krieg zerstört wurden, hat der Regen die Steine ausgewaschen, oder sie sind vom Wurzelgeflecht aufgesprengt worden. Alles schon weit weg. Seit fünfzig Jahren wird hier niemand mehr bestattet. Der Graue hustet, und man sieht ihm an, er friert. Es war eine Führung, allein für mich. Er war mir als Kenner dieses Ortes empfohlen worden. Man hatte mir seine Telefonnummer gegeben, ich hatte ihn angerufen, und er hatte, nach einem kurzen Zögern, zugesagt.

An diesem Ort, sagt er, liegt die deutsche, liegt die preußische Geschichte begraben, jedenfalls die militärische. Scharnhorst liegt hier und andere Generäle, Admiräle, Obristen, Majore, bekannte Jagdflieger, damals die Helden der Luft, Richthofen, Udet, Mölders, und unter all diesen Männern, diesen Militärs, liegt eine Frau. Sehen Sie den Grabstein, er ist neu gesetzt worden, der alte war in den Kampfhandlungen zu Ende des Kriegs zerstört worden, ein Granitbrocken, ein Findling. *Der Flug ist das Leben wert.* 1907 geboren, 1933 gestorben. Marga v. Etzdorf. Eine Fliegerin, eine der ersten in Deutschland.

Ja, sage ich, sie sei der Grund, warum ich hierhergekommen bin. Ich hatte vermutet, sie sei abgestürzt, las dann aber, sie habe sich nach einer Bruchlandung in Syrien, in Aleppo, erschossen. Das weckte meine Neugier. Eine Frau, eine Fünfundzwanzigjährige, erschießt sich nicht wegen einer Bruchlandung, dachte ich. Richtig, sagt der Graue, er habe weitergeforscht, habe nach frühen Filmausschnitten und Fotos gesucht, nach Berichten über ihre Flüge, die sie nach Marokko und Japan geführt hatten. Sensationelle Unternehmungen, damals, sie wurde bewundert und gefeiert. Er habe die wenigen noch lebenden Zeitzeugen befragt, und ein merkwürdiger Zufall habe ihm ein Zigarettenetui in die Hände gespielt. Das Etui hat einen gewissen Anteil an ihrer Geschichte.

Glatt und doch schwer liegt das Silber in der Hand. Der Deckel ist durch einen darin sitzenden Messingsplitter leicht verbeult. An einer Stelle hat der Splitter den Deckel mit seiner Spitze leicht durchschlagen. Man könnte denken, er sei kunstgerecht eingelötet worden. Hier, auf der Rückseite, sehen Sie, sind die Initialen zweier Namen eingraviert: M. v. E. und Ch. v. D. und in kursiver Schrift *Isobare*.

Auf den Fotos erscheint sie, trägt sie Kleider oder Rock und Bluse, schlank, fast zerbrechlich, in Hosen und in der Pilotenkluft wirkt sie eher kräftig. Auch zwei Filmausschnitte habe er gefunden, sagt der Graue, natürlich stumm. Sie steht in einem Kleid vor ihrem Flugzeug, der Wind weht ihr das kurz geschnittene Haar ins Gesicht. Sie lacht, neigt den Kopf, streicht mit einer langsamen Bewegung das Haar hinter das Ohr. In der anderen Szene sitzt sie auf einer Bank im Freien. Sie trägt Hosen und eine Pilotenjacke aus Leder mit Strickbündchen am Handgelenk. Sie redet und raucht, und man sieht ihr an, es ist kein automatisches Tun, sondern ein Genuss, wie sie mit zierlichen Bewegungen das Etui öffnet, eine zweite Zigarette herausnimmt und anzündet.

In einem Radiointerview aus den frühen dreißiger Jahren fragt der Reporter sie, was denn ihr Traum vom Fliegen sei.

Die Schwerelosigkeit, hört man sie in einem sphärischen Rauschen antworten. Und sei es nur für den Moment, wenn man in einer Parabel fliegt. Ich singe jedes Mal, wenn die Maschine mich in den Himmel reißt. Ich singe, obwohl ich mich selbst durch den Lärm des Motors gar nicht hören kann. Ich spüre die Luft, den Fahrtwind, wenn auch durch den Windschirm gebrochen.

Das Interview, sagt der Graue, hat sie kurz vor ihrem Flug nach Japan gegeben, 1931, am 18. August ist sie von Berlin Tempelhof gestartet. Sie flog zunächst eine lange Schleife nach Nordwesten, um dann nach Osten einzudrehen, unter ihr die Stadt, der Dom, das Schloss, der Reichstag, dort, das Blitzen, das war der Engel auf der Siegessäule, in einer leichten Rechtskurve drehte sie nach Süden auf den Kurs ein, die Spree, darin glänzend die Sonne. Sie war ruhig, ein wenig müde, erschöpft von den letzten Tagen, von all den Besorgungen, den Abschieden, den Gesprächen, den

Feiern. Die Route führt über Polen, über die Sowjet-
union, über China. Die Genehmigung für den Über-
flug Russlands, der Sowjetunion, hatte sich verzögert,
inzwischen war die Engländerin schon seit Tagen in
Richtung Japan unterwegs. Wer, und darauf wurden
Wetten gesetzt, würde als erste Frau Japan erreichen?
Die Engländerin Amy Johnson oder sie, Marga v.
Etzdorf? Warschau, Moskau, Sibirien. Stunden, Tage
im Flugzeug. Provinzflughäfen, zu denen die Shell-
Kompanie Benzinfässer hatte transportieren lassen.
Es war auch ein Werbeflug für den deutschen Flug-
zeughersteller Junkers und für die Firma Shell.

Was macht man auf einem so langen Flug?

Ich lese, sagt sie. Ein Buch, einen Band Gedichte.
Heinrich Heine. Eichendorff. Gedichtzeilen lassen
sich besser überblicken. Ist die Luft ruhig, löse ich
Kreuzworträtsel. Hin und wieder ein Blick hinunter,
flaches braunes Land, dann Grün, unterschiedlich,
vom hellen bis zum tiefsten Dunkelgrün, ein end-
loser Waldteppich, der Sumpfurwald in der Taiga,
dann wieder Steppe, eine kleine grüne Insel, ein paar
Bäume, Steppe, wieder Wald, ein paar Häuser an der
Bahnlinie, eine Station, in der Nähe ein Sägewerk.
Die Arbeiter blicken nicht hoch. Wahrscheinlich ist
der Lärm der Sägemaschinen lauter als mein Flug-
geräusch. Dahinter eine weite Fläche, darin das Band,
hin und wieder aufglänzend, der Eisenbahnschienen.

Und sonst?

Ich schreibe Tagebuch und Postkarten an Freunde.
So vergeht die Zeit. Sechs, sieben Stunden. Tag für
Tag. Landen, tanken, etwas schlafen, morgens starten.

Die Russen sind überaus freundlich und hilfsbereit, nach sechs Tagen kommt die chinesische Grenze, und die Stadt vor mir müsste, wenn ich nicht stark vom Kurs abgekommen bin, Chailar sein. Ich drücke die Maschine hinunter, suche ein freies Feld. Die Stadt war schon einige Male angeflogen worden, aber niemand hatte mir genaue Auskunft geben können. Unter mir die Altstadt, Haus an Haus, aber nirgendwo ein Platz, auf dem ich hätte landen können. Ich drücke die Maschine noch weiter hinunter, überfliege jetzt tief die Häuser, die schmalen Straßen, die Gassen, die Pagodendächer. Menschen stehen unten und blicken hoch, Rikschas, Fahrräder, und plötzlich ganz deutlich hier oben, in dreißig Meter Höhe, der Geruch der Garküchen. Dann entdecke ich ein kleines Feld, auf dem dicht gedrängt Menschen stehen. Ich fliege eine Schleife und noch eine, um den Neugierigen klarzumachen, dass ich Platz für die Landung brauche. Endlich drängen Polizisten und Soldaten die Menschenmenge zurück. Noch eine Schleife, ich gehe hinunter und setze auf. Sofort laufen die Chinesen auf die Maschine zu. Und dann der Schreck, fast wären die Vordersten in den sich noch drehenden Propeller gedrängt worden. Jetzt, ohne den Motorenlärm, ist das Geschrei zu hören, der Jubel. Ich steige aus dem Cockpit. Zwei Chinesen strecken mir ihre Hände entgegen, um mir von der Tragfläche zu helfen. Sonderbar, es ist eine Begrüßung, als hätte man seit Tagen auf mich gewartet. Erst nach und nach verstand ich, was der chinesische Kaufmann, der etwas Englisch konnte, mir sagt. Die Chinesen halten mich für die Engländerin Amy Johnson, meine Konkurrentin auf diesem Wettflug nach Japan. Die war vor etlichen Tagen hier gelandet, und man glaubte, sie sei jetzt auf dem Rückflug. Sogar Benzin war in Fässern für sie bereitgestellt worden.

Amy Johnson war also vor mir in Japan angekommen. Meine Enttäuschung war unbeschreiblich. Ich hatte plötzlich eine Vorstellung davon, wie Scott zumute gewesen sein musste, als er den Südpol erreichte und dort in dem grenzenlosen Weiß die norwegische Fahne sah. Auch die von Amundsen für Scott zurückgelassenen Handschuhe waren, wenn auch gut gemeint, der blanke Hohn. In meinem Fall kam noch dieser Irrwitz hinzu, dass ich für die Engländerin gehalten wurde, die man hier doch erst vor wenigen Tagen gesehen hatte. Im ersten Moment dachte ich, das alles sei nur ein Scherz. Aber dafür war die Begeisterung der Chinesen, wie soll ich sagen, zu ernsthaft. Entweder sahen wir uns, die Engländerin und ich, zum Verwechseln ähnlich. Oder aber der hier noch ungewohnte Anblick von Europäerinnen ließ uns so ähnlich erscheinen, wie auch für uns auf den ersten Blick Chinesen schwer unterscheidbar sind.

Ich bin nicht Miss Johnson, habe ich gesagt und den chinesischen Kaufmann gebeten, das zu übersetzen. Niemand wollte hören.

Ich habe in Französisch und Englisch auf die Leute eingeredet. Alle lachten umso lauter, klatschten begeistert.

I am not Miss Johnson.

Sie lachen. Sie nicken. Ein lustiges Völkchen. Mir

blieb nichts übrig, als in dem für die Engländerin vorgesehenen Haus zu übernachten und immer wieder zu betonen, ich sei nicht die Engländerin.

Noch Jahre später, sagt Miller, wurde von den Chinesen der Stadt dieses: Ei eem not Miis Johnsooon als Begrüßungsform für die Engländer benutzt.

Unsinn. Das ist einer dieser Späße von Miller, der immer alles verdreht und aufbauscht. Er wusste, wie er mich zum Lachen bringen konnte. Ich habe mit kaum jemandem so viel und so oft gelacht wie mit ihm, sagt sie.

Wer ist dieser Miller, frage ich den Grauen.

Der liegt da hinten, an der Ziegelmauer, mit anderen zusammen. Kein Einzelgrab. Ein Schauspieler. Ein Stimmenimitator, heute würde man wohl sagen Entertainer. Auf jeden Fall einer vom fahrenden Volk. Wir werden ihn noch oft genug hören.

Die Etzdorf ist dann in den nächsten Tagen von Korea über das Meer nach Japan geflogen. Es muss ein durch starke Böen verwackelter Flug gewesen sein. Sie können sich vorstellen, was das damals bedeutete, man flog ja frei in der Welt herum, es gab keinen Sprechfunk, kein Radar, nichts. Ein Motorschaden, ein kleiner Defekt in der Benzinleitung, was immer wieder vorkam, und sie wäre wie Ikarus ins Wasser gestürzt. Am Morgen war sie gestartet, erreichte nach 11 Tagen, in der Mittagszeit, Hiroshima. Den Flugplatz fand sie diesmal schnell, es war ein Exerzierplatz des japanischen Militärs, und er war korrekt mit zwei weißen Stoffbahnen gekennzeichnet, der Windsack hing an einer langen Bambusstange. Auch hier standen dicht gedrängt, aber diszipliniert und von einem Seil zurückgehalten, Hunderte Neugieriger.

Davor in einer Reihe das Empfangskomitee, Vertreter der Stadt, Militärs, Angehörige der Konsulate. Seitlich war die Militärkapelle aufgezogen. Etzdorf drehte die Maschine und rollte langsam vor die Militärkapelle, stellte die Zündung aus. Wieder erklang die englische Nationalhymne. Auch hier also wurde die Engländerin auf ihrem Rückflug erwartet. In der Gruppe der Europäer war ihr sofort der große schlanke Mann aufgefallen. Der weiße Anzug, die Krawatte in einem Preußischblau. Aber vor allem war es wohl dieses offene, ihr zugewandte Lachen.

Ich bin sicher, sagt Miller, sie hat Dahlem sofort in der Menge entdeckt. Der hob wie zur Entschuldigung die Hände, ging zur Kapelle, redete auf den Dirigenten ein. Daraufhin gab der ein Kommando, hektisches Notenwechseln, dann der Einsatz, die deutsche Nationalhymne, ungeprobt, wie man sofort hörte, sehr langsam, die Melodie zog sich wie Sirup. Dahlem ist dann zu ihr gegangen, hat sich vorgestellt, er sei deutscher Konsul. Er gratulierte ihr: Sie sei die erste Frau, die allein von Europa nach Japan geflogen ist. Und Amy, die Engländerin? Die sei zwar dank der geschickten englischen Propaganda hier überall als Siegerin gefeiert worden, tatsächlich aber war sie nicht allein, sondern mit ihrem Fluglehrer geflogen.

Amy Johnsons Flug werde nicht gewertet. Und dann stellte Dahlem mich vor, Anton Miller, Schauspieler, der gerade in Japan gastiert. Ich habe ihr die Hand geküsst. Eine auffallend kleine Hand, eine Kinderhand, die nach Öl und Benzin roch, und da war ein Hauch von Parfum, Maiglöckchen oder Gardenien, einzigartig die Verbindung von Maschine und Boudoir. Die Haare trug sie kurz geschnitten. Alles an ihr erschien einfach, praktisch und mit sich selbst einverstanden. Ihr Gesicht braun gebrannt, bis auf die Stellen um die Augen, wo die Fliegerbrille gesessen hatte. Und ich dachte mir, die Liebe, die du bei ihr finden könntest, wäre gleichermaßen heiß und kühl. Wie sie da angeflogen kam, unglaublich. Zierlich war sie, strahlte aber eine große Energie aus. Einfach wunderbar dieser Anblick, wie sie über uns kreiste, wie sie die Maschine schräg legte, herunterzog, knapp über die Dächer auf den Platz zuflog, wie sie sanft aufsetzte, wie sie die Maschine vor der Menschenmenge zum Stehen brachte, wie sie aus dem Cockpit kletterte, dastand, vom Himmel kommend, da war sie nicht nur diese junge und schöne Frau, sondern an ihr war auch etwas von der beherrschenden Kraft, die diesen Flugapparat erst zu einem solchen macht. Die Japaner klatschten und brachen in Banzai-Rufe aus.

Dieser Miller ist ein Luftikus und ein Schwärmer. Er übertreibt gern, und er verklärt wie alle, die nie oder selten in einem Flugzeug gesessen haben, das Fliegen. Aber es ist immer lustig und leicht, mit ihm zusammen zu sein.

Nein, sagt Miller, es war genau so: Sie kam wie ein lärmender Engel vom Himmel. Von ihr ging eine erstaunliche Anziehung aus und gleichermaßen etwas Unbeschwertes, Leichtes. Das war der erste, überwältigende Eindruck, als sie hier einschwebte. Nicht Frau, nicht Mann, sie hatte etwas von einem mittelalterlichen Engel. Es lag vielleicht an der Jacke, gewiss an der Lederkappe, die einem Helm ähnelte, so einer mittelalterlichen Sturmhaube, aber vor allem lag es daran: Sie kam aus dem Himmel. Die Japaner um uns herum waren ganz gegen ihre sonstige Gewohnheit außer sich, lachten, schrien, winkten und klatschten in die Hände. Währenddessen stand Dahlem da, die Hände in den Hosentaschen, sagte, na ja, ein Engel, dafür ist sie etwas waghalsig gelandet, hätte weiter vorn und etwas tiefer einfliegen müssen, auch wenn da eine Telegrafenleitung entlangführt. Ich sah sie und hatte nur einen Gedanken, ihr nahezukommen, sie zu gewinnen. Was heißt Gedanke, es war das Fleisch, das dachte. Aber dann kam Dahlem mit seinem Zimmer. Die Hotels in der Stadt waren ausgebucht, kein Zimmer war frei.

Dahlem wohnte bei einem mit ihm befreundeten Japaner. Es gab in dem Haus für den Besuch diesen einen Raum, den Dahlem einige Tage zuvor bezogen hatte. Kein gewöhnliches Zimmer, eher eine kleine Halle. Eines dieser alten hölzernen, in einem kleinen Park gelegenen Häuser. Dahlem bot ihr sein Zimmer an, sagte, er würde draußen auf dem Gang schlafen, einem überdachten, mit Zedernholz belegten Gang, der so kunstvoll angelegt war, dass, ging man darüber, eine sanfte Melodie erklang, einem Vogelzwitschern gleich. Jeder Tritt verriet so nicht nur den Dieb, sondern auch den Liebhaber. Es hilft übrigens auch nichts, wenn man die Schuhe auszieht, was man ja überall in Japan macht, sagte Dahlem und lachte.

Ich war überrascht von der Größe und von der Leere des Raumes, sagt sie. Eine Matte lag am Boden, davor stand ein bemalter Paravent, und an der einen Wand hing ein Bogen. Ein gut zwei Meter großer Bogen, asymmetrisch, zwei Drittel der Bogenlänge lagen über dem Griff, ein Drittel darunter. Ein Daikyu, erklärte er, ein Bogen, der es dem Schützen erlaubt, die Pfeile sowohl kniend als auch vom Sattel aus abzuschießen. Am Boden stand ein Köcher mit mehreren gefiederten Pfeilen, blaurot und grüngelb. Ein Pfeil hatte eine runde Spitze aus Elfenbein, darin einen Schlitz. Ein Pfeil, der in der Luft einen schrillen Pfeifton abgibt – das Signal für den Angriff. An der anderen Wand hing eine Schriftrolle, ein Gedicht, das Dahlem mir übersetzte.

Astwerk
Zusammengetragen und verbunden:
Eine Reisighütte.
Aufgelöst: wie zuvor.
Wieder die Wildnis.

Er bot nochmals an, draußen auf dem Gang zu schlafen.

Nein, auf keinen Fall.

Und als er weiter darauf bestand, habe ich gesagt, jede Bewegung auf dem Holz würde mich am Schlafen hindern. Und zu verlangen, er dürfe sich nicht bewegen, sei doch wohl etwas zu viel des Guten. Er lachte und machte den Vorschlag, den Raum durch einen Vorhang abzuteilen. Ich zögerte einen Moment und sagte dann, gut.

Der Gedanke, mit ihm den Raum zu teilen, wird ihr nicht so unangenehm gewesen sein, glaube ich, sagt Miller. Sie war ja ganz praktisch angezogen, kein Kleid, musste sich also nichts über den Kopf ziehen, nichts fallen lassen, konnte sich in den Hosen, in der Pilotenjacke, in der Bluse ins Bett legen. Sie hatte nur den Waschbeutel dabei, alles andere war noch in ihrer Maschine.

Ich hörte ihn reden, er sprach mit zwei Bediensteten, er sprach Japanisch, und er sprach es schnell und offensichtlich geläufig. Eine zweite Matte und eine grauweiße Tuchbahn wurden gebracht. Die beiden Frauen spannten sie als einen gut sieben Meter langen, bis zum Boden reichenden Vorhang quer durch den Raum. Die im Hintergrund hängenden Petroleumlampen zeichneten die hin- und hergehenden Aufwärterinnen als Schatten auf dem Stoff ab. Wenn sie näher an den Vorhang traten, wurden ihre Umrisse deutlicher. Das Licht der Lampen war von einem dunklen Gelb, leicht braunfleckig, wie die Früchte am Baum, der im Garten stand. Langsam verlor es sich an das Dunkle. Draußen war ein starker Wind aufgekommen, und das Rauschen der Bäume war wie das Brechen von Wellen, und leise, sehr sacht, schwankten die Lampen.

Ich dachte an den nächsten Morgen und den Flug nach Tokio. Es war, als hätte er meine Gedanken erraten, denn ich hörte ihn sagen, der Start morgen wird nicht leicht sein.

Ich weiß, die Bremse anziehen, kräftig Gas geben, damit die Maschine hinten hochkommt, und dann diagonal zum Platz starten.

Ja, sagte er, wahrscheinlich nach Nordwest. In dieser Jahreszeit hält der Westwind sicherlich auch morgen noch an. Beim Abheben die Maschine kurz vor den Telegrafenleitungen kräftig hochziehen, dann etwas abfallen. Aber das wissen Sie ja. Beim Landen haben Sie die Leitungen sehr elegant überflogen.

Er meinte damit natürlich knapp. Das war für mich die Überraschung, er war auch Flieger. Jagdflieger im Krieg gewesen, hatte einen Dreidecker geflogen, eine Fokker. Er wird dir beim Anwerfen des Motors helfen, sagte ich mir. Allein, dass er da sein würde, war beruhigend. Ich schaffe das.

Bleiben Sie noch länger hier?

In zwei Tagen komme ich nach Tokio, mit der Eisenbahn.

Sie können mit mir fliegen, und ich schicke meine Sachen mit der Bahn.

Das geht nicht. Leider. Ich habe hier noch zu tun.

Ich wollte ihn fragen, was, verbot es mir aber.

Sein Schatten war anfangs nur ungefähr zu sehen,

wenn er sich im Raum bewegte. Jetzt saß er wahrscheinlich auf der Matte, denn in dem Raum gab es weder einen Stuhl noch einen Sessel. Aus dieser Richtung kam seine Stimme und fragte, ob es mich störe, wenn er eine Zigarette rauche.

Nein, natürlich nicht. Ich rauche auch.

Mögen Sie eine Zigarette?

Gern.

Er schob ein silbernes Zigarettenetui unter der Stoffbahn durch. Ein flaches silbernes Etui, glatt, mit einer schmalen Lorbeerbordüre. Auf der Rückseite ein Monogramm. Ch. v. D. Die andere Seite war an einer Stelle etwas eingedrückt, ein Messingsplitter hatte sich hineingebohrt.

Ich zündete mir eine Zigarette an und schob Etui und Feuerzeug zurück. Kurz berühren sich unsere Hände. Das Geräusch seines Feuerzeugs, der Lichtschein, der Schatten seines Kopfes auf dem Vorhang. Der Schatten seiner Stimme.

Was ist das für ein Splitter in dem Etui?

Ein Andenken, sagt er, von einem Luftkampf.

In dem folgenden langen Schweigen ist nur der Wind zu hören. Sacht bewegt sich der Vorhang im Luftzug. Ich wollte ihn fragen, ob man – ich hätte *man* gesagt – sich nicht noch etwas zusammensetzen könne, um einander beim Reden zu sehen, aber dann spürte ich, es ist besser, ihn nur zu hören. Ich mochte seine Stimme. Auch sonst, er gefiel mir auf den ersten Blick, groß, schlank, mittelblondes gescheiteltes Haar. Aufrecht, aber nicht steif, ruhige sanfte Bewegungen. Ich dachte zuerst, er sei Amerikaner, so wie er unter den anderen Europäern und Japanern dastand, die Hände in den Hosentaschen.

Wir hatten auf dem Gut der Großeltern einmal einen amerikanischen Gast. Eine Sensation auf dem Land, wo schon jeder aus Berlin wie aus einer anderen Welt zu kommen schien. Der junge Amerikaner war in einem Kabriolett vorgefahren. Er machte eine Europareise. Und hatte, als er das Gutshaus sah, einfach angehalten. Er sprach sehr gut Deutsch und auch Französisch. Das war mir aufgefallen, ich war fünfzehn Jahre alt, wie selbstverständlich dieser Amerikaner sich bewegte, wie freundlich, wie lässig. Er gab keiner der Frauen einen Handkuss, machte keine eckigen Verbeugungen, klappte nicht die Hacken zusammen. Stand in der Halle, in dieser großen Halle mit den Geweihen an den Wänden, stand da, die linke Hand in der Hosentasche. Die Großeltern luden ihn ein, es dämmerte schon, zu bleiben.

Es war ein so unterhaltsames, unangestrengtes Abendessen, wie ich kein andres aus meiner Kindheit und Jugend in Erinnerung behalten habe. Dieser junge Mann war tatsächlich eine Erscheinung wie aus einer anderen Welt. Meine Schwester und ich konnten, nachdem wir zu Bett gegangen waren, nicht schlafen. Besonders meine Schwester beschäftigte die Frage, ob der Amerikaner eine Freundin hatte. Ich sagte, du hast dich in ihn verliebt. Sie behauptete dasselbe von mir. Und wie aus einem Mund sagten wir: so ein Quatsch. Ich habe nach seiner Abreise noch Wochen, ja Monate gehofft, dass er eines Tages wieder vor der Tür steht. Natürlich kam er nicht.

Der Großvater sagte, na ja, die Haltung, die ist etwas, wie soll ich sagen, salopp, aber sonst war der Amerikaner wirklich nett.

Es war eben diese Haltung, die mir so sehr gefiel, wie er dastand, ein wenig den Kopf zur Seite geneigt, eine Hand in der Hosentasche, und rauchte, eine beiläufige Bewegung, nichts Gieriges, etwas, das zu seinem Sprechen, zu seinem Nachdenken zu gehören schien.

Seinetwegen habe ich das Rauchen angefangen. Wir, meine Schwester und ich, haben heimlich im Wald geraucht und die Bewegungen des Amerikaners nachgeahmt, so wie er die Zigarette hielt, wie er sie zum Mund führte, wie er ausatmete, und vor allem das, wie er die Zigarette dann in der Hand hielt, als habe er sie vergessen, Gesten, die jetzt, rauche ich, auch meine sind.

Ich hörte Dahlem hinter dem Vorhang lachen und ihn sagen, ja, das sind die Rauchsignale unserer geheimen Wünsche.

Ferne Stimmen und das Lachen einer Frau, das jäh abbrach. Der Ruf eines Nachtvogels. Ein Knistern, so als ob er nebenan etwas in Papier einwickele. Plötzliche Stille. Um das Schweigen zu brechen, fragte ich, wie er zur Fliegerei gekommen sei.

Nach geraumer Zeit, als müsse er überlegen, ob er darauf eine Antwort geben könne oder wolle, sagte er, es war der Dreck, es waren die Ratten, der weiße Schlamm, Kalkschlamm, die Läuse. Er habe in einem Schützengraben gesessen, im Herbst 1917, in der

Champagne, gute drei Meter tief, und durch den Erd-
spalt nach oben in den Himmel geblickt, dort tauchten
hin und wieder Flieger auf, deutsche, englische, französische, die kreisten umeinander, hin und wieder stießen
sie zu, drehten ab, zogen hoch, um wieder umeinander
zu kreisen, wie Adler, habe er gedacht. Manchmal, für
Sekunden, blitzte das Metall in der Sonne auf. Etwas
sehr romantisch die Sicht, dieser Blick von unten, zugegeben. Das sei der Anstoß gewesen, sich freiwillig
zu melden. Gehindert habe ihn daran auch nicht, dass
immer wieder einmal eine der Maschinen getroffen
aus dem Himmel stürzte. Die Wahrscheinlichkeit, im
Schützengraben oder bei einem Sturmangriff zu fallen,
sei nicht geringer, eher größer gewesen. Aber das sei
nicht der Grund für seinen Entschluss gewesen. Als
Fähnrich der Infanterie habe er von Motoren keine
Ahnung gehabt. Maschinen und Motoren interessierten ihn nicht. Er habe überlebt, nicht durch Können,
durch Zufall. Was uns zustößt, ist nicht notwendiger
als unsere Geburt. Damit beginnt das Spiel, unser
Spiel mit dem Zufallenden, woraus wir werden, was
wir sind. Übrigens sei er nur genommen worden, weil
er einen Kopfstand habe machen können. Zu viele
hatten sich freiwillig gemeldet, um aus dem Dreck
herauszukommen. Zu der Zeit kamen noch die meisten Flieger von der Kavallerie. Flieger sind die Ritter
der Lüfte. Er kam nicht von der Kavallerie. Er war
Infanterist. Gleichgewicht halten, das lernt man nur
bei der Kavallerie, hieß es. Und man saß auf dem Pferd
höher, also dem Himmel näher. Schwindelfrei müsse
man sein. Keine Höhenangst. Und man müsse lenken

können. Darum die Vergleichbarkeit von Pferd und Flugzeug. Eine alberne Vorstellung. Er habe sich, als man im Begriff war, ihn abzulehnen, in dem Musterungsbüro einen Stuhl genommen und habe auf dem Stuhl einen Handstand gemacht. War, mit dem Kopf nach unten, einfach so im Raum stehen geblieben, bis einer der Musterungsoffiziere sagte, das reicht. Er war genommen worden. Im Hinausgehen hatte dann noch einer der Offiziere gesagt, Sie könnten auch zum Zirkus gehen, mit der Nummer.

Dieses ruhige, unaufgeregte Reden hat mir gefallen, wie er von sich sprach, ein wenig ironisch und alles etwas relativierend, verkleinernd. Ich kann mich nicht entsinnen, eine Stimme gehört zu haben, die mir ähnlich gefallen hat, die so in mir war, körperlich, eine spürbare Wärme auslöste, mich öffnete. Eine sich in der Mittellage haltende Stimme, ein wenig norddeutsch eingefärbt, die langen Vokale nasal gesprochen. Seine Stimme aus dem dunklen Raum, der nur durch zwei Lampen erleuchtet wurde, Lampen, die ein stilles Licht gaben. Ich sah, was ich so nicht zuvor gesehen hatte, die Aura einer Lampe, den schattenhaften Umriss des sich im Dunkeln verlierenden Paravents. Vorn war noch die Berglandschaft zu erkennen mit diesem Alten, Bärtigen, der auf einem Büffel ritt. Dahlem sagte, es sei die Dämmerung, in der die Dinge aus sich heraustreten, sie werden sie selbst. Nicht das grelle Licht, die Sonne, vor der man sich hier auch im Freien durch Schirme zu schützen suche, sondern dieser Moment vom Übergang der grellen Deutlichkeit der Dinge ins Dunkel, aus dem sie hervortreten, in das sie wie das Vergessen auch wieder versinken.

Aber können die Dinge im Dunklen vergehen? Bleiben sie nicht als Gegenstände bestehen?

Als interessenlose sind sie nichts, sagte er.

Hm.

Dahlem hatte das Glück der guten Erscheinung. Er steht für die Ungerechtigkeit der Natur, sagt Miller. Er fiel auf. Insbesondere hier in Japan. Blondes Haar, blaugraue Augen. Die Japanerinnen waren wild nach ihm. Sind wahrscheinlich nicht mit dem christlich-abendländisch schlechten Gewissen bepackt, das ihnen die Lust zu einem kleinen schüchternen Keuchen zusammenpresst.

Andere Länder, andere Sitten.

Na, da sind die Sitten doch überall gleich, sagt eine tiefe Stimme und lacht.

Diese Stimme, wer ist das?

Udet. Hier. Er wird immer noch gepflegt. Mit Tannengrün im Winter abgedeckt. Hin und wieder Blumen. Kerzen. Und dann natürlich die sogenannten Kameradschaften. Kränze mit dem Eisernen Kreuz. Ernst Udet. Von ihm gehört?

Ja. War Jagdflieger. Erster Weltkrieg. Später bei den Nazis General. Hat sich erschossen.

Aha, Sie kennen sich aus. Der spricht also noch zu Ihnen. Die meisten anderen, die ich hier führe, gehen taub und dumm über diesen Ort. Natürlich werden die Stimmen mit der Zeit immer leiser. Viele kann man kaum noch verstehen, und die meisten sind längst verstummt. Aber die Stimme von Udet ist noch recht deutlich. Dieser Saufaus. Zwischen den Kriegen war er Kunstflieger. Wohl der berühmteste. Konnte ein Taschentuch mit der Flügelspitze von der Rollbahn aufheben. Dann Generalflugzeugmeister und Generaloberst. Ja, er hat sich später erschossen.

Gibt es viele Selbstmörder unter Fliegern?

Nein, nicht signifikant. Auch nicht mehr als unter Schauspielern. Es sei denn, man rechnet die Abstürze aus Fahrlässigkeit hinzu.

Was machte Dahlem in Japan?

Er reiste mit einem Diplomatenpass, ein Konsul mit besonderen Aufgaben.

Mit welchen Aufgaben?

Er war aus China zurückgekommen. In geheimer Mission.

Und sie, was wollte sie dort?

Sie flog für Deutschland, sagt die Stimme eines jungen Mannes. War doch die Zeit der Erniedrigung. Deutschland am Boden. Systemzeit. Die Quasselbude, der Reichstag. Et cetera pp.

Dieses Gebrabbel, wer ist das?

Maikowski. Liegt nicht weit entfernt von der Etzdorf. Sein Grab ist eingeebnet. Hans Eberhard Maikowski, SA-Sturmführer. Berüchtigter Schläger. Hat in den Zwanzigern einen SA-Sturm geleitet, den ältesten Berliner SA-Sturm. Verzeichnete stolz 33 Morde an Oppositionellen. Von seinen Kumpanen liebevoll Hanne Maiko genannt. Und, in deren Sprache, ein Blutzeuge. Am 30. Januar 1933, Hitler war Reichskanzler geworden, wurde Maikowski bei einer Schlägerei mit Kommunisten erschossen. Vielleicht waren es auch seine eigenen Leute. Man wollte ihn loswerden. Er war ein besonders harter Rabauke und wusste zu viel. Redet jetzt, was er immer geredet hat. Und dieses Et cetera pp hat er irgendwo aufgeschnappt. Krauses Zeug, bildungsbemüht, obwohl er die so sehr hasste, die Schreiberlinge.

Da spielt jemand Violine.

Ja, warten Sie, können Sie gleich noch deutlicher hören.

Schandvertrag von Versailles. Den Unsrigen in Übersee Mut machen. Marga v. Etzdorf fliegt für Deutschland. Graf Luckner segelt für Deutschland, Kapitän Kircheiss dito. Deutschland am Boden. Kriegsschuld. Et cetera pp.

Das alles ist Gewölle, sagt der Graue. Wie Brocken würgt er das heraus. Wird aber leiser. Wen interessiert das noch? Sagt Ihnen das noch etwas: Systemzeit? Oder der Graf Luckner?

Ja. Erzählungen. Sehr fern. Der Graf war im Ersten Weltkrieg auf Kaperfahrt mit einer Bark. Seeadler. Und er konnte Fünfmarkstücke mit den Fingern verbiegen.

Welcher Jahrgang sind Sie?

1940 geboren.

Was für ein Ballast, sagt der Graue. Was für ein Gerümpel tragen Sie da noch mit sich herum. Für Ihren Jahrgang eher ungewöhnlich. Die meisten, die mich begleiten, sind, wie gesagt, ratlos. Das hier sagt ihnen immer weniger und den Jüngeren gar nichts mehr.

Der Graue hustet und nimmt eine Pastille. Das Manna der Heiseren, sagt er, die Emser Pastille.

Er bleibt stehen vor einem Baum, einer Eiche, in der noch das vertrocknete Laub des Sommers hängt. Das Schnarren der Elster, die vorbeistreicht und sich auf das gusseiserne Gitter einer Grabumfassung setzt.

Die Elster, eine der verwandelten Töchter des Pieros, sagt der Graue. Mögen Sie eine Pastille?

Danke.

Emser Pastillen hat schon Bismarck gelutscht, sagt eine spröde Stimme und dann noch etwas.

Was hat er gesagt? Man versteht ihn schlecht.

Ja, hat auch den Mund voll Erde.

Sie flog für Deutschland.

Quark, sagt Miller. Sie flog gern. Basta. Sie war eine andere, wenn sie flog. Eine Verwandlung fand statt. Muss man sich vorstellen, im Abendkleid, hochhackige Schlangenlederschuhe, rot lackierte Fingernägel, und dann in Monteurskluft, ölverschmiert.

Ja, die Frau fiel aus dem Rahmen, sagt der Saufaus. Ganz selbstständig. Konnte Zündkerzen auswechseln oder Kolben ausbauen. Reinigte Benzinleitungen. Und vor allem – sie konnte fliegen. Kein Unterschied zu den Männern. Schneidig, eine ausgezeichnete Fliegerin. War die erste Pilotin, Copilotin, bei der *Lufthansa*. Hatte übrigens eine sehr schöne Stimme. Konnte wunderbar singen. Und ihr Fliegen: tipp topp. Soll mir keiner etwas erzählen. Ich weiß es. Hab mal Kunstfliegen mit ihr gemacht. Müssen gar nicht so dreckig lachen, da hinten. Sie war eine Diana.

Was heißt das?

Na ja, hatte etwas Distanziertes, nicht schroff, freundlich, aber doch recht deutlich auf Abstand. Sah nicht so mädchenhaft, so weich aus wie die Elly Beinhorn, ihre Konkurrentin. In die Elly war ich verknallt, bis über den Mützenrand.

Und?

Nichts. Bei der nicht. War nichts zu machen. Anders mit der Antonie Strassmann, ja, auch eine gute Pilotin. Mit der war was, ein paar Wochen, eine Liaison, würde man wohl sagen. Machte das, wozu sie Lust hatte. Tolle Frau. Kümmerte sich einen Dreck um das, was geredet wurde, was gute Sitte war, was der Spießer dachte.

Und sie, die Etzdorf?

Marga. Ja, na ja. War interessant, leicht slawische Züge, breite Wangenknochen, dunkle Augen. Etwas Jungfräuliches ging von ihr aus. Kein Missverständnis, nichts Jungferliches. Und wie gesagt, eine schöne Stimme. Immer ganz elegant angezogen, wenn sie nicht gerade vom Fliegen kam. Hab es natürlich auch bei ihr versucht. War nix. Kam nicht ran. Konnte bei ihr nicht landen. Du korest mich nicht. Ha, ha.

Man hört Sie nur undeutlich.

Das hat andere Gründe. Wollte mich erst ins Herz schießen, dachte dann aber an all die Frauen, die wunderbaren, hab dann am Kopf angesetzt.

Bei der Erprobung eines neuen Flugzeugtyps abgestürzt. Sein alter Kamerad Reichsmarschall Göring ließ diese Lüge verbreiten. Udet wurde nicht öffentlich aufgebahrt. Nach einem Absturz sieht man ja nicht mehr so gut aus, hieß es. Tatsächlich aber sollte man nicht sehen, dass er sich erschossen hatte. Verbittert über seine braunen Spießgesellen. Von denen haben sich einige auch hier niedergelassen.

Jetzt ist es sehr deutlich, das Geigenspiel.

Der Tod mit seiner Fiedel.

Aber nein, das ist doch Mozart, sanft, man kann sagen, beseelt gespielt. Der erste Satz aus dem Violinkonzert Nr. 1.

Die Abendgesellschaft war hinausgegangen, sagt Miller, Sektgläser in den Händen, eben noch in Unterhaltungen vertieft, Lachen, Rufe, und da begann er zu spielen, Mozart. So hatte ich ihn noch nie gesehen. Die sonst so harten, kantigen Gesichtszüge weich, im Gesicht eine in sich versunkene Hingabe. Wir standen, und niemand wagte zu reden, wagte auch nur aus dem Glas zu trinken. Er spielte, und hin und wieder blitzte es auf, das silbern gestickte dreifache Eichenlaub am Kragenspiegel.

Das ist er, der Erfinder der Gegnerkartei. Eine Kartei gegen den inneren Schweinehund. Gegen den nationalen Feind. In der Kartei, in der sie alle versammelt sind, die Feinde, aber auch brave Parteigenossen und auch die Gäste dieser Abendgesellschaft.

Die Gegnerkartei ist das Gewissen der Partei, der nationalen Bewegung. Die Gegnerkartei ist die Wahrheit: Sammelt jeden Wankelmut und all die verborgenen Lüste, die Lügen, den Verrat. Nicht nur den großen Verrat, den Verrat an den Feind, die Todsünde, sondern auch den kleinen Verrat, der schon dort beginnt, wo ein Zweifel ist, Gleichgültigkeit, das Abwägen, das Einerseits – Andererseits, die Lauheit. Der Schweinehund sitzt in jedem, sagt die fistelnde Stimme. Oft weiß der Betreffende es selbst nicht, wenn der Zweifel sich regt. Wie schnell wird aus Zweifel Verrat. Darum die Kontrolle, eine Selbstkontrolle. Das richtet sich nicht gegen den Kameraden, sondern es ist eine freiwillige Selbstkontrolle. Drei Mann, drei Hilfskräfte hatte ich, das war der Anfang. Das war unser glühender Idealismus, die Bewegung zu stärken, sie zu schützen vor den Feinden. Und die Feinde waren überall. Das Ic-Referat. In Zigarrenkisten hatte ich die Karteikarten über die Mitglieder gesammelt. Damals waren es ja noch nicht so viele. Das war noch überschaubar. Zuerst in der Parteizentrale, später, 1931, endlich ein eigenes Büro, in der Wohnung der Witwe Viktoria Edrich, Türkenstraße 23, vierter Stock links. In einem Zimmer das Büro, in dem anderen die drei Kameraden, die Hilfskräfte, und in dem dritten wohnte ich, mit Frau und Kind. Das war der Beginn der nationalen Erhebung. Bescheidenheit, aber auch Zähigkeit.

Zehn Zigarrenkisten mit Zetteln, das war der Anfang, der Anfang auf dem Weg zum Reichssicherheitshauptamt. Es war die doppelte Buchführung der nationalen Erhebung.

Dieses Stimmengewirr, was hat das mit dieser Frau zu tun, mit der Pilotin?

Warten Sie ein wenig. Es wird sich entwirren. Ein wenig Geduld.

Und dieses dumpfe ferne Dröhnen, hört sich an wie ein rhythmisches Stampfen. Woher kommt das?

Dort drüben, hinter dem Kanal wird gebaut, sagt der Graue.

Einen Augenblick zögere ich, bleibe stehen.

Wir sind auf dem Weg. Sehen Sie, dort, der Engel betrauert nicht nur den in der Erde liegenden General, sondern auch sich selbst. Er hat einen Flügel durch einen Granatsplitter verloren. Sein Blick zeigt nicht nur Trauer, sondern Bestürzung, tiefe Verzweiflung.

Und dort der kleine Stein. Naturbelassen. Bescheiden und einfach. *Malte Butz*. Eingemeißelt steht da: *Schaffen und Streben war dein Leben*. Ein Tischler und Sargschreiner. Also jemand von der arbeitenden Bevölkerung. Und dort dieser von Efeu zugewachsene Stein mit dem geborstenen Kreuz, das war ein so hoffnungsvoller Major. Das zum Trost errichtete Kreuz sieht recht trübselig aus. Vielleicht ist es aber auch der Efeu, von dem ja immer etwas Melancholisches ausgeht, dieses ewige Grün kennt keinen Wechsel, keine Überraschung.

Aber was ist das für ein Stampfen?

Das hab ich ihm zu verdanken, sagt Miller, dem Erfinder der Gegnerkartei, dem Obergruppenführer Heydrich. Ein Mann ohne jeden Humor. Konnte nicht lachen. Immer abwartend, immer seinen Stolz putzend, immer die Angst, sich etwas zu vergeben. Distanz und Einschüchterung. Göring, der Dicke, mächtig und gefährlich, konnte über sich lachen. Hat mich sogar mal eingeladen, zu einer seiner Nachmittagsgesellschaften. Er war doch alles, Herr aller Polizisten, Herr aller Flieger, Herr aller Jäger, trat auf im Lederwams, die Saufeder in der Faust, ein Gerträger, er, der Herr aller Theater in preußischen Landen, also mein Dienstherr. Ich soll die Nummer mit der deutschen Klassik bringen, sagte er.

Das Lied von der Glocke kam immer gut an, nix verändert, eben nur dieses monotone Geleiere im Rhythmus hervorgehoben und natürlich solche Reime: *Was in des Dammes tiefer Grube / Die Hand mit Feuers Hülfe baut, / Hoch auf des Turmes Glockenstube / Da wird es von uns zeugen laut.* Das Pack verstand nichts, lachte, und ihr Lachen zeigte sie als das, was sie waren: Dummbeutel und Banausen. Selbstgefälliges Pack. Dennoch habe ich sie unterhalten. Schiller hält das aus, hat natürlich auch selber Schuld, bei so viel geballtem Ernst werden Ratschläge leicht unfreiwillig komisch. Die saßen da, in schweren Sesseln. Der Zigarrenrauch zog zur offenen Terrassentür hinaus. Draußen Spätsommer, ein Tag wie immer. Dabei durfte sich eine alte Schauspielerkollegin nicht mehr in der Straßenbahn hinsetzen. Ihren Hund musste sie abgeben. Auch das Radio. Sie war Jüdin. Neues Gesetz, hieß es. Die Sonne schien wie immer, die Blätter leuchteten in einem fetten Grün, als sei nichts. Und dann hat der Dicke gesagt, los, Miller, machen Sie mich mal nach. Alle darf man nachmachen, nur den Führer nicht, das ist klar, nicht. Auch nicht den Reichsführer und auch nicht seinen Stellvertreter, auch nicht den Stellvertreter vom Stellvertreter, die verstehen keinen Spaß. Aber die sind ja nicht da. Und ich habe ihn nachgemacht, den Reichsmarschall. Der hat gelacht, saß in einem geblümten schweren Sessel, weiße Hose, weißes Hemd, alles in Übergröße, Schenkel so, dass er sich immer wund rieb, saß da, ausnahmsweise in Zivil. Aber die Augen glitzerten wieder. Ich hab ihm gezeigt, wie er mit dem Marschallstab grüßt und sagt: Immer voran, immer drauf! Und wir treten den Feinden kräftig in den Arsch.

In den kleinen Arsch, hab ich gesagt, sagte er.

Richtig. In den kleinen Arsch.

Das hat ihm Spaß gemacht, hat sich über sich amüsiert. Und die anderen natürlich auch, die Gäste. Durften mitlachen. Dann hab ich ein paar andere nachgemacht, Ley, Arbeitsfront, den Führer aller Arbeiter der Stirn und der Faust, er selbst eine Saufgurgel, dann auch ihn, den Erfinder der Gegnerkartei, Chef des Reichssicherheitshauptamtes, Fürst der Finsternis. Ich habe ihn kennengelernt, da war er gerade aus der Marine entlassen worden, unehrenhaft, wegen ei-

ner Frauengeschichte. Damals noch ein unbedeutender Karteikartensammler. Aber mit der Kartei wuchs
auch seine Macht. Ein Muster-Arier, einer mit Piepsstimme. Es war ein lächerlicher Kontrast, seine Größe, seine Erscheinung und dann diese Fistelstimme.
Ich piepse gerade: *Was spielt es dereinst für eine Rolle,
ob zu einem x-beliebigen Zeitpunkt ein x-beliebiges
Fräulein Meier glücklich gewesen ist? Nicht auf unser
eigenes Glück kommt es an, sondern auf das Glück
der Volksgemeinschaft.* Ich lache sein Lachen, dieses
meckernde Lachen. Ziege war sein Spitzname. In dem
Moment kommt er rein, starrt mich mit seinen Wolfs-
augen an. Alle waren plötzlich stumm. Kein Lacher
mehr. Auch der Dicke, der eben noch über sich selber
gelacht hatte, wurde ganz ernst.

Später bin ich zum Dicken. Ich war schweißnass.
Hände zitterten mir. Gottes willen. Herr Reichsmarschall, Sie müssen was für mich tun. Fürchterlich.

Schwer, mit dem, ausgerechnet der. War eingeladen,
hatte abgesagt und kommt dann doch. Muss sehen, was
sich da machen lässt. Versprechen kann ich nichts.

Versuchen Sie's. Bitte.

Ein paar Tage später hat er mich zum Fronttheater
abgeschoben. Da kam der Herr der Karteikarten nicht
so leicht ran. Dafür saß ich plötzlich in Russland.

Hören Sie das Stampfen?

Ja, sagt der Graue, dort drüben werden Stahlpfeiler
in den Boden gerammt, dort wird der Hauptbahnhof
gebaut.

Das ist ein anderes Stampfen. Wie von Stiefeln.

Knobelbecher? Wie beim Parademarsch? Nein, schneller, weit schneller, ein rhythmisches Stampfen. Auf einem Holzboden.

Die stampfen, stampfen in ihren Knobelbechern. Ein Himmelfahrtskommando, ich sollte raus, nachdem diese Hupfdohlen aufgetreten waren. Eine Halle, in der früher Stalin besungen wurde. Eine Bretterbühne, der Vorhang aus Tarnplanen, aber immerhin ein Vorhang. In der Umkleidekabine noch ein russisches Plakat, mit einem Traktor und einer Frau mit Kopftuch, in der Faust ein paar Weizenähren. Mächtiger Vorbau. Wie unsere Bärbel. Einer hat den kyrillischen Spruch übersetzt. Mutter Heimat ruft. Lieber Herr Miller, gehen Sie mal nach den Tänzerinnen auf die Bühne, sagt der Begleitoffizier. Besser, hab ich gesagt, wäre, wenn eins von den Mädchen ginge. Oder gleich alle noch mal. Wie soll man da noch an die Landser rankommen, wenn vorher sechs Weiber in Strapsen und Korsett herumgehopst sind. Sie machen das schon, sagt der. Klar, der wollte mit den Mädels erst mal allein sein. Geländeerkundung. Übersichtlich. Kaum Befestigungsanlagen. Allenfalls Einmannlöcher. Ha, ha. Nie Mannschaft, nur höhere Chargen. Vorige Woche der Hauptmann mit Ritterkreuz, dem hing ein Stück vom Schlüpfer aus der Hosentasche. Waren gestört worden. Ich sagte ihm: Ihr Taschentuch, Herr Hauptmann, hängt Ihnen aus der Hose. Und er sagt: Oh.

Sie stand daneben, das dunkelblaue Kleid bekleckert, unsere Bärbel.

Das nenn ich Truppenbetreuung.

Man müsste diesem Knattermimen das Lachen in den Schlund stampfen.

Wer ist das?

Einer von da hinten, sagt der Graue, die brabbeln so vor sich hin. Zu dem kommen wir später.

Im Saal stampften sie, wollten die Tänzerinnen sehen, keinen Mann.

Bin dann raus. Hab gesagt, Moment, die Damen müssen erst mal wieder zu Atem kommen. Kommen wieder. Versprochen. Kennt ihr den:

Wacht eine Frau unter einer Kuh auf und sagt:

Na, wer von euch vier Hübschen bringt mich denn nun nach Hause?

Dieser Possenreißer, dieser Scharlatan.

Was hat der hier zu suchen?

Schnauze. Der Gewehrkolben ist gebrochen. Wie hart so n Schädel ist.

Das zarte Geschlecht.

Von wegen.

Kado ni miru
matsu ya mukashi no
tomo futari

Was mich überrascht, sagte ich, ist die Leere der Räume hier.

Ja, alles ist hier einfach, sagte Dahlem, schlicht. Die Matten auf dem Boden werden zusammengerollt und fertig. Man hat Platz, Raum, und nicht diese vollgestellten Zimmer wie bei uns, schier unverrückbare klobige Sessel, gepolsterte Stühle, Anrichten mit Butzenglas, Betten, die wie Holzburgen aussehen, in denen man quietschend in Sprungfedern versinkt.

Ich lachte. Schön, Sie lachen zu hören, sagte er.

Er fragt wenig und vor allem, das ist mein Eindruck, er will nicht gefragt werden, oder, genauer, nicht gefragt sein. Wahrscheinlich ist er darum ein so guter Zuhörer. Hier, vor diesem Vorhang, mit seiner Stimme, die von nah und zugleich von weit her zu kommen scheint, sind es seine nachdenklichen Ergänzungen, die mich zum Reden brachten. Einmal, sagte er, sei er in einen Schwarm ziehender Stare geraten, die ihn einen Moment begleiteten. Da war dieses Gefühl zu fliegen, also nicht nur das Wissen, das ihm immer wieder sagt, was zu tun sei, was aus welchem Grund zu bedienen sei, sondern es war der Moment, wo er sich selbst als fliegend innewurde, und zwar ganz selbstverständlich.

Bei mir war es der Flug über Spanien gewesen. Am Himmel aufsteigende Wolken, in der Ferne einige dunkle, tief hängende, dort fiel Regen, und dann plötzlich der Regenbogen. Ich flog in einen runden, einen in sich geschlossenen Regenbogen, und dieser Regenbogen mit seinen deutlichen Farbabstufungen flog – wie ein Wunder – mit mir mit. Es dauerte einige Zeit, bis ich in den Regen kam und die dicken Tropfen gegen die Maschine prasselten und auch mich überschütteten, hinein in das Cockpit. Nass, aber beglückt und von dem böigen Gegenwind geschüttelt, flog ich über die Sierra de Guara. Ich wollte nach Marokko und von dort zu den Kanarischen Inseln fliegen. Vor fast einem Jahr bin ich gestartet, von Würzburg aus, bin über Frankreich nach Spanien geflogen. Als ich von Barcelona nach Madrid wollte, hatte ich einen derartig starken Gegenwind, dass ich kaum vorankam. Ich hatte kaum noch Benzin und suchte nach einer Kleinstadt, nach Belchite, von der mir gesagt worden war, sie habe einen Landeplatz. Die Landkarte auf den Knien, habe ich Ausschau gehalten und fand schließlich eine Stadt an einem Berghang, der ockerfarben in der Abendsonne leuchtete. Nur den Platz, der ja durch ein weißes Stoffkreuz gekennzeichnet sein sollte, den fand ich wieder einmal nicht. Ich bin dann mehrmals um den Ort herumgeflogen, bis ich ein freies Feld entdeckte, das steinig war und voller Schlaglöcher. Ich zog die Maschine wieder hoch und sah einen Lieferwagen, der mit einer Tonne auf der Ladefläche und einer Staubfahne hinter sich zu dem Feld fuhr.

Ich setzte zur Landung an und auf, die Maschine wurde durchgeschüttelt, als das Heck den Boden berührte, brach der Schwanzsporn ab. Ich stieg aus und wartete auf den Lastwagen mit dem Benzinfass. Der Fahrer kam, verstand aber weder Französisch noch Englisch noch Deutsch. Er hielt mir den Handrücken hin, sodass ich einen Moment glaubte, ich solle ihm nach einer merkwürdigen Sitte des Landes die Hand küssen. Aber dann entdeckte ich die Zahlen, Zahlen, die den Preis des Benzins pro Liter angaben. Eine recht hohe Summe. Ich nickte, mir blieb keine Wahl. Der Mann rieb den Daumen am Zeigefinger, wollte bares Geld sehen. Vielleicht war ihm ja schon mal jemand, dem er das Flugzeug vollgetankt hatte, weggeflogen. Ich zeigte ihm die Banknoten, woraufhin er einen Schlauch in das Benzinfass steckte, das andere Schlauchende ansaugte und in den Einfüllstutzen des Tanks führte. Der Mann spuckte einen Schwall Benzin seitwärts aus, sodass ich mich schnell mit meiner Zigarette, die ich mir angesteckt hatte, umdrehen musste.

Das Schlauchende, grunzt es, und dann ein unbeherrscht glucksendes Lachen. Ist das nicht köstlich. Die Unschuld dieser Frau.

Wer ist denn das schon wieder?
Der Saufaus. Nicht hinhören, sagt der Graue. Übrigens sollte mit der Landung in Belchite, in dieser kleinen Stadt, etwas anders werden. Es gab in der Zeit in Spanien noch keine Frau, die fliegen konnte, und vor allem, bis zu diesem Abend, keine Frau, die in dieser Provinzstadt im Klub der Honoratioren gesessen hatte.

Zunächst habe ich mit vielen Gesten versucht, dem Benzinhändler, der, wie ich später erfuhr, eine Apotheke in der Stadt besaß, begreiflich zu machen, wo der abgebrochene Sporn wieder angeschweißt werden musste. Mit einer chevaleresken Handbewegung lud er mich ein, mit ihm in die Stadt zu fahren.

Die Stadt wurde hin und wieder angeflogen, aber
bisher hatte man noch nie eine Frau als Pilot gesehen. Schnell sammelte sich eine Menschenmenge,
Kinder und Jugendliche, alte und viele junge Frauen
begleiteten den langsam fahrenden Wagen zu dem
Schmied.

So kam ich in dem klapprigen Lieferwagen, neben
dem Mann mit der Zahl auf dem Handrücken sitzend,
in diese ockerfarbene Stadt, in der eben die Lichter
der Gaslaternen angezündet wurden. Ein uniformier-
ter Mann zog mit einer langen Stange an einer kleinen
herunterhängenden Kette, und die Lampe strahlte in
einem Hellgelb. Plötzlich tauchte neben dem Auto
ein junger Mann auf. Er fuhr auf einem Fahrrad nebenher und redete in Französisch auf mich ein, recht
fehlerhaft, aber doch noch verständlich. Er arbeitete
als Journalist der örtlichen Zeitung und bat um ein
Interview. Wir hielten vor einem kleinen Café, setzten
uns, und er stellte seine Fragen.

Gibt es in Deutschland viele Frauen, die fliegen
können?

Nein, wenige, aber es werden mehr.

Gibt es Unterschiede, wie Männer und wie Frauen
fliegen?

Nein, die Maschine sorgt für einen Gleichstand.
Die Pferdestärken sind entscheidend, nicht das Ge-
schlecht. Und dann natürlich die Sicherheit und die
Übung, die man hat.

Fliegen Männer besser?

Was heißt besser, man könnte sagen wagemutiger,
das könnte auch dümmer sein. Jedenfalls sind bislang

auch prozentual weit mehr Männer abgestürzt als Frauen. Einmal abgesehen davon, dass sie sich auch gegenseitig abgeschossen haben.

Hm. Sagt er. Eine natürliche Auslese?

Wenn man so will, ja.

Er lacht hinter dem Vorhang.

Es tut mir um jeden leid.

Ist ja richtig, Sie müssen sich nicht entschuldigen.

Der Journalist hat mich zu dem Hotel begleitet und fuhr dann in die Druckerei.

Es gab in dem Ort nur dieses eine, sehr einfache, heruntergekommene Hotel. Die Zimmer waren klein, darin jeweils ein Bett, schmal wie ein Sarg. An der Wand ein Waschbecken, aus dem es nach Urin roch. In dem Hotel stiegen Handlungsreisende ab, die durch die Stadt kamen. Man überließ mir schließlich das Zimmer der Tochter des Hotelbesitzers. Wie Sie sehen, habe ich mit Hotels kein Glück. Wenn sie nicht alle ausgebucht sind wie hier, sind es solche Spelunken wie in Belchite. Denn dann entdeckte ich auch noch, dass aus der Zimmertür alle Asteinwüchse herausgebrochen waren, und zwar bis zu den untersten, die knapp über dem Fußboden lagen. Gut zwölf Leute hätten gleichzeitig ins Zimmer spähen können, hätten sie denn genug Platz vor der Tür gefunden. Wobei sich zwei auch noch auf den Boden hätten legen müssen.

Und was haben Sie gemacht?

Ich habe die Astlöcher mit Zeitungspapier verstopft. Danach ging ich hinunter in die Empfangshalle, wo der Journalist, der inzwischen sein Interview zum

Druck gebracht hatte, wartete. Er lud mich zu einem Stadtbummel ein, um mir die Sehenswürdigkeiten zu zeigen: das eben erst eröffnete öffentliche WC. Und das Lichtspielhaus. Der Besitzer wartete schon und erbat sich die Ehre, mir einen Film zu zeigen, *Gehetzte Frauen*, mit Asta Nielsen. Ich hatte den Film vor drei Jahren in Berlin gesehen. Habe das natürlich nicht gesagt, sondern mich damit entschuldigt, dass ich dringend etwas essen müsse. Ein Mann in einem schwarzen Samtjackett kam angelaufen, außer Atem, verbeugte sich, ging nach vorn, zum Vorhang, setzte sich an das dort stehende Klavier und spielte den Trauermarsch von Liszt, sehr gekonnt, obwohl es ein gewöhnliches und noch dazu etwas verstimmtes Klavier war.

Ich hatte all meine Sachen nach Madrid vorausgeschickt, hatte keine Wäsche zum Wechseln, keine Seife, keinen Waschlappen. Seitdem nehme ich immer in einer Tasche meine Waschutensilien mit. Ich wollte mir also, da es keine Dusche, keine Badewanne gab, einen Waschlappen und eine Zahnbürste kaufen. Der junge Mann führte mich in ein Geschäft, in dem es Töpfe, Pfannen, Schüsseln, Teller, aber auch Stoffe, Kleider und Kittel gab. Seife und Zahnbürste waren schnell gefunden, aber ich konnte keinen Waschlappen entdecken, ich zeigte der Verkäuferin gestisch und pantomimisch das Waschen des Gesichts. Sie nickte und brachte eine Serviette. Nein. Die Verkäuferin ging und holte ein Kinderlätzchen. Ich habe einen Moment gezögert und habe es dann gekauft.

Ich hörte sein Lachen hinter dem Vorhang, und ich

freute mich über dieses Lachen, das ich ja erstmals hörte, ein melodisch gestuftes, von einem hohen Ton ins Tiefe fallendes Lachen.

Das gibt's doch auch nur in Deutschland, Waschlappen, einen für unten, einen für die Mitte, einen für oben, mischt sich Miller ein.

Im Hotel, im Zimmer, das nur spärlich durch eine Lampe erleuchtet war, hatte ich mir eben das Gesicht gewaschen. Als ich mich, durch ein winziges Geräusch irritiert, umdrehte und zur Tür blickte, war mein erster Gedanke, jemand habe Blumen in das Zimmer geschüttet. Ich bückte mich und sah, es waren die aus den Astlöchern gestoßenen Zeitungsknäuel.
Und wieder lachte er. Und weiter?

Hier unterbricht sie sich jedes Mal, sagt der Graue. Ich kann inzwischen weitererzählen, was ich von ihr weiß.
Das Abendessen war, zubereitet mit ungereinigtem, bitterschmeckendem Öl, ungenießbar. Sie hat sich damit entschuldigt, dass sie nach einem so langen Flug nichts essen könne.
Der Journalist kam und sagte, man habe sie in den örtlichen Klub der Honoratioren eingeladen. Er war ganz aufgeregt. Sie sei die erste Frau, der seit Bestehen des Klubs diese Ehre zuteilwerde. Sie ging mit dem Journalisten in das Haus, in diesen Herrenclub, und saß mit den Ratsherren, den beiden Ärzten, dem Zahnarzt, dem Apotheker, dem Richter, den Notaren

zusammen. Keiner von ihnen sprach Englisch oder Französisch, und sie verstand kein Spanisch. Die Männer rauchten, tranken Cognac und unterhielten sich leise. Sie trank einen roten Wein, der ein wenig nach Beeren schmeckte und sie an den Johannisbeerwein erinnerte, den es auf dem Gut ihrer Großeltern gab. Hin und wieder richtete einer der Herren eine Frage an sie, die der junge Journalist übersetzte.

Der hatte schon ziemlich viel getrunken und übersetzte nur noch Bruchstücke und oft zusammenhangslos. Ob man erfrieren könne in großer Höhe? Ob ich einen Fallschirm habe? Ob ich die Sterne in der Luft schräger sehe? Oder farbiger? Nein, deutlicher. Als sei ein genaues Verstandenwerden zu aufdringlich, nickte ich, noch bevor die Frage übersetzt war, und sprach ich, nickten die Männer.

Und wenn man so schnell in einem Ort angekommen ist wie Sie jetzt, die Sie aus Frankreich kommen, bleibt da nicht etwas von einem in dem vorherigen Ort zurück?

Wie das?

Wegen der Schnelligkeit. Gestern war sie doch noch in Frankreich?

Ja.

Und jetzt ist sie in Spanien.

Ja.

Das ging doch sehr schnell. Bleibt da nicht etwas zurück?

Eine gute Frage, sagte er hinter dem Vorhang. Er habe nach längeren Flügen oft das Gefühl, dass seine

Seele noch nicht angekommen sei. Wie an einer langen Leine müsse er sie langsam wieder heranziehen.

Nach einem Augenblick, in dem wir beide der Stille lauschten, fuhr ich fort, ich sei später hinausgegangen, in die Nacht, in diese warme, auf der Haut spürbare Nacht, in der die Sterne so nahe glänzten, als tropften sie aus dem Himmel. Vor dem Haus, in dem der Klub untergebracht war, standen mehrere Frauen. Ich sah ihre Gesichter und ihre Augen und erschrak. Sie waren voller Hass. Ich hörte Worte, unverständlich und doch verständlich in ihrer Feindschaft und Bosheit. Dann jedoch, überraschend, kam eine junge Frau auf mich zu. Ich dachte, sie wolle mich ohrfeigen, hatte schon die Rechte zur Abwehr erhoben, doch dann ganz im Gegenteil, sie umarmte mich, küsste mich, küsste mich auf den Mund, wie man seinen Liebsten küsst.

Ich hörte, wie er nebenan aufstand, zum Vorhang kam, sein Schatten zeichnete sich übergroß auf dem Tuch ab, und er schob mir sein Etui durch.

Wahrscheinlich sehe ich als Schatten aus wie der Glöckner von Notre-Dame.

Nein, sagte ich, aber erkennen könnte ich Sie nicht.

Schatten sind ungenau, weil flächig, und doch zeigen sie ein Mehr, was das fest umrissen Körperliche nicht hat. Die Ahnung einer spirituellen Welt. Die Räume hier, sagte Dahlem, suchen im Gegensatz zu den unsrigen, in denen alles auf Helligkeit angelegt ist, die möglichst von Licht durchflutet sein sollen, etwas anderes – den Schatten. Sie sind auf Stille angelegt. Wie dieser Raum, in dem wir liegen. Das Holz, ungestrichen, wie es ist, zeigt die Zeichen seines Gewachsenseins. Die hellen pergamentfarbenen Wände versprechen Weite. Sehen Sie diese Nische, die an der hinteren Wand ausgespart ist? Das dort einfallende Licht erzeugt einen dämmernden Winkel. Der Schatten löst den Raum auf. Und mit diesem Wissen hat man dort hinten, auf Ihrer Seite des Raumes, entfernt von den Lampen, wo fast schon Dunkelheit herrscht, eine Vase mit weißen Orchideen hingestellt. Es ist, als sei die Luft dort lautlos und in sich versunken. So hat es mir einmal Tanizaki Junichiro, ein Dichter, beschrieben. Er sagt, das Dunkel werde durch den Schatten erst sichtbar und sei von einer ewig unveränderlichen Stille beherrscht. Die Orchideen in der blaugrünen Vase sind eben nicht nur Dekoration, wie bei uns, sondern sie sollen dem Schatten seine Tiefe verleihen. Und dadurch auch selbst in Stille für sich sein.

Seine Beschreibung war wie die Beschreibung meines Innersten. Seine Stimme war in mir als ein körperliches Empfinden, ein Hörtasten, das ich behalten habe, wie sich sonst nur ein Bild fest einprägt. Und mit der Stimme ist das verbunden, dieses Bild des Raumes, in dem wir lagen, durch ein großes Tuch getrennt. Und die Erinnerung bindet sich mit diesem Gedanken, als habe er einen Blick in mich geworfen. Es war dieser Zustand, diese Ahnung, dieser innerste Wunsch nach einer unveränderlichen Stille. Ich hörte den Wind, sah in diesen fernen Winkel, jetzt durch die Lampe erleuchtet, die ein so anderes Licht als ein elektrisches gab. Erst am nächsten Tag war auch dieses andere Bild da, nachmittags, im Park des Clubs auf der Wiese liegend. Wir hatten uns auf die Wiese gelegt und sahen, wie die Wolken in sich das Licht aufsogen, das nach oben umso heller wieder abzustrahlen schien.

Ich hab sie dann am nächsten Tag gesehen, sagt Miller, und ich hab sofort erkannt, es war etwas geschehen. Sie war verwandelt. Sie zeigte eine kleine mädchenhafte Unsicherheit, ein Erröten, ein wie um Entschuldigung bittendes Lächeln, etwas Unstetes im Blick, als ich die beiden begrüßte. Sie hatte etwas von ihrer Stärke verloren. Etwas anrührend Verletzliches war jetzt an ihr. Ich glaube nicht, dass sie zusammen geschlafen haben, das heißt, doch, sie haben zusammen, aber nicht miteinander geschlafen. Sie siezten sich, und deutlich war zu spüren, dass sie ihm zugeneigt war, mehr, so hatte es den Anschein, als er ihr. Und es war wie ein Stich, eine kleine Herabsetzung, die sagte, du nicht, du bist nicht der Erwählte. Du warst nicht vorgesehen. Ihm, Dahlem, war sie einfach zugefallen, ohne dass er sich auch nur hatte bemühen müssen. Ja, ich hatte mir am Abend noch alle erdenkliche Mühe gegeben. Sie hatte viel gelacht. Und sie hatte mich eingeladen, mit ihr zu fliegen. Sie wollte mir Tokio von oben zeigen. Wir saßen am nächsten Morgen in dem Garten, in diesem so genau komponierten Garten mit seinen blühenden Azaleen. Der schmale Pfad hinab zum Wasser, wo drei Kiefern standen, windschief, vielleicht waren sie auch nur so beschnitten worden. Ich sah die beiden in den Korbstühlen sitzen und dachte mir, man kann nicht Mann und Frau in einem Zimmer allein lassen, das sagt ein Sprichwort. Selbst wenn man ein Schwert zwischen sie gelegt hätte, dann wäre er hinübergesprungen. Nein – sie. Sie kann ja fliegen. Und ihm war sie zugeflogen. Einen Moment überlegte ich, ob ich ihr sagen sollte: Er wird Sie bestimmt in das Teetrinken einweihen wollen. Aber ich ließ es. Das Teetrinken war hier etwas anderes, auch ein anderer Geschmack, die Zubereitung wie der Genuss waren ein Meditieren. Dahlem hatte es auch mir erklärt, sogar von einem Teemeister zeigen lassen. Ich war zu ungeduldig. Hab mir prompt den Mund verbrannt. Und ich vertrug die japanische Teezubereitung nicht. Ich bekam Sodbrennen.

Miller war witzig, amüsant, er hat sich am Anfang sehr bemüht, aber er kam nicht in Frage. Wir wurden Freunde. Ihm konnte ich alles erzählen. Das war das Erstaunliche an ihm, alle erzählten ihm alles. Er war der Unstete, der Witzige und doch der Untröstliche. Er verstand, weil er wusste, weil er nicht urteilte.

Später, vielleicht zwei Wochen nach meiner Ankunft in Tokio, trafen wir uns einmal in dem Deutsch-Japanischen Tennisclub. Wir saßen nach einem Match noch ein wenig zusammen, Dahlem, Miller, eine Japanerin und ich. Millers Nähe tat gut, weil sie immer eine schöne Leichtigkeit in die Gesellschaft brachte. Er fragte, wie fast alle fragen, die mich nicht kennen, wie ich auf diese Idee gekommen sei, das Fliegen zu lernen, und ich sagte, ein Amerikaner sei schuld, von dem ich schon Dahlem erzählt hätte, aber etwas von der Geschichte fehle noch.

Erzählen, rief Miller, sofort erzählen.

Also gut: An dem Abend, als die Großeltern den Amerikaner zum Bleiben und damit auch zum Essen eingeladen hatten, saß der an der Tafel, saß so entspannt da, aß den Salat korrekt mit der Gabel, ohne Messer. Details, worauf die Großmutter immer achtete. Ich habe nie verstanden, warum man beim Salatessen nicht das Messer zu Hilfe nehmen soll. Der Amerikaner erzählte von dem Missgeschick auf der Herfahrt. Er hatte in einem Dorf eine Gans überfahren und wartete im Wagen neben der toten Gans auf der Dorfstraße, da er dem Besitzer die tote Gans bezahlen wollte. Er wartete ziemlich lange und vergebens und überlegte schon, ob er nicht einfach ein paar Banknoten, beschwert mit einem Stein, liegen lassen und dann weiterfahren sollte, als eine Bäuerin vom Feld kam. Sie lamentierte laut, beruhigte sich aber, als er ihr seine Geldbörse zeigte. Sie schrieb die Summe mit einem Stöckchen in den Staub. Er wollte zahlen, aber sie, so glaubte er, wollte den Preis erhöhen, wozu er auch bereit gewesen wäre, nicht aber sie. Sie wollte etwas anderes. Aber was? Jedenfalls kein Geld. Das alles geschah mit vielen Gesten und Zeichnungen in den Staub. Er wollte ihr das Geld geben. Sie aber bedeutete ihm zu warten. Sie ging in das Bauernhaus. Kam wenig später ohne Tuch, aber mit einem Hut auf dem Kopf zurück und stieg in das Kabriolett ein, die tote Gans auf dem Schoß. Sie nannte einen Namen, und erst langsam verstand er, sie wollte von ihm in die nahe gelegene Kleinstadt gebracht werden. Er fuhr, wohin sie ihm den Weg wies, und als sie dort angekommen waren, ließ sie ihn dreimal um den Marktplatz fahren, wo die Leute standen und staunten. Schließlich zeigte sie, wo sie aussteigen wollte. Sie gab ihm etwas von dem Geld zurück, was er nicht annehmen wollte. Sie zwang ihn, es zu nehmen. Dann ging sie mit der toten Gans im Arm in ein Haus.

Mein Großvater sagte, sie wird die Gans zweimal verkauft haben. Ein Glückstag für die Frau. Und der Preis, den der Amerikaner gezahlt hatte, der sei schon fürstlich gewesen.

Der Amerikaner lachte, sagte, so sei er denn zum Santa Claus im Sommer geworden, auch nicht schlecht. Das Gespräch kam dann über das Reisen im Automobil auf das Fliegen, von dem der Amerikaner überzeugt war, dass es einmal eine große Rolle auch im zivilen Bereich spielen werde. In Amerika gäbe es dafür schon Anzeichen. Große Distanzen könnten so schnell und mühelos überwunden werden. Da gäbe es zwar auch Gänse, aber die können ausweichen. Konnte er fliegen? Ja. Er war im Krieg zum Piloten ausgebildet worden, dann aber wegen des Waffenstillstands nicht mehr zum Einsatz gekommen. Gott sei Dank. Jetzt fliege er nur hin und wieder ganz friedlich und nur zum Vergnügen über die großen Seen im Norden von Amerika. Und auf meine Frage, ob man im Flugzeug sitzend überhaupt etwas auf der Erde sehen könne, sagte er, ja, man sitzt ja mit dem Kopf im Freien, kann sich ein wenig hinausbeugen oder die

Maschine schräg legen. Man kann, fliegt man tief und drosselt den Motor, sogar alles recht genau sehen. So habe er einmal ein paar Braunbären beim Fangen von Lachsen in einem Fluss beobachtet. Er sei sehr niedrig über den Tieren gekreist, die sich gar nicht von dem Motorengeräusch hatten stören lassen, weil sie damit beschäftigt waren, die Lachse aus dem Wasser zu reißen und wegzuschleppen, um sie am Ufer zu fressen. Davor hatte ich ihn gefragt – wofür mein Großvater mich später natürlich getadelt hat –, ob er Postflieger sei. Und als er Nein sagte, habe ich gefragt, was er beruflich mache. Er arbeite in der Firma seines Vaters. Und was macht die Firma, wollte ich wissen. Sie macht Stahl.

Ja, sagte Miller, das ist ein guter Grund, das Fliegen zu lernen, wenn man von oben Bären beim Fischfang beobachten kann. Und besonders hübsch: Die Familie macht Stahl. Das ist hübsch bescheiden. Ist der Amerikaner nochmals aufgetaucht?

Nein.

Schade, sagte Miller.

Wir haben gelacht, Dahlem, Miller und ich. Die Japanerin, die recht gut Deutsch konnte, lächelte fein.

Dieser Augenblick, wenn man den Gashebel nach vorne stößt, um der Erde zu entfliehen.

Mutig war sie, sagt Miller, sie hatte einen sanften Heroismus, und ich habe sie bewundert wie keine andere Frau. Und diese Bewunderung ist nur die Umschreibung von Zuneigung, ach was, von einem Hingeris-

sensein, einem An-sie-denken-Müssen, das nie aufgehört hat. Sie hatte einen Willen, der Berge versetzte,
weil er sie in die Luft hob. Ließ sich nicht irritieren
von Rückschlägen, nicht von den Abstürzen.

Dreimal ist sie zu anderen Kontinenten aufgebrochen,
erst nach Afrika und zu den Kanarischen Inseln, dann
nach Asien, nach Japan. Und schließlich nach Australien. Ihr letzter Flug. Sie ist bis nach Syrien gekommen. Und dann das, ein Unglück.

Nein, mein Fehler. Ich bin mit dem Wind gelandet.
    Was sagt sie?
    Sie sagt, sie ist mit dem Wind gelandet.

*Die Fliegerin landete am Sonntag, dem 28. Mai, nach-
mittags 16.17 Uhr auf dem Flugplatz Muslemie, und
zwar fehlerhaft, da sie mit dem Wind im Rücken landete. Das Flugzeug rollte über den eigentlichen Flugplatz hinaus und stiess gegen die Strasse, die zu beiden
Seiten leichte Gräben hat. Durch den Anprall gegen
die Strasse wurde das Fahrgestell schwer beschädigt,
ebenso erlitten Propeller, Flügel, Rumpf und Steue-
rung leichte Beschädigungen. Auf die Meldung von
dem Unfall eilte sofort das französische Sanitätsauto
an die Stelle. Der wachhabende Offizier begrüsste
die Fliegerin, die unmittelbar nach der Landung dem
Flugzeug entstieg, und fragte sie, ob sie verletzt sei. Sie
erwiderte, dass sie vollständig heil sei und sich wohl
fühle.*
    Auf die Frage des Offiziers, warum sie mit dem

Wind im Rücken gelandet sei, erwiderte Frl. von Etz-
dorf, dass sie sich eben über die Windrichtung geirrt
hätte. Darauf besah sich die Fliegerin die Schäden und
fragte, ob das Flugzeug reparierbar sei. Der Offizier
beruhigte sie und erklärte, dass kein lebenswichtiger
Teil beschädigt sei und dass man das Flugzeug in 2–3
Tagen reparieren könne, falls gewisse Ersatzteile vor-
handen seien.

Gleichzeitig bot der Offizier der Fliegerin an, er
werde das Flugzeug in den Schuppen bringen lassen
und ihr ein Zimmer im Offizierskasino zur Verfügung
stellen, wo sie sich ausruhen könne. Frl. von Etzdorf
nahm das Angebot an und packte einen Handkoffer
zusammen, wobei sie die Gegenstände sehr sorgfältig
aussuchte. Einen Teil ihrer Sachen nahm sie mit, und
zwar einen kleinen Koffer, eine Ledertasche und ein
grosses Leder-Etui, in welchem der Offizier ein Jagd-
gewehr vermutete. Die übrigen Sachen liess sie im
Flugzeug zurück.

Ich habe diesen Bericht in den Akten des Auswärtigen Amtes gefunden und mir kopieren lassen, sagt der
Graue. Es ist der Bericht, der unmittelbar nach ihrem
Tod vom deutschen Konsul in Beirut geschrieben
wurde.

Mit dem Wind landen? Gibt's das? Bei einer erfah-
renen Fliegerin?

Sie hatte sich eben über die Windrichtung geirrt,
sagt sie.

Sie wird an etwas anderes gedacht haben. Sie hat
diese merkwürdige Wolkenformation gesehen, lang

hingezogen, ein Wolkenband, das aussah wie eine unendliche sich brechende Welle. In der Nacht, als sie ihn kennenlernte, in Hiroshima, in diesem schattigen Raum, hatte sie mit ihm über Wolken geredet. Er kannte sich aus, aber es war nur ein technisches Interesse. Fliegen war für Dahlem schnelle Fortbewegung und im Weltkrieg Jagd. Er war kein Wolkensammler.

Und Miller?

War fabelhaft, sagt jemand von weit hinten, einfach fabelhaft, dieser Anton Miller.

Wer spricht da?

Ein Dichter. Mischt sich hier nur selten ein. Liegt da hinten, zusammen mit vielen anderen Unbekannten, und will nicht genannt werden. Das müssen wir respektieren. Ist beim Kampf um die Stadt verschwunden. War buchstäblich der Endkampf, aber nicht, wie es sich der Erfinder dieses Worts gedacht hat. Ein behördlicher Worterfinder, wir werden ihm noch begegnen. Aber jetzt wollen wir den Dichter hören.

Und Sie wissen, wer es ist?

Ja. Es ist sein Wunsch, nicht genannt zu werden. Er mochte den Satz auf dem Grabstein von John Keats: *Here lies one whos name is writ in water.* Aber hören Sie, was er von Miller zu erzählen hat.

Von uns wurde Miller Amandus genannt, er konnte Parerga und Paralipomena so aussprechen, dass es wie eine ziemliche Schweinerei klang. Haben viel über ihn gelacht. Dafür war er ja auch geschickt worden.

Draußen das Stampfen, das gilt nicht ihm, das gilt den Mädchen vom Ballett. Zwei von denen waren schon verschwunden und mit ihnen ein Oberstabsarzt und ein Hauptmann. Die anderen Frauen der Theatergruppe wollten nicht oder konnten nicht, saßen in dem Casino, die Ordonnanz, zur Feier die weiße Uniform gebügelt, servierte Sekt. Krimsekt, erbeutet, wie sie hier sagen, der Feldmarschall, der General, sein Stab, Adjutanten und Ordonnanzen. Später mal, nach dem Sieg über Russland, sollte die Krim mit den Südtirolern besiedelt werden. Jemand im Siedlungsamt hatte sich dafür den Namen Umvolkung ausgedacht. Wie Umtopfung. Der Zigarrenrauch zog durch den Raum. Cognacgläser auf dem Tisch. Sektgläser. Früher ein Schloss, dann Schulungsheim der Kolchose. Ein Witzbold hatte genau an der Stelle, wo Stalins Bild gehangen hatte, den schwarz gerahmten Führer aufgehängt. Noch kann man auf der Tapete den hellen Rand des größeren Vorgängerporträts sehen. Der Zigarrenrauch lag schwer über Sessel- und Sofagruppen, wo auch einer der Reserveoffiziere saß, ein Hauptmann, der von seiner Weinhandlung erzählte. Eine zweite Weinhandlung hatte er 1938 in Hamburg hinzugewonnen. Natürlich weiß jeder hier, wie er zu diesem zweiten Geschäft gekommen ist, der vorherige Besitzer hieß nämlich Heckscher. Der Hauptmann bekam regelmäßig Kisten aus Hamburg mit den roten Buchstaben – Vorsicht Glas –, in Stroh verpackte Weinflaschen, aus Burgund und Bordeaux. Fünf Flaschen Bordeaux hatte er heute Abend für die Gäste springen lassen. Der Wein wartete und atmete in den Karaffen. Braucht viel Luft, sagte der Connaisseur in Hauptmannsuniform. Wollen nochmals anstoßen mit den Damen und den Herren der Schauspieltruppe, die ins Casino eingeladen worden waren. Gestern haben sie die *Minna von Barnhelm* gegeben, in der Miller den Riccaut de la Marlinière gespielt hat. Sehr witzig und raffiniert. Ein höchst sympathischer Betrüger. Heute, für die einfachen Gemüter – die immer noch eine Zugabe zu ertrampeln suchten –, war er mit der Tanztruppe aufgetreten, hat mit Witzen und Kunststücken die Pausen gefüllt. Und es sitzt dort, im tiefen Sessel, die Stabshelferin, Fräulein Erpenbeck, die Unberührbare. Auf die waren alle scharf. Aber keiner ist rangekommen, wie sie hier sagen. Sie sitzt da, weiße Bluse, Schlips, enger Wehrmachtsrock, die schlanken Beine züchtig schräg nebeneinandergestellt, den einen Fuß um die Fessel des anderen geschoben, schon die Stellung zeigt an, wie schwer einnehmbar diese Bastion ist. Der junge Major im Generalstab hat sich drei Wochen abgemüht, ohne Erfolg. Und von der jungen Schauspielerin, die Franziska in der Minna von Barnhelm, hat dieser Witzbold gesagt, sie sei in festen Händen. Wir hatten den Verdacht, dass er ihr Bewunderer ist und sie so von vornherein abrücken wollte vor allzu dreisten Bewerbern, die glauben, die Frontbetreuung gehe bis ins Bett. Er hat die Runde mit einigen Witzen über Stalin unterhalten. Man hatte bei ihm immer den Verdacht, dass er, wenn er so betont der *Generalissimus* sagte, eigentlich den Führer meinte. Er betont etwas ein wenig anders, und sogleich taucht aus dem Wort eine andere Bedeutung auf, so als hätte sich die bislang darin versteckt. Zum Beispiel wie er das Wort *Arisierung* aussprach, hörte es sich nach einem einzigen Igitt an. Niemand konnte etwas dagegen sagen. Dieser Possenreißer hatte es faustdick hinter den Ohren.

Unsere Unberührbare hat ihn gefragt, von wem er das Zaubern gelernt habe.

Von Larette.

Larette, der Name klingt ja nett, was, sagt der Weinhändler in Uniform.

Miller solle mal erzählen.

Larettes Geburtsname war Cornelius Hauer und er war der Sohn eines Wiener Süßwarenhändlers. Erst später nannte er sich Larette. Also Hauer kam zum Studium nach Berlin und sah im Kabarett den berühmten Harry Steffin.

Na ja, sagt eine schwere Zunge, die Namen sagen ja alles, prost denn.

Ein Magier der obersten Stufe, ein wirklicher Magier. Arbeitete mit Spielkarten, mit Bällen und Fingerhüten. Ganz unglaublich. Hauer schmiss das Studium und wurde Zauberlehrling.

Zauberlehrling, gibt's denn das?

Ja. Er lernte bei Steffin, bis er eingezogen wurde, 1915, dann aber wurde er zu einem Fronttheater kommandiert. Das hab ich mit ihm gemeinsam. Zog mit dieser Truppe an der Front in Russland herum, was so trostlos war wie hier. Geriet dann, weil seine Schauspieltruppe sich verfahren hatte, in russische Kriegsgefangenschaft.

O Gott, sagt jemand.

Kann man wohl sagen. Obwohl damals die Behandlung noch korrekt war, auf beiden Seiten. Larette sitzt in dem Kriegsgefangenenlager und unterhält die Mitgefangenen mit seinen Zauberkunststücken. Eines Tages findet er einen verletzten Raben. Der Vogel muss unter Raben eine Ausnahmeerscheinung gewesen sein, was Intelligenz angeht. Larette pflegt den Raben gesund und bringt ihm einige Kunststücke bei, von denen später ganz Wien sprechen sollte. Mit Hilfe dieses Raben kann er aus dem Kriegsgefangenenlager fliehen. Larette geht an einem Abend in einem schwarzen Umhang zum Tor. Der Rabe fliegt neben ihm und über ihn und setzt sich auf einen Pfiff hin auf Larettes Schulter. Krächzt. Die Posten bekreuzigen sich und lassen ihn sofort durch. Er nimmt einem der abergläubischen Kosaken einfach das Pferd ab und reitet los. Dieses Bild muss man vor Augen haben, wie ein Mann im schwarzen wehenden Mantel dahinreitet und neben ihm her fliegt ein Rabe, der sich hin und wieder auf seine Schulter setzt. Natürlich wagt ihn niemand anzuhalten. Die Leute laufen fort, verstecken sich in ihren Katen, schlagen Kreuze, treiben das Vieh weg. Nach Monaten, nach vielen langen Umwegen, kommt er nach Wien. Dort tritt er mit seinem Raben auf und wird zu einer Sensation. Der Rabe kann nämlich aus den ihm im Flug zugeworfenen Karten die gewünschte herausfinden. Die Zuschauer dürfen zurufen: Karo-Dame, Pique-Ass, Herz-Bube oder was auch immer sonst. Larette wiederholte die vom Publikum gewünschte Karte, wirft das Kartenbündel hoch in die Luft, damit die Karten sich gut verteilen, und der Rabe schnappt sich den Kreuz-König oder die Herz-Dame heraus.

Unglaublich.

Ja. Aber wahr. Er muss ein Genie unter den Raben gewesen sein, so eine Art Raben-Solon. Was etwas heißen will, denn Raben gelten ja ohnehin schon als sehr klug.

Darum für Odin auch Augenersatz, sagt einer mit schwerer Zunge.

Und dann, fragt der junge Major.

Anfang der 30er-Jahre ist Larette nach Amsterdam gegangen und hat sich dort niedergelassen. Sein wirklich fabelhaftes Können, seine wunderbaren Auftritte brachten ihm Bewunderung und eine besondere Ehrung ein. Ihm wurde der Titel eines königlichen Hofzauberkünstlers verliehen. Ein Genie, wie sein Rabe.

Toll. Die reinste Kolportage, sagt der junge Major.

Ja, besonders das Ende, sagt Miller.

Tritt er nicht mehr auf, fragt die Unberührbare.

Nein. Larette hatte zwei Fehler.

Und welche?

Er war Jude und zuletzt fast taub.

Im Kasino lachten sie, beides, das ist nun wirklich etwas zu viel, sagt einer der Reservefritzen.

Ja, es war zu viel. Hin und wieder hörte er den englischen Sender, wollte sich über die Lage informieren.

Das Problem war jedoch, Larette musste das Radiogerät voll aufdrehen. So konnte man plötzlich sogar auf der Straße hören, wie viele Deutsche von den Engländern in Afrika gefangen genommen worden waren.

Ein Na, na kam von der schweren Zunge.

Und weiter, drängte die Unberührbare.

Jemand aus der Nachbarschaft hat ihn verraten. Er sollte sich am nächsten Tag bei der Gestapo melden. In derselben Nacht hat er sich erschossen.

Prost Mahlzeit, sagt jemand. Aber niemand lacht.

Einen Augenblick sitzen alle da, einige rauchen Zigarren, die Frauen drehen die Ringe und schweigen. Der junge Major mit seinen schönen roten Biesen an der Hose sagt, dieser Radau-Antisemitismus, der sei ihm zuwider, obwohl, das müsse man sagen, die Judenfrage zu einer Lösung gedrängt habe. Insbesondere hier, dieser unglaubliche Dreck, diese Verkommenheit und Hässlichkeit. Aber man hätte Unterschiede machen müssen, und dann natürlich die Methoden, die billige er nicht, ganz und gar nicht. Man ist doch Mensch.

Nach einem kurzen Augenblick, sagt der Dichter, sei Amandus Miller aufgestanden, wenn der Major ihm erlaube, wolle er noch einen kleinen Zaubertrick vorführen. Ob er mitmache?

Klar doch. Man ist kein Spielverderber.

Da zieht er ihm mit zwei schnellen Bewegungen zwei lange seidene Tücher aus den Ohren, schüttelt sie aus und heraus fallen kleine Papierbuchstaben. Amandus sammelt sie auf und sagt: Wenn der Herr Major die bitte zu einem sinnvollen Wort zusammensetzen würden.

ICEEDNHEAETSNL.

Der Major versucht, die Buchstaben zu ordnen. Zwei andere Generalstäbler versuchen sich auch daran, schieben Buchstaben hin und her. Krieg ich nicht raus, sagt der Major. Unmöglich.

So nicht, aber es geht, sagt Miller und schiebt sie schnell zusammen: NAECHSTENLIEBE.

Wenn Sie bitte laut vorlesen würden.

Und der Major liest laut vor. Und alle lachten. Obwohl es eine ganz dicke Dreistigkeit war, was der da abzog, der Gaukler, dieser Theaterclown. Er musste das ja vorher geplant haben. War wohl auch mal rausgegangen, zum Pinkeln, jedenfalls muss er sich das spätestens dann, die Seidentücher, die Papierbuchstaben, in die Ärmel praktiziert haben. Er hatte das alles sehr schnell, ja elegant gemacht, auch wie er die Buchstaben legte und den Major das auch noch laut lesen ließ. Der begriff erst langsam die Dreistigkeit, wurde rot im Gesicht, konnte aber nichts sagen, denn alle lachten und klatschten.

Einer von den Reservefritzen sagt, und das mit schleppender Zunge: Und wenn alles bricht, unser Optimismus nicht. Nachgießen!

Na ja, sagte Miller, Optimismus ist, Herr Hauptmann, heutzutage etwas Obszönes, glauben Sie mir.

Und dann stand dieser Gaukler auf und sagte, er sei müde, machte eine knappe Verbeugung und verabschiedete sich. Und das Unglaubliche, keiner glaubte seinen Augen, die Unberührbare steht auf und sagt, es war ein anstrengender Tag, nimmt ihre Uniformjacke, ihren Mantel und sagt Adieu und geht mit diesem Kerl raus, geht mit dem zusammen, von vielen gesehen, über den Hof und in das Gästehaus, wo sie verschwunden sind. Einfach fantastisch. Und nun treffe ich ihn hier wieder. Hätte ich nie gedacht. Ausgerechnet hier, na, ist eh ne bunte Mischung. Warum nicht auch dieser Possenreißer. Gehört ja letztendlich auch mit zum Fach der Dichter und Denker.

Und das Röcheln? Was ist das für ein Röcheln, dieses Gurgeln? Ist ja fürchterlich.

Das? Das kommt von ganz da hinten. Auch ein Flieger. Gibt ja viele Flieger hier. Der wurde 1920 von den Roten mit seinem Pour-le-Mérite-Band erdrosselt. In Harburg.

Und das Glucksen?

Ist nur das Schmatzen des Elbwassers. Die wollten ihn in die Elbe werfen. Haben ihn dann aber doch auf der Straße liegen lassen. Berthold, Hauptmann, zu dem kommen wir auch noch.

Nix to beten, nix to kauen, keen Nazi to verhauen.

Und der da wieder. Was murmelt er?

Kalt. Kalt.

Wer ist das?

Hat hier nichts zu suchen. Wandelt hier noch ein wenig herum.

Blau ist er, und wie er geht, steif, so kann man nicht gehen, dachte ich, unmöglich, es ist eher ein Gehen im Stehen, nein, jemand der liegt, geht so, nein, Unsinn, auch Gehen ist falsch. Wie geschoben, aufrecht, vom Wind. Kalt. Kalt, murmelt er.

Er ist noch steif vom Kühlfach. Das gibt sich mit den Tagen. Ein Jazzpianist, Kritiker und Redner, aber noch ist er stumm.

Auch das verliert sich, sagt der Graue.

Es knallt. Ein-, zweimal. Zwei Schüsse. Ich zucke zusammen.

Keine Angst, sagt der Graue, das ist der Förster, der die Kaninchen schießt. Die haben sich hier in der letzten Zeit stark vermehrt.

Weit hinten, in dem jetzt schon dunklen Dunst, ist eine Gestalt zu sehen, schemenhaft, die umhergeht und sich bückt, weitergeht, sich abermals bückt.

Kalt.

Wer ist das?

Der dort drüben.

Ich kann nichts sehen.

Natürlich nicht. Da geht einer, und hinter ihm sind die Trümmer. Er geht in einem weißen Laken, nicht einmal die Scham ist bedeckt, er geht und ist blau, wie blau gefroren.

Kalt.

Auch für ihn ist das hier nicht der Ort. Hier hat niemand mehr Platz. Nur noch ein Ort für den Durchgang. Sie kennen ihn. Sehen Sie ihn sich genau an. Auch wenn er fremd aussieht, kann man ihn noch erkennen.

Was murmelt er?

Kalt.

Das Gefühl der Kälte. Bleibt das?

Auch das verliert sich mit der Zeit, sagt der Graue.

Ich erzähle dem Grauen von dem Traum, in dem meine Schwester, die vor Jahren gestorben war, mir erschien. Sie war jung und wirkte sehr sicher und ruhig, ja ihr Verhalten war das einer großen Überlegenheit. Sie wolle mir etwas Wichtiges mitteilen, etwas, das für mich und für mein Schreiben wichtig sei. Die Schwere unseres Kopfes komme von den vielen Stimmen, die wir im Laufe der Zeit aufnehmen. Sie verlören sich langsam, und dann, das sei wunderbar, komme eine große Stille. Ich könne mich darauf freuen.

Ha wa ha wa mo
fuyu no kozue wo
naku karasu

Sehen Sie diesen Engel, sagt der Graue, der so voller Grimm blickt. Ihm fehlt der rechte Arm. Weggerissen von einer Granate, die nur wenige Meter von hier entfernt einschlug und dabei auch ein paar morsche Sargbretter mit hochwarf.

In der ehemals erhobenen Rechten hielt er einen Speer gepackt, den er dem sich unter ihm krümmenden Drachen in den Leib stieß. Sehen Sie sich die Zähne des Untiers an, die widerlich spitze Zunge, die abscheulich geschlitzten Echsenaugen. Verstümmelt steht er da, noch immer, dieser Drachentöter, und wacht über den General von Gross, genannt von Schwarzhoff, Chef des Stabes beim Oberkommando in Ostasien. Der Boxer-Aufstand. Der General verunglückte, als er bei einem Brand im Pekinger Kaiserschloss Akten retten wollte. Die Akten müssen gerettet werden. Ich gehe voran. Hat er gerufen. Wurde aus China hierher gebracht, gut verlötet und mit allen militärischen Ehren beigesetzt. General und Aktenretter.

Der Kaiser hat bei der Besichtigung der nach China abgehenden Truppen 1900 eine seiner markigen Reden gehalten: *Pardon wird nicht gegeben, Gefangene werden nicht gemacht. Führt eure Waffen so, dass auf tausend Jahre hinaus kein Chinese mehr es wagt, einen Deutschen scheel anzusehen.*

Die Rede sehen Sie hier in Bronze gegossen.

Ich wollte immer nur das, fliegen. Wie eine Traumwandlerin habe ich mich auf dieses Ziel zubewegt. Ich habe lange gespart, mein Erbteil genommen, und zwar fast alles, sagt sie in die Stille des Raums, die Großeltern haben mir noch Geld dazugegeben, so konnte ich mir die Junkers kaufen. 16000 Reichsmark. Ein kleines Vermögen. Ich hatte auch Schulden gemacht. Es war mir egal. Alles egal. Man muss es wagen, habe ich zu all den gut meinenden Ratgebern gesagt. Und was war das für eine Maschine, sie war wunderbar, diese Perfektion. Man musste den Motor laufen hören, wenn er ansprang, ein Zögern, dann dieser gleichmäßige Lauf. Perfekte Proportionen, die Tragflächen setzen unter dem Rumpf an. Zwei Windschutzscheiben aus Plexiglas vor den beiden Sitzen. Man saß im Freien und war doch vom Wind geschützt, das war das Wunderbare, man tauchte wirklich ein in die Wolken. Ich habe die Maschine im Flugzeugwerk gelb spritzen lassen, ein schönes sattes Gelb. Das gewellte Blech des Rumpfs und der Flügel, 10 Meter Spannweite, der Motorkopf, mit den vorn freiliegenden Vergasern. Es ist dieser Geruch der Maschine, den ich mag, Auspuffgase, Öl, Benzin. Im Gegensatz zu den Pferden, deren Schweißgeruch ich nicht mag. Auch wenn man nach dem Ritt ein Bad nahm, blieb dieser süßlich fettige

Geruch. Ich bin bei den Großeltern natürlich viel geritten, aber ich fand die ewig scheuenden Pferde einfach dumm. Rinder sind im Gegensatz zur allgemeinen Meinung weit klüger. Meine Schwester liebte Pferde. Ich nicht. Vielleicht, weil ich als Kind einmal von einem Pferd getreten worden bin. Allein diese Zähne, gelb, klobig, mit denen sie so dämlich nach der Möhre schnappen, die man auf der flachen Hand hinhalten muss, die Finger aneinandergedrückt. Und steigt man in den Sattel, muss man nach kurzer Zeit nachgurten, weil die Viecher sich aufpumpen und man dann samt Sattel runterrutscht. Dann beginnt dieses Durchgerüttel und Durchgeschüttel. Nein. Dagegen dieser Augenblick, wenn man den Propeller anwirft, wenn der sich zu drehen beginnt, der Luftsog, allein dieser kompliziert mehrschichtig geleimte Holzpropeller. Den auf dem Flug nach Sizilien beschädigten Propeller habe ich mir an die Wand gehängt. Hab das abgesplitterte Stück angeklebt. Nicht etwa vertuscht, sondern deutlich die Bruchstelle hervorgehoben.

Und wie wunderbar, wenn sich die Räder vom Boden lösen, das Abheben. Um nicht zu jubeln, was ich anfangs tat, begann ich zu singen. Entschuldigung, ich komme ins Schwärmen. Sie wissen es ja selbst am besten.

Er lachte, nein, nein, ich weiß es eben nicht, jedenfalls nicht so wie Sie. Wie halten Sie es mit dem Unterhalt? Ein Pferd kann man ja in einen Schuppen stellen, am Straßenrand grasen lassen, aber Ihre gelbe Junkers braucht doch ziemlich viel Sprit und auch Wartung.

Ja, kann man wohl sagen. Am Anfang hoffte ich, durch Vorträge, durch Schreiben und durch kleine Passagierflüge das Geld hereinzubekommen. Tatsächlich bekam ich kurz nach dem Kauf eine Anfrage. Ein Geschäftsmann hatte in Berlin den Zug nach Wien verpasst, musste aber am späten Abend dort sein. Er bot ein gutes Honorar. Ich habe sogleich eingewilligt, ihn zu fliegen. Es war schon Nachmittag und Herbst, die Tage wurden kurz. Wir starteten, flogen nach Prag, wo ich auftankte, dann Richtung Südost. Es war dunstig, später Nachmittag. Ich hatte gerade noch Zeit, den auf der Karte angegebenen Kompasskurs mit meinem Kompass zu vergleichen. Dann wurde es dämmerig. Die waldbedeckten Berge begannen unter uns zu verschwimmen. Bald konnte ich die Karte nicht mehr erkennen und flog nur noch nach dem Kompass. Langsam wurde es dunkel. All die Dörfer, Ortschaften und Städte begannen ihre Lichter anzustecken. Grau in grau brach die Herbstnacht herein, kein Stern, kein Mond war zu sehen, eine dunstige Wolkenschicht bedeckte den Himmel. Aber wenigstens war der Horizont noch gut zu erkennen, und die Instrumente am Armaturenbrett begannen im Phosphorglanz zu leuchten. Nur das in diesem Augenblick Allernötigste, der Kompass, verblasste immer mehr und mehr. So flogen wir durch die Nacht. Ab und an hob sich ein Bergrücken erkennbar hervor, alles andere war eine dunkle Masse, nur hin und wieder von näher oder weiter entfernt liegenden Lichterflecken unterbrochen. Mich beschlich allmählich ein unangenehmes Gefühl. Schließlich war da ja auch noch die Verantwortung für den Passagier, der vor mir saß, kaum dass ich ihn noch sehen konnte. Sprechen konnten wir natürlich sowieso nicht. Der Gedanke an eine Notlandung in dem hügeligen, noch dazu bewaldeten Gebiet war einfach fürchterlich. Ich hoffte, ich betete, die Donau möge bald auftauchen. Meine Uhr konnte ich nicht mehr erkennen und die Zeit nicht recht abschätzen. Aber dann, endlich, sah ich die Donau als ein matt glänzendes Band im Dunkeln. Ich folgte ihr eine lange Zeit. Und bekam plötzlich einen Riesenschreck. Flog ich nicht schon ewig an der Donau entlang? Hätte Wien nicht längst kommen müssen? War ich womöglich bereits darüber hinaus geflogen? Solange ich bisher der Donau gefolgt war, hatte ich noch keine Stadt gesehen. Und im Dunklen entgeht einem ja selbst das kleinste Licht nicht. Möglicherweise war ich in einem großen Bogen um Wien herumgeflogen und erst dahinter an die Donau gekommen. Wie das hätte passieren können, war mir zwar selbst nicht klar, aber dieser verrückte Gedanke ließ sich nicht verjagen. Ich sagte mir, falls es doch so sein sollte, würde als Nächstes Budapest kommen. Ich würde so lange über der Stadt herumfliegen, bis man mir die Nachtbeleuchtung auf dem Flugplatz anzünden würde – das war natürlich eine unsinnige Überlegung, da mein Brennstoff nicht so lange reichen würde. Meine Unruhe wuchs von Minute zu Minute, bis ich plötzlich die Stadt vor uns leuchten sah, ein riesiges, glänzendes, strahlendes Lichtermeer. Deutlich schimmerte der Prater mit dem Riesenrad hervor. Draußen in Aspern winkte auch schon der

71

Flugplatz mit den unzähligen roten Lämpchen, die seinen Rand säumten. Eine Runde, und im strahlenden Scheinwerferlicht landeten wir glatt. Schon seit einer Stunde, seit Einbruch der Dunkelheit, hatte man für uns die Lichter angezündet und auf uns gewartet, da unsere Startmeldung aus Prag angekommen war. Es war so dunkel, dass die unten Wartenden uns zwar hatten kommen hören, aber erst sahen, als wir bei der Landung auf den beleuchteten Platz aufsetzten. Und nun erfuhr ich auch von meinem Passagier, der ganz erlöst ausstieg, dass er die ganze letzte Stunde lang, seit der Dämmerung, nichts mehr gesehen hatte. Er war nachtblind.

Später bin ich die Strecke als Kopilotin der *Lufthansa* geflogen. Das war dann ganz kommod. Geschützt vor Regen und Schnee in der Kanzel sitzend. Aber am schönsten ist doch das Fliegen im freien Cockpit. Und das tiefe Fliegen mag ich besonders, je tiefer, desto stärker empfindet man ja seine eigene Geschwindigkeit.

Es gefällt mir, wie Sie vom Fliegen schwärmen, sagte er. Ich wollte, wie gesagt, nur aus dem Dreck rauskommen. Jetzt fliege ich nur noch, wenn ich unbedingt muss. Wenn ich mich ehrlich prüfe, sagte er, ist das Gehen die mir gemäße Form. Ich gehe gern, also kein Wandern, sondern Gehen, und zwar in Städten, Innenstädten, nicht auf dem Land und schon gar nicht in Vorstädten, dort wo sich das offene Land und die Ausläufer der Stadt verzahnen. Das sind mir die verhasstesten Orte.

Hier ist das Zentrum der Stadt, sagt der Graue, hier der Kanal, der Humboldt-Hafen, dort drüben das Krankenhaus, die Charité, hinter dem Kanal lag früher das Gefängnis, dort saßen die politischen Gefangenen ein. Die Gebäude wurden abgerissen. Sie können noch die hohe Umfassungsmauer sehen. Dort, wo jetzt die Spielwiese für Kinder und Hunde ist, war der Gefängnishof. Ende April, also ein paar Tage vor Kriegsende, hat die Gestapo noch Widerstandskämpfer erschossen. Die Leichen lagen in den Trümmern und wurden Tage später hier begraben, hinten an der Ziegelmauer, sehen Sie das Schild: *Zum Gedenken an die hier beigesetzten Widerstandskämpfer des 20. Juli 1944.* Und an dem Tag, als Berlin kapitulierte, am 2. Mai, hat eine Gruppe SS-Soldaten, darunter viele Freiwillige aus Norwegen, Dänemark und Frankreich, versucht, von hier Richtung Westen auszubrechen. An den Grabsteinen sehen Sie noch die Löcher, die von Maschinengewehren und Splittern gerissen wurden. Ist es Zufall, dass an diesem Ort, dem Invalidenfriedhof, wo all die Militärs liegen, die letzten Kämpfe stattfanden? Dass er zerstört, später durch die Mauer getrennt wurde? Alles hat sich hier versammelt, die Schlachtenlenker, die Helden der Lüfte, die Widerstandskämpfer, Reaktionäre und Reformer, Demokraten und Nazis. Dort drüben, keine hundert Meter entfernt von den ermordeten Männern des Widerstands, in dem stark zerstörten Feld A, liegt er, der Erfinder der Gegnerkartei, Reinhard Heydrich. Hier der General Schlieffen, dort Moltke der Jüngere, ganz nah Udet und Mölders, der Ge-

73

neral Winterfeldt, Freund Friedrichs des Großen, ein tapferer Mann, sechs Mal verwundet und an seiner letzten Wunde gestorben. Ein Heldenfriedhof, hieß das früher. Viele, die hier liegen, wurden getötet, viele haben zuvor andere getötet, und wenn Sie mir das etwas naheliegende Sprachspiel nachsehen, einige haben sich selbst getötet. Ein Ort der Gewalt. Und an diesem Ort liegt sie, die Frau, die Fliegerin, ein wenig einsam unter all den Männern, nicht wahr. Andererseits war sie ja auch eine der ersten Frauen, die in die Fliegerei eingedrungen ist. Unmittelbar vor ihrem Grab verlief die Berliner Mauer. Nach dem Bau der Mauer, des antifaschistischen Schutzwalls, wie es so schön in der DDR-Propaganda hieß, wurde hier der erste Flüchtling erschossen. Er hatte versucht, den Kanal zu durchschwimmen, um in den Westteil der Stadt zu kommen. Und die Berliner Polizei hat bei diesem Fluchtversuch vom anderen Kanalufer aus einen Grenzsoldaten der DDR erschossen. Ein Ort, der das Töten anzog, so scheint es. Nach der Wende wurde die Mauer abgerissen, jetzt ist, zu Füßen von Marga von Etzdorf, ein Stück der Mauer wieder aufgebaut worden. Betonfertigteile, grauweiß gestrichen, keine drei Meter entfernt, blickt sie sozusagen auf dieses Mauerstück. Der Flug ist das Leben wert.

Was sagt sie?

Alle Dörfer, Ortschaften und Städte begannen ihre Lichter anzustecken. Grau in grau brach die Herbstnacht herein, kein Stern, kein Mond war zu sehen, eine dunstige Wolkenschicht bedeckte den Himmel.

Aber wenigstens war der Horizont noch gut zu erkennen.

Diesen Satz, hören Sie den, fragt der Graue: Die Instrumente am Armaturenbrett begannen im Phosphorglanz zu leuchten.

Sie las Gedichte. Früher hatte sie welche geschrieben. Poesie, aber die, sagt Miller, ist für sie das Fliegen.
  Quatsch, Poesie und Fliegen. Es war Spaß, Abenteuerlust. Das reicht doch.

Yuku sora mo
ari ya satsuki no
ama-garasu

Und die anderen Stimmen?
  Sie erzählen, was sie behalten haben, was sie immer erzählt haben. Nur langsam verblasst es. Die Wiederholungen sind das Fürchterliche an der Erinnerung. Es kommt immer wieder dasselbe. Das ist die Hölle. Alles ist für immer fest und getan. Die ewige Gegenwart ist unerträglich. Keine Schuld und keine Vergebung. Wie könnten wir das Böse erkennen, wenn wir nur das Gute kennen? Ist das eine nicht im anderen? Und vor allem, da sich hier nur alles wiederholen, nichts ändern kann, gibt es kein Gut, kein Böse. Hier ist alles gleich. Die von Bomben Getroffenen, die in den Kellern Verbrannten, die erschossenen Häftlinge. Die Opfer und ihre Mörder. Hier noch geordnet, mit imposanten Gedenksteinen. Die anderen liegen

dahinten. Alle durcheinander, wie gesagt, und doch vereint. Ein bisschen weiter weg.

Yoru no kasa
tsuki mo kiru tote
kakashi kana

Wer redet da?

Der Japaner. Liegt da hinten. Der einzige Japaner hier. Kann ein wenig Deutsch, aber besser, man fragt nicht und lässt ihn seine Haikus aufsagen.

Einmal, sagte Dahlem, sei er in Rabat gewesen. Dort sei ihm in der Altstadt, in diesen verwinkelten Gassen, ein laut schreiender Mann entgegengekommen. Der Mann trug einen zerschlissenen langen Rock, er schrie, er gestikulierte in einem taumelnden Wahnsinn, der einer Verneinung der Ordnung gleichkam und doch von allen geduldet wurde, ohne Grinsen, ohne dass Kinder den Mann, wie es in Deutschland bei auffälligen Menschen immer wieder passiert, gehänselt oder geneckt hätten. Hier in Japan hingegen sind auch die Gestörten noch in Ruhe versunken, sie ziehen sich in sich zurück, und nur in ihren Handlungen zeigt sich ihre Verweigerung, wie bei jener Frau, die, verheiratet mit einem Mann, den sie nicht liebte, nicht mehr sprach und sich von Fliegen ernährte.

Musste lange wandern, bis ich hierhergekommen bin. Der Wind ging, da kam der Freund, kam mit einer Sturmlaterne und grub, er hatte mich gefunden.

Und diese Stimme, sehr fern, brüchig, wer ist das? Sehen Sie das Epitaph. Eisen. In der Form des Eisernen Kreuzes. *Friedrich Friesen, Lieutenant und Adjutant im ehem: Lützowschen Freicorps, geb. d. 25. Sept. 1784 in Magdeburg, geblieben d. 16. März 1814 bei la Lobbe in Frankreich.*

Ich hörte den Spaten, es knirschte, manchmal ein heller Klang, wenn der Stahl auf einen Stein stieß, ein stumpfes Vibrieren, wenn eine Wurzel durchtrennt wurde. So fand er mich. Sammelte mich ein, der Herzensbruder. Unter einer Eiche hatten wir geschworen, wer fällt, den soll der andere einmal in heimatlicher Erde bestatten. 26 Jahre ist der Freund mit mir in der kleinen Eichenkiste von einer Garnison zur anderen gezogen. Hat mir zugeprostet, manchmal, der Herzensbruder, und ich stand auf einem kleinen Tisch neben seinem Bett. An jedem 16. März zündete er eine Kerze an. Schnee war gefallen, ein feiner Schnee, der Feld und Wiese bedeckte und meinen schwarzen Rock hervorhob, versprengt unsere Schar, da kamen die Franzosen und machten uns zu Gefangenen. Keinem zu Liebe und keinem zu Leibe. Freiheit. Wer sich ergibt, verliert seine Ehre, und so kämpfte ich, bis die Meuchelkugel mich traf und ein Hieb. In tyrannos, haben wir gerufen. Napoleon. Der Erzfeind aus Frankreich.

Der Würdigste der Jugend neben dem Würdigsten der Alten.
Auf Hieb und Stoß, kurz, rasch, fest, gewaltig und nicht zu ermüden, wenn seine Hand erst das Eisen

erfasst. Aber nun bleibt für immer der mexikanische Atlas von Alexander Humboldt unvollendet. Keine Flüsse, keine Berge.

Wieso keine Flüsse und Berge?
Friesen, ein sehr guter Zeichner, sollte die Flüsse und die Berge in dem Humboldt-Atlas zeichnen.

Was ist das für ein Gewisper.
Ich hör nichts.
Doch. Da hinten. An der Mauer. Ein Klagen. Seufzen. Weinen. Alles sehr fern.
Vom Ostwind hergetragen. Der weht weit seltener als der Wester. Der Ostwind ist im Sommer steppenwarm und trockenkalt im Winter.
Jitgadal vejitkadasch sch`mei rabah
Gleich hinter der Mauer, dort, wo der Rotdorn steht, der verholzte Baum, von seltener Stärke und Höhe. Von dort kommt das Wispern.
B´allma di v`ra
Ist der Ostwind, ist die Asche. Die hat sich dort abgelagert.
Man muss nur hören.

Ich glaube nur an das, was ich sehe.
Und das Hören?
Ganz unzuverlässig, mein Verehrtester. Allein dieses Stimmenwirrwarr.
Und wer sagt, dass nur wir hören?

Genau, habe das sehr genau herausgehört, die Stiefel, oben über uns, manchmal sogar das Krallenschaben der Hunde auf dem Postenweg. Müssen Steinplatten sein. Weiter dahinter ein dumpfhartes Schrittdröhnen, als lägen dort Bretter. Immer zur selben Zeit. Kontrollgänge. Wachablösungen. Dann war es ruhig, sehr ruhig. Später kamen dann die Schritte, zögernde, immer wieder innehaltende Schritte. Es wurden mehr, und jetzt, immer häufiger, kommen Gruppen, Schritte, ungleichmäßige Schritte, ich höre, wo sie stehen bleiben. Verharren. Dann gehen sie weiter, ein Trappeln manchmal, dann wieder ein Schlurfen.

Der Graue sagt im Weitergehen: Ich lese Ihnen einen Absatz aus dem Bericht des deutschen Konsuls vor.

Der Offizier brachte Frl. von Etzdorf in das Offizierskasino und stellte ihr das Zimmer des aufsichtführenden Offiziers zur Verfügung. Bevor Frl. von Etzdorf das Zimmer betrat, erklärte sie, dass sie 1 Telegramm abschicken möchte. Ausserdem bat sie, den Vertreter von Shell zu benachrichtigen. Letzteres geschah sofort, und zur Abfassung des Telegrammes hielt ihr eine Kasino-Ordonnanz einen Block hin, auf den sie den Text niederschrieb. Das Telegramm war an »Isobare« Berlin gerichtet und besagte, dass sie eine Landung mit Bruch gehabt habe und selbst heil sei. Sie unterzeichnete das Telegramm mit »Marga«. Darauf begab sie sich in das Zimmer, während der Offizier zum Flugzeug zurückging. 2 Minuten später vernahm die Ordonnanz in dem Zimmer, in das sich Frl. von Etzdorf zurückgezogen hatte, 2 Schüsse und eilte dem

Offizier nach. Letzterer kehrte sofort um, klopfte an die nichtverschlossene Tür und öffnete sie sofort. Er fand Frl. von Etzdorf auf dem Bett lang hingestreckt, den Kopf auf dem Kopfkissen gegen das Fenster, während die Beine über den Bettrand hinaushingen. Sie lag in einer grossen Blutlache, der Kopf war von 2 Schüssen durchbohrt, in der linken Hand hielt sie eine Maschinengewehrpistole Kaliber 9 mm, die Mündung gegen die linke Gesichtshälfte gerichtet. Sie röchelte noch einige Male und verschied unverzüglich. Die Schüsse waren genau 23 Minuten nach der Landung abgegeben.

In all den Meldungen, Zeitungsberichten über ihren Tod war nie die Rede von einer Maschinenpistole. Man ging davon aus, sie hätte sich mit einer Pistole erschossen, die sie zur Selbstverteidigung bei sich hatte. Dafür hatte sie auch eine Genehmigung. Plötzlich taucht diese Maschinenpistole in dem Bericht des deutschen Konsuls aus Beirut auf.

Sie hatte die Maschinenpistole im Flugzeug?

Ja, sie hatte, als sie nach Syrien flog, eine Maschinenpistole im Flugzeug, was selbstverständlich streng verboten war. Die Überflugrechte waren von der französischen Regierung, der damaligen Mandatsmacht, genehmigt worden, aber ausdrücklich mit dem Hinweis, dass keine Waffen mitgeführt werden dürfen.

Waffenschmuggel?

Ja. Sie hatte sogar Preislisten dabei. Munition. Bedienungsanleitungen.

Hatte Dahlem damit zu tun?

Dahlem war strikt verschwiegen, was seine Heldentaten anging, seine Freundschaften, Bekanntschaften, Liebschaften, auch seine Geschäfte, mischte sich Miller ein, man wusste nie genau, was er gerade machte. Ihn direkt zu fragen, verbot sich, nicht etwa, weil er es sich verbeten hätte, sondern seine Haltung schloss es aus, eine stets höfliche Distanziertheit was private Dinge angeht. Was über ihn erzählt wurde, waren Gerüchte, Vermutungen.

Es heißt, sagt der Graue, er sei Ende der Zwanzigerjahre nach China gekommen, mit dem Schiff, wo er dann chinesische Piloten trainiert habe. Es war die Zeit des Bürgerkriegs in China. Die einander bekämpfenden Warlords brauchten Waffen, brauchten Kriegsfachleute, und die Militärakademie unter Tschiang Kai-schek brauchte Instrukteure, Strategen, wie General Seeckt, ein Nachbar, hier.

Habe nichts gemein mit dem, nur den Zufall der Nähe in China.

Maschinengewehre, Pistolen, Granatwerfer waren gefragt. Von den linken oder rechten Gruppen, ich weiß nicht, war auch kaum zu durchschauen. Geld hatten sie. Geld spielte keine Rolle. Gezahlt wurde in Genf. Aber damit hatte Dahlem nichts zu tun. Die Empfänger zahlten bar. Tatsache. Kamen mit einem Koffer voller Banknoten. Im Gegenzug gab es Material. Natürlich nicht fabrikneu, etwas arg abgestoßen manchmal, war ja in den Schützengräben vor Ypern und Verdun in Gebrauch gewesen. Aber kein Schrott. Durchaus nicht. Und legal, also kein Schwarzmarkt. Wir waren damals mit einer Theatergruppe in Japan unterwegs. Die erste deutsche Theatergruppe in Hiroshima. Spielten die *Minna von Barnhelm*. Ich spielte den Riccaut de la Marlinière. Eine Rolle, die ich gern spiele, eine kleine, aber wunderbare: dieser Mann, der sich mit Falschspielen durchschlagen muss. Dagegen dieser steife Tellheim, ein ehrpusseliger Langweiler. Die Japaner waren begeistert, besonders die gepuderte Rokoko-Perücke der Minna von Barnhelm gefiel ihnen, und natürlich das Dekolleté. Ich hab Dahlem in Hiroshima wieder getroffen. Kannte ihn noch aus der Coburger Zeit. Ich hatte ein Theaterengagement in Coburg, November 1918, als die Revolution ausbrach. Dahlem war ein Habenichts mit guten Manieren. War Leutnant und Jagdflieger gewesen, 21 Jahre, dann der Waffenstillstand. Er war kurz vorher verwundet worden, abgeschossen an der Westfront. Hatte kräftig Saures bekommen, wie er das nannte, und dabei Schwein gehabt. Die Kugel, genauer das Projektil aus dem MG der englischen Maschine, war durch einen Stutzen seines Dreideckerflügels gegangen, hatte das Metall glatt durchschlagen, aber immer noch mit so viel Kraft, dass es durch ein Buch in seiner Lederjacke ging, die *Odyssee*, die er immer bei sich trug, auf Griechisch, und Bücher bremsen Projektile ja besonders, man kann auch aus nächster Nähe nicht *Krieg und Frieden* durchschießen, also die *Odyssee*, dann durch das EK I und blieb, ein Splitter, im Zigarettenetui stecken, direkt über dem Herzen. Schwein gehabt. Die andere Kugel hat ihn am Kopf gestreift. Ein Schlag wie mit dem Knüppel, sagte er mir, konnte aber nach einer kurzen Bewusstlosigkeit die abwärts trudelnde Maschine wieder abfangen. Er landete auf einer Wiese, ganz in der Nähe von einem deutschen Lazarett. Doppelt Schwein gehabt. Kam später mit einem dekorativen weißen Kopfverband nach Coburg, November 1918. Der Kaiser hatte schon abgedankt, aber der regierende Herzog von Coburg noch nicht. Jetzt kam die Revolution in die kleine Residenzstadt. Rote Matrosen dringen in das Stadtschloss ein. Der Herzog will mit der Herzogin aus der Stadt nach Schloss Callenberg flüchten. Gleich hinter dem Schloss, in der Stadt, wird sein Auto von Soldaten angehalten, Gewehre über den Schultern, den Lauf nach unten. Ein Marinesoldat mit roter Armbinde ist der Sprecher dieser Rotte. Rufe werden laut. Wohin? Wird da das Eigentum des Volks weggeschafft? Das Schloss war besetzt worden. Jemand ruft, Adelspack. Nieder mit der Monarchie. Aufhängen. Blutsauger. Im Schlosskeller Kaviar und Wein und Pasteten. Die schlemmen. Kinder und Alte müssen hungern. Und der kriegsverletzte junge Lehrer für Latein und Französisch vom Casimirianum ruft: An die Laterne! Ein, zwei, drei Steine fliegen gegen das Auto, scheppern auf Kühler und Dach. Dem Adjutanten, der in dem offenen zweiten Wagen saß, werden die Achselstücke abgerissen. Der Matrose mit der roten Armbinde, der eben den kleinen herzoglichen Stander am Wagen abgebrochen hat, versucht die Tür vom Fond aufzureißen. In dem Moment kam Dahlem mit seinem weißen Kopfverband vorbei, sah den Herzog und die Herzogin im Wagen, beide schreckensbleich. Ich war Augenzeuge, hatte auch mitdemonstriert. Jetzt sah ich die Herzogin, eine freundliche, auch in der Bevölkerung beliebte Frau. Und ich sah ihre Angst. In dem Moment zog Dahlem die Pistole. Schoss einmal in die Luft und dann dem Matrosen vor die Füße, zweimal. Und sein Befehl war sehr scharf und laut: zur Seite! Den Weg frei für die Herzogin. Er sagte nicht Herzog, der war unbeliebt, ein böses, alt gewordenes Kind. Warf Frühstückseier, die nicht auf die Minute genau weich gekocht waren, nach den Dienern. Dahlem rief: Den Weg frei für die Herzogin. Wahrscheinlich der einzige Offizier, der beinahe einem der regierenden deutschen Fürsten den Thron gerettet hat. Was er später dann auch tatsächlich tat. Aber zunächst hat er sich auf das Trittbrett gestellt und mit gezogener Pistole den Wagen durchgelotst. So hat er sie nach Schloss Callenberg geleitet. Dann wollte die Herzogin, die bei aller Freundlichkeit auch recht resolut war, den Thron aus dem Stadtschloss haben. Auf den sollte sich keiner der revolutionären Hintern setzen. Und da ist Dahlem dann nochmals in das Stadtschloss gefahren und hat mit zwei Möbelpackern den Thron abgeholt. Wobei man wissen muss, Dahlem war keineswegs Monarchist. Er fand jedoch die Bedrohung der Frau, der Herzogin, einfach unerträglich. Am Abend hat der Herzog ihn gefragt, ob er jüdische Vorfahren habe, und als er Nein sagte, fragte der Herzog, welchem Beruf sein Vater nachginge. Arzt, er ist tot, gefallen. Daraufhin hat der

Herzog gesagt, gut, Arzt geht gerade noch, also wer seinen Herzog so mutig verteidigt, der soll geadelt werden. Das Problem aber war, der Kaiser hatte schon abgedankt, die Republik war ausgerufen worden. Deutschland war keine Monarchie mehr. Der Herzog aber war noch regierender Herzog von dem kleinen Herzogtum Sachsen-Coburg-Gotha. Der Herzog hat erst am 13. November, also vier Tage nach dem Kaiser, abgedankt. Die Frage für Dahlem war, war das ihm verliehene Adelsprädikat nun gültig oder nicht? In seinen Pass hatte Dahlem sich das kleine v. noch eintragen lassen, solange es noch die herzoglichen Stempel gab. Der *Gotha*, der Adelskalender, in dem er aufgenommen werden sollte, meldete plötzlich Bedenken an. Was wiederum Dahlem empörte. Weil ihm irgendwelche Schranzen etwas verweigerten, worauf er selbst zunächst kaum Wert gelegt hatte. Er hat um diesen Titel einen langen Papierkrieg geführt. Dahlem, der aus der herzoglichen Kleiderkammer eine gute Vorkriegsuniform bekommen hatte, stand nun auch noch zwischen Adel und Bürgertum. Als Offizier entlassen, blieb ihm nichts als die graue abzeichenlose Uniform, das silberne Etui mit dem Splitter darin und seine guten Manieren. Und fliegen konnte er. Er ist dann nach Mexiko gegangen und hat dort Piloten ausgebildet. Die ersten mexikanischen Piloten, die flogen so, erzählte er, wie sie ritten, einfach tollkühn. Dann sollte er im Bürgerkrieg Waffen aus Amerika nach Mexiko fliegen. Hat er sich geweigert. Lieb Vaterland für dich allein. Ist nach Nordamerika gegangen, nach Alaska, war Postflieger. Hat seine wertvollen Dollars gespart, kam zurück nach Deutschland, 1922, hat Jura studiert in Berlin und gleich nach dem Examen ist er nach China, um die Piloten von Tschiang Kai-schek zu trainieren. Und er hat mit dem alten Weltkriegsschrott gehandelt. Nicht gerade im Auftrag der Reichswehr, natürlich nicht, aber doch geduldet. Oder sagen wir mal, mit forcierter Duldung. Handgranaten, einige waren dann doch so schlecht, dass sie den Chinesen, noch bevor sie die werfen konnten, in der Hand explodierten, also zu wirklichen Handgranaten wurden.

Aber dafür konnte er nichts. War ein feiner Kerl, ein Snob, wenn man so will, gutes Essen, französischen Champagner, englische Anzüge, geschneiderte Seidenhemden, sammlte Porzellan aus der Ming-Periode. War ein großer Kenner. Ist dann alles zu Bruch gegangen, die ganze schöne Sammlung, eine Bombe, und alles war hin.

Ist alles weit weg, schon so viel Sand drauf.

Und der wieder. Was murmelt er?
Kalt. Kalt.

Und das da, dieses Schreien, dieses Reden im Diskant, atemlos, keuchend, kaum verständlich? Was keucht er?

Ich weiß nicht, ich weiß nicht. Bitte, nein, bitte, nicht.

Das ist die Stimme eines alten Mannes.

Der da schreit, ist auch schon fast siebzig, sagt der Graue. Oberst Staehle, Kommandant des Invalidenhauses. Ausgezeichnet für Tapferkeit vor dem Feind. Er wird gerade unter verschärften Bedingungen befragt.

Fürchterlich. Wie der keucht, und dann dieses, bitte nicht, bitte nein. Wie sich das anhört in der Stimmlage eines alten Mannes.

Ich weiß nichts. Ehrenwort.

Du liebes bisschen. Das Wort Ehre in Ihrem Mund!

Wir wollen von Ihnen wissen, was auf diesen Teegesellschaften der Frau Solf gesprochen wurde. Die Reden des Führers wurden parodiert. Wer? Miller?

Nein, keucht die Stimme, kenne ich nicht. Nie gehört.

Und das hier? Die Schuld an der angeblich unmenschlichen Behandlung der Juden im Osten wurde dem Führer zugeschoben. Kommt das von Ihnen?

Darf ich erklären?

Nein, nur Ja oder Nein, sonst nichts. Und dann eine Jüdin versteckt, das Fräulein Guttentag. Netter Name, sagt ja alles. Guttentag. Ha, ha. Na servus.

Bitte glauben Sie mir, mein Wort als Offizier.

Da kann ich ja nur lachen, Herr Staehle, mit dem Oberst ist es vorbei, gelt. Los. Macht weiter!

Nein. Bitte nicht.

Enter first murderer to the door.

Die Karte ist von einem matten Grün. Sie fiel im April 1945 vom Himmel. Ein Trakt des Sicherheitshauptamtes brannte. Von der Hitze, von dem Luftsog waren die Seiten aus den Akten herausgerissen worden und durch die platzenden Fenster stob dieser Papierregen. Die Blätter der Gegnerkartei flogen durch die Luft. Die Luft war voller kleiner Flammen. Wie Pfingsten. Das war Briefpapier. Die Karten waren von festerem Papier und nicht so leicht entflammbar. Diese Karte in einer hüpfenden Schreibmaschinenschrift wehte mir vor die Füße, sagte der Hausmeister. Miller, steht da in Großbuchstaben und rot unterstrichen, dann Anton, Schauspieler, Engagements in den Theatern Coburg, Gotha, Hamburg, Berlin. Kleine und mittlere Rollen, jugendlicher Liebhaber.

Nach Selbstauskunft Charakterdarsteller, nach zweijähriger Zeit ohne Engagement trat er als Stimmenimitator in Kabaretts und bei privaten Veranstaltungen auf. Nach Aussage von G. Pauls bezeichnet er sich auch als Verwandlungskünstler. So soll auch dieser Witz von ihm stammen: Der Führer kauft in einem Einrichtungsgeschäft einen Teppich. Der Händler fragt den Führer: Soll ich Ihnen den Teppich einpacken oder wollen Sie gleich hineinbeißen?

Jemand hatte mit Hand an den Rand der Karte geschrieben. Sofort klären: 1. Wo ist Miller? Verhaften!

2. Der Beamte, der den Witz notiert hat. Wohl wahnsinnig – strafversetzen!

Wollte immer hier sein, nirgendwo anders, wispert jemand. Oben die Linde, wo der Große König saß und

Zwiesprache mit seinen toten Soldaten hielt. Und mit den Invaliden, die ihm gedient hatten. Hatte ihnen noch in der Schlacht zugerufen: *Habt ihr nicht genug gelebt, ihr Rackers?*

Legenden, alles Legenden und Anekdoten.

War vierundzwanzig, aus Boizenburg an der Elbe, hab mich werben lassen. Ein fernes Flüstern. Das Geld den Eltern gegeben. Hab gelernt, recht zu gehen, im Gleichschritt. Das Bajonett aufgepflanzt. Im Karree. War so groß und rechter Flügelmann. Kam die Kugel mitten hinein. Der Nebenmann ohne Kopf, ein anderer entzwei. Mein linkes Bein zerfetzt. Hatte es erst gar nicht gemerkt. Spürte nichts. Der Feldscher hat es abgebunden, dann Arterie gebrannt und vernäht.

Keine Amputationen, besser tot, fallen sonst nur der Kasse zur Last.

Alles niedrig machende Nachrede. Gegen den Großen König.

Nee, Tatsache, kannste nachlesen.

Kann nicht lesen.

Friedrich II. hat das Invalidenhaus 1748 bauen lassen, und mit dem Haus wurde auch der Friedhof eingeweiht, sagt der Graue. 121 000 Taler hat der König bewilligt, eine beträchtliche Summe. Verbraucht wurden 119 661 Taler, 16 Groschen und 6 Pfennige. Die Abrechnung ist erhalten und zeigt den Geist der preußischen Verwaltung – auf den Pfennig genau.

Immerhin – Friedrich der Große hat für die Invaliden seiner Kriege gesorgt.

Der Große, sagen auch Sie, warum nicht Friedrich II. oder Frederic Seconde, wie er sich selbst nannte?

Groß, weil er die Folter abschaffte. Weil er gerecht war. Weil er diente. Von sich sagte, er sei der erste Diener seines Staates. Darum diente man bereitwillig auch ihm.

Das Stöhnen all derer, die für diese Größe, seine und die Preußens, gedient und gelitten haben, ist hier immer noch, wenn auch nur von fern, zu hören.

Was ich höre, ist der Straßenverkehr, weit entfernt, ein Ächzen, Quietschen beim Anfahren, wenn die Ampeln auf Grün umspringen.

Die Folter abgeschafft, aber das Spießrutenlaufen blieb. Den Soldaten wurde die Haut, das Fleisch vom Rücken geprügelt. Lassen wir das Große weg, sagt der Graue, es verweist nur auf Leid und Tod. Nicht einmal die deutsche Sprache mochte er. Die Sprache der Kutscher, wie er sagte.

Immerhin stellte er sich unter das Gesetz, das für alle galt. Er war der Souverän und beschnitt selbst seine Souveränität. Der Satz, jeder solle nach seiner Façon selig werden, verspricht doch ein großes Maß an Freiheit.

Für jeden Einzelnen ein doch recht unterschiedliches Maß. Aber lassen wir das, sagt der Graue. Gehen wir weiter. Die Königslinde ist erst nach der Wende gepflanzt worden. Der alte Baum wurde, ganz in der Tradition dieses Orts, von Granaten zerfetzt. Der Stamm mit seinen zerspleißten Ästen wurde nach der

Kapitulation gefällt, zersägt und zu Brennholz verarbeitet.

Einmal, sagte sie, bekam ich von der Großmutter Schläge. Sie griff sich, es war Wäschetag, ein langes schmales Brett zum Krawattenbügeln und schlug damit zu, einmal, zweimal, dreimal. Auf den Rücken, auf den Hintern. Eine spontane Strafe. Ich hatte den Schäferhund losgebunden. Es hieß, der Schäferhund mag den Briefträger, der gegen Mittag auf dem Fahrrad kam, nicht. Aber warum, wollten wir Kinder wissen? Er mag ihn einfach nicht. Der sonst ruhige und friedliche Hund blaffte kurz, hörte er den Briefträger kommen. Vielleicht riecht der Mann so, dass der Hund ihn beißen muss? Nein, sagte der Großvater, er hat etwas gegen Briefboten. Ich glaubte es nicht. Aber es stimmte. Der Hund lief sofort los und biss den Briefträger in den Oberschenkel. Der Großvater gab dem Mann Geld, damit es zu keiner Beschwerde kam. Ich entschuldigte mich bei dem Briefträger, musste sogar zu ihm nach Hause gehen. Die Großmutter hatte spontan zugeschlagen. Aber wie ich deutlich empfand, einmal zu viel. Ich habe mit keinem mehr geredet und nichts mehr gegessen. Auch nicht, was meine Schwester und die Mamsell mir heimlich ins Zimmer brachten. Am vierten Tag kam die Großmutter und entschuldigte sich. Danach waren wir einander wieder gut.

Ich hörte ihn leise lachen und sagen, ich kenne Sie jetzt schon recht gut.

91

Was hat der hier zu suchen? Ein Irrgänger. Gehört nicht hierher. Ein Stadtführer, Eigenbrötler, ein Querdenker, sagt der Frierende. Er war aber nicht so verbiestert, wie es schien, nur weil er allein lebte, las, sich fernhielt. Wohnte im Schatten, mochte Licht nicht, nicht die Sonne, lebte in einem Souterrain. Er war eigensinnig, das ist wahr, nicht übertrieben, er passte nicht in die Landschaft, wie man so sagt. So wie er redete, hörte man ihm gern zu. Er lebte zurückgezogen, und zuletzt lebte er keusch. Nicht aus Mangel. Er wollte es so. Er wollte sich der Aufgabe widmen, rein, eine etwas altertümliche Vorstellung, rein für die Tat zu sein. Er wollte sich der Aufgabe ganz hingeben. Man kann aber auch sagen, die Aufgabe gab sich ihm ganz hin, sodass er gefesselt war. Er wollte ein Symbol sprengen, das seine Bedeutung auch von hier, von diesem Ort, von den hier Versammelten bekommt. Die Siegessäule. Sprengen wollte er sie, wegen ihrer Verherrlichung von Gewalt und Krieg. Und weil er glaubte, Krieg könne wieder Mittel der Politik werden. Sprengen wollte er sie, nicht im übertragenen Sinn, sondern wirklich. Er hat mit Sprengstoff hantiert. Ein Zufall, sein Tod vor zehn Tagen, hinderte ihn. Noch nicht unter der Erde. Im Zwischenreich.

Ich möchte Ihnen einen Traum erzählen, sage ich zu dem Grauen, über den ich nie geredet habe, seit mehr als vierzig Jahren, einen Tagtraum würde man ihn wohl nennen. Oder wie sonst. Es war kurz vor einer Stipendienprüfung.

Wer redet denn da?

Ich. Ich. Ich.

Ich hatte mich in den letzten Tagen und Nächten auf die Prüfung für ein Stipendium vorbereitet und nur wenig geschlafen, war in einem eigentümlichen, körperlich müden und doch luzid wachen Zustand, nicht nur durch den starken Kaffee. Ich saß in dem von der Sonne aufgeheizten Dachzimmer und ging, um mich ein wenig zu bewegen, hinunter, auf die Straße, eine belebte Münchner Straße, sah mich aber in Berlin. Ich war bis dahin nie in Berlin gewesen, aber alles war ganz selbstverständlich und nah, die oft gesehenen Bilder, das Brandenburger Tor, der Siegesengel, die Siegesallee. Ich sah den Aufmarsch, die Vorbereitungen einer Parade, ich sah Gulaschkanonen, sah Soldaten, die sich nochmals die Stiefel abwienerten, sah Pferde, die gestriegelt wurden, Musiker, die ihre Blechinstrumente polierten, Trommelfelle nachspannten, sich zusammenstellten und auf ein Zeichen des Tambourmajors formierten und losmarschierten, ein Stampfen, Dröhnen, in dem auch ich war, gar nicht sein wollte, das war dieses Schreckensbild, ich war eingereiht, ohne ausbrechen zu können, stampfte mit, riss die Beine hoch, eins und zwei. Es war, als wären die Soldaten, mit denen ich als Kind gern gespielt hatte, lebendig geworden, und ich sei mit ihnen verbündet, mit den Trompetern, Trommlern, deren Aufmarsch als Kind ich, eine der frühen Erinnerungen, in den Straßen Coburgs noch erlebt hatte und neben denen ich hermarschiert war. Es war, als hätten all die

Spiele, die frühen Bilder, das Erzählen, wie es *damals* war, für einen kurzen Augenblick die Gegenwart erobert.

Erst das Klingeln einer Straßenbahn brachte mich zurück, zu den Frauen in Sommerkleidern, den eilenden Geschäftsleuten, den Kindern mit Eistüten in der Hand. Nichts an dieser Erinnerung ist verschwommen, alles ist von einer großen Genauigkeit.

Auditive Visionen gibt es ja häufiger, visuelle hingegen sind eher selten, sagt der Graue.

Vielleicht, gab ich zu bedenken, waren die Bilder gemästet von dem Erzählen des Vaters und all jener Kameraden, die den Krieg überlebt hatten. Es gab auch viel zu erzählen oder zu verschweigen. Es hing auch davon ab, wo der Betreffende eingesetzt worden war. Front oder Etappe. Die Etappe hatte gut reden. Die anderen, die das zerfetzte Fleisch gesehen hatten, das verbrannte Fleisch, schwiegen. Und nur ihre Frauen berichteten davon, dass sie nachts aufwachten von den Schreien ihrer Männer, die aufrecht im Bett saßen und nicht wussten, wo sie waren. Der Vater war bei der Luftwaffe und wäre gern geflogen, das war sein Wunsch gewesen. Aber er war nur mitgeflogen. Umso mehr und desto genauer kannte er sich in den verschiedenen Maschinen und in ihren Flugeigenschaften aus.

Ja, sagt der Graue, auch Stimmen sind Erlebtes. Und ist es nicht einer der medizinischen Irrtümer, jenen, die Stimmen hören, sie, mit dem Hinweis auf die

Dingwelt, auszureden? Ist es nicht die Widerwirk-
lichkeit, die mit ganz eigenen Bildern einen Überfluss
verströmt und uns so aus einer immer drohenden
Welterstarrung herauslöst?

Wie auch im Gewohnten die Bilder ihre Kraft
entfalten und sich in uns verankern, in der Sprache,
in unserer Vorstellung, und nur langsam verlieren sie
das Leuchten, wenn sie uns zeitlich fernrücken, die
Sprache ihre erregende Kraft verliert, die Worte etwas
Welkes oder Kostümiertes bekommen. Den bunten
Rock ausziehen. Denkt man heute an Aschermitt-
woch und nicht an den Abschied vom Ehrenkleid der
Nation.

Die Fistelstimme lacht. Ja, sagt der Erfinder der
Gegnerkartei, ich bekam einen unehrenhaften Abschied. Ich musste die Marineuniform ausziehen.
Wegen einer Apothekerstochter. Muss man sich mal
vorstellen. War verlobt, was man so verlobt nennt,
damals. Einladung. Handschuhe ausziehen, dann
abgeben, ebenso den Dolch, Mütze, gerade sitzen,
der Vater Marineapotheker. Mit einem Ladengeschäft
wäre es ganz unmöglich gewesen, sowieso keine Hei-
ratserlaubnis. Marine, konservativ, besonders stolz
auf den ganzen Ehrenkodex. Prüfungsessen mit
Nachtisch. Prüfungsmirabelle. Dabei beobachtet
von älteren Offizieren. Wie isst man die Mirabellen.
Gesellschaftlicher Umgang. Die Mirabelle so groß,
nimmt man sie in den Mund, als ganze, dann fragt
ein Prüfungsoffizier etwas oder prostet einem zu,
man kann nicht antworten, nicht trinken. Also ganz

schlecht. Ich habe versucht, die Mirabelle zu zerteilen, sprang sie einem alten Fregattenkapitän auf den Uniformrock. Habe eine Ordonnanz gerufen und gesagt: Mit Wasser abtupfen! Habe dann die Mirabellen mit der Hand gegessen, zweimal beißen, dann war es das schon. Veraltet. Dieser ganze Kodex. Verzopft und überholt. Und dann als ich Lina von Osten kennenlernte, blond, groß, gute alte Familie aus Fehmarn, da hat der Pillendreher verrücktgespielt. Seine Tochter sitzen lassen. Hat sich sofort beschwert bei den Vorgesetzten. Ich selbst war auch nicht sicher, ob bei der nicht etwas Fremdes im Blut war. Ehrengericht. Ich musste die Uniform ausziehen. Durfte wählen: unehrenhafter Abschied oder Abschied wegen Unfähigkeit. Habe den unehrenhaften gewählt. Unfähig, das lässt man sich nicht nachsagen, von diesem geballten Mittelmaß. Die Ehre können sich die an die Mütze schmieren. Vor allem diese Heuchelei. Widerlich. Jede Menge Weiber nebenher, aber im Stillen. Spielten die treuen Hausväter. Habe jetzt viele von denen in der Hand. Habe auch gegen den Großadmiral gesammelt. Über den hält der Führer die Hand. Noch. Überhaupt: Erst im Kampf entscheidet sich, was wichtiger ist, wie man Mirabellen isst, oder der Mut, den Tod zu geben, den Tod zu nehmen.

Das Gerede über Tod und Mut und Ehre. Es widert mich an, sagt Miller. Wohin ich kam, dröhnte es mir entgegen. Wie sie dastanden, in den Toiletten, in den Breeches, und sich das Wasser abschlugen, den Familienstrumpf auswringen nannten sie das. Warum Familienstrumpf? Weiß ich das? Rülpst und sagt, dem Mimen flicht die Nachwelt keinen Kranz. Prost. Dafür habt ihr Mimen die Weiber und an jedem Finger zehn. Wenn ihr denn wollt, ihr Drückeberger, ihr. Wir stehen. Auch wenn es brennt. Knochen zusammenreißen. Nimm die Knochen hoch. Zielwasser trinken, macht ne ruhige Hand.

Ich bin aufgestanden und mitgegangen, sagt die Unberührbare. Wie dieser Miller sagte, Optimismus ist heutzutage etwas Obszönes, und dann mit einer leichten Verbeugung aus dem Casino gegangen ist, das gefiel mir. Einen Moment habe ich gezögert, dann bin auch ich gegangen. Habe noch einen schönen Abend allerseits gewünscht. Miller gefiel mir. Er war so ganz anders als all die, mit denen ich zusammen war. Dieser Geruch nach Leder, diese kratzigen grauen Uniformen. Schon deren Berührung war mir zuwider. Der Geruch nach kaltem Zigarrenrauch. Atem, in dem man morgens noch den Alkohol vom Abend roch, und wenn sie Besprechungen hatten, rochen sie nach Pfefferminzbonbons. Widerlich. Miller trug Zivil, schon das fiel hier auf, etwas Frech-Freundliches, etwas, das nicht strammstehen musste, nicht zackig den Vorgesetzten und lässig den Untergebenen grüßen musste. Aber vor allem das gefiel mir, sein Witz, seine Schlagfertigkeit. Ich war mit ihm auf sein Zimmer gegangen, denn ich schlief mit zwei anderen Stabshelferinnen zusammen. Es war mir egal, was die dachten, die im Casino zusammensaßen, jetzt, und ihre Witze rissen. Es war mir egal. Einen Moment dachte ich, dass er womöglich

Schwierigkeiten bekommen könnte, aber da sich der andere nie wieder gemeldet hatte, dachte ich, sei keine Gefahr mehr da. Ich war mit Miller zusammen, und es war leicht. Ich habe viel lachen müssen. Er hat sehr freundlich von seiner Frau erzählt, von der er sich scheiden lassen wollte, nicht etwa wegen uns, er hatte schon seit Monaten keinen Kontakt mit ihr, also im Bett, nichts, sagte er. Wir lagen im Bett, in dem dunklen Zimmer, das nur hin und wieder und ganz plötzlich von Scheinwerferlicht erhellt wurde. Ein Jux der Wachmannschaft, die das Gebäude ableuchteten, vor allem die beiden Fenster des Zimmers, von dem sie wussten, dass wir darin lagen. Ich habe Miller von ihm, dem Erfinder der Gegnerkartei, erzählt. Ich habe Miller gesagt, dass ich in eben dem Amt war.

Wo?

Bei ihm.

Ja.

Und ihn gesehen?

Ja.

Plötzlich, sagt die Unberührbare, stand er da, in der Telefonzentrale, er, groß, hohe Stirn und eigentümlich schräge graue Augen, die einen an einen Wolf denken ließen. Eine gute Erscheinung, wie gesagt, auffallend in der schwarzen Uniform. Störend an dem Mann war die Stimme, eine piepsige Stimme, die so gar nicht zu seiner Größe passte. Kalt und distanziert wirkte er, umso überraschender war seine Höflichkeit. Alle waren aufgesprungen, die Männer, obwohl Zivilisten, versuchten strammzustehen. Ein lächerliches Bild. Noch nie war er in der Telefonzentrale gewesen. Dafür gab es Ordonnanzen. Er, der Gruppenführer, mit seinen in Gold und Silber durchwirkten Schulterstücken, fragte nach einem Telegramm, das aus Wien kommen sollte, etwas Dringliches. Er hätte jeden schicken können, Sekretärinnen, Ordonnanzen, Adjutanten, aber er, der Allmächtige, erschien persönlich. Erst später hat er mir gesagt, dass er gekommen war, weil er uns, meine Freundin und mich, ein paar Mal gesehen hatte. Er hatte einen Vorwand gesucht. Er hat mich gebeten nachzuforschen, wo das Telegramm hängen geblieben war. Aber das Telegramm war nie aufgegeben worden. Schon im Gehen fragte er, ob wir, die wir nebeneinandersaßen, gerade aus dem Urlaub kommen, so braun wie Sie sind, Sie und Ihre Freundin.

Nein, das ist die Wannseebräune, vom letzten Wochenende.

Schön, wo ist denn Ihre Bucht?

Am Rupenhorn.

Am nächsten Sonntag hatte ich mich wieder mit meiner Freundin am Wannsee verabredet. Wir lagen am Ufer, in einer kleinen schilffreien Bucht. Da sah ich das Boot, die Segel weiß, es rauscht heran, und die Freundin witzelt, da kommt Lohengrin mit dem Schwan. Dann ein Flattern, ein Knattern der Segel, das Boot blieb im Wind liegen. Ich erkannte ihn nicht gleich, weiße Hose, weißes Hemd. Er saß hinten am Ruder und rief seinem Adjutanten etwas zu. Er winkte uns und hieß uns einsteigen. Wir sind zum Boot gewatet, bis zu den Hüften im Wasser. Wir reichten unsere Badetaschen und Handtücher ins Boot. Und er half mir und meiner Freundin beim Einsteigen. Eine kleine Spritztour, sagte er, und die beiden lachten, er und sein Adjutant. Gut sah er aus, das Weiß stand ihm, braun gebrannt, wie er war. Dort, dort drüben, zum Segelclub. Ein Holzboot, es roch nach Lack und nach feuchten Tauen. Er holte das Segel dicht und wir segelten los. Wir klammerten uns fest, so schräg lag das Boot, und das Wasser spritzte über uns. Und die Freundin, die neben dem Adjutanten saß, schrie jedes Mal auf. Bei dem Segelclub haben wir angelegt. Marie und ich gingen zur Toilette. Das war dringend, denn auf dem Boot hätten wir nur über Bord pinkeln können. Ich glaube, er will dich, aber Marie sagte, ich glaube, er will dich. Mir gefällt der Adjutant. Mir auch. Wir standen nebeneinander vor dem Toilettenspiegel und zogen mit dem Stift die Lippen nach, drückten sie auf dem Taschentuch ab, und als wir beide nochmals vor dem Spiegel die Lippen prüfend spitzten, da mussten wir lachen. Na denn mal los, sagte sie. Wir haben auf der Restaurantterrasse am Wasser gesessen, unter dem Schirm, der gegen die Nachmittagssonne genickt war. Ein heißer Tag. Wir haben Champagner getrunken. Drei Flaschen. Er hatte es auf mich abgesehen, das war schnell zu spüren, daran, dass sich sein Adjutant, wenn er mit mir sprach, freundlich, aber distanziert zeigte. Er hielt sich von mir fern. Der Adjutant gefiel mir eigentlich besser als sein Chef. Der erzählte von der Marine, von der Ausbildungsfahrt als Fähnrich auf dem Linienschiff Schleswig-Holstein. Die Geschichte, wie er auf Madeira bei einer spanischen Familie eingeladen war, sie dort übernachtet hatten und sein Kamerad nachts in dem großen Herrenhaus die

Toilette nicht fand, sodass er sich in seiner Not auf eine große Standvase setzte. Wir haben viel gelacht. Er hat noch eine Flasche Champagner bestellt und schlug dann vor, die Sonne war eben untergegangen, sich ein wenig auszuruhen. Da war sein Adjutant mit meiner Freundin schon nach oben in eines der Zimmer gegangen. Ich habe noch gezögert. Ich wusste, dass er es mit vielen Frauen hatte. Er nahm sie sich einfach, wie man im Amt sagte. Ich wusste, er war verheiratet, hatte Kinder, und vor allem, er hatte mehrere Freundinnen. Ich bin dann doch mit hinaufgegangen, und wenn ich mich frage, warum, gab es nur diesen Grund, ich war neugierig und sagte mir, du kannst immer noch Nein sagen. Dieser Mann, vor dem alle Angst hatten, vor dem die Männer im Amt strammstanden, wie verhielt er sich, es war Neugier, ja, ganz einfach, wie würde er sich ausziehen, wie würde er sich mir nähern. Und es war so etwas wie Genugtuung, das Gefühl, Macht zu haben. Wenn auch nur einen Moment, Macht über ihn, den Mächtigen zu haben. Es war dann aber alles ganz einfach und recht gewöhnlich.

Was hat er gesagt?

Herrlich. Herrlich.

Und was sonst?

Du bist so schön lebendig.

Schön lebendig?

Ja.

Und sonst? Ich meine, was war auffällig an ihm?

Nichts. Ich mag nicht darüber reden. Oder so viel, es war nichts Weiches an ihm, auch nicht an seinem Körper. Aber er spielte wunderbar die Violine.

Köchelverzeichnis 499, D-Dur Streichquartett.

Wie kann das sein, fragt der Graue, wie kann jemand wie der, dieser Wolf, diese Musik spielen, sie zum Klingen bringen, dass andere gerührt sind. Wie geht das zusammen. Müsste nicht das eine das andere verhindern?

Im Amt sind mir plötzlich alle mit ängstlicher Hochachtung entgegengekommen. Es lag darin etwas von Herabsetzung, die der anderen, wie der meinen, obwohl sie so geduckt höflich waren. Niemand kritisierte mich mehr. Niemand erzählte mir etwas über Kollegen oder Freunde. Er holte mich hin und wieder mit dem Wagen ab, er machte kein Geheimnis um uns. Und ich ließ es zu, stieg zu ihm in den Sportwagen, den er selbst steuerte. Alles störte mich, sein selbstgewisses Auftreten, seine Höflichkeit, aber ich hatte Lust. Lust, auch wenn er Uniform trug, diese schwarze, knapp geschneiderte Uniform mit dem Silber daran. Andere Männer aus der Dienststelle wirkten in ihren Uniformen komisch, er nicht. Sie stärkte ihn. Es war eine kalte Lust, ihn und mich, also uns zu beobachten, wie die anderen ihn, uns sahen, die Lust des Triumphierens, wie es zu der Verwandlung durch Macht kommt, wie wir – ich – behandelt wurden, getragen von Unterwerfung. Mehr musste ich nicht wissen. Da war nicht mehr zu wissen. Er sagte in der zweiten Nacht, Erhabenheit, absolute Stärke sei der einzige Fixpunkt im Dasein. Er sprach gern vom Dasein. Vom Kampf. Ich habe mit ihm ungeschützt geschlafen. Und einmal dachte ich, ich bin

von ihm schwanger. Und erst das schreckte mich. Solange ich mit ihm zusammen war, war es gut, aber der
Gedanke, von ihm ein Kind zu kriegen, war ein eisiger Schreck. Ich habe ihm dann gesagt, ich kann nicht
mehr. Und was sagt er? Ach komm. Er hat auf mich
eingeredet, hat gesagt, er wolle, er hat sich dann ver-
bessert, er brauche meine Nähe. Die Anstrengungen,
dieser Druck seines Amtes, seiner Aufgabe, seines
Dienstes, den er als eine Berufung verstehe, falle ab,
wenn wir zusammen wären. Ich bin hart geblieben.
Kurz darauf bin ich in das Hauptquartier der Heeresgruppe nach Russland versetzt worden. Weit hinter
die Front. Ich glaube, dass es Rache war. Auch wenn
er sagte, er wollte mich schützen. Da bist du sicher
vor den Bomben, die der Engländer auf Berlin wirft,
hat er gesagt. Er selbst ging später nach Prag. Er wurde Stellvertreter des Reichsprotektors.

Das Entsetzliche aber war, als ich hierherkam,
ins Hauptquartier der Heeresgruppe, hörte ich von
Offizieren, dass seine Leute Menschen erschießen,
Juden, Frauen, kleine Kinder. Tausende. In Gruben
verscharrt. Wer will das glauben. Ich wollte es nicht
glauben. Aber die es erzählten, hatten es gesehen, hatten Zahlen gelesen. Berichte. Und ich hörte, er, der
Dunkle, habe es organisiert. Da war kein Zweifel, sein
Name wurde immer wieder genannt.

Der Gedanke an ihn, an mich, an *es*, wie ich es von
da an nannte, war Scham. Ich hätte nie gedacht, dass
sich dieses Gefühl der Scham auf eine zurückliegende
Handlung beziehen könnte, auf etwas, was, zu dem
Zeitpunkt des Geschehens, man selbst noch nicht

wissen konnte. Und doch, ich hätte es wissen können – ich habe es ja gesehen. Das waren die Bilder von
den Menschen, die einen gelben Stern tragen mussten,
die sich nicht mehr auf Parkbänke setzen durften, die
auch in der Straßenbahn stehen mussten, mit denen
man sich auf der Straße nicht mehr zeigen durfte. Ich
war froh, dass niemand wusste, dass ich ihn kannte
und wie nahe ich ihm einmal war. Und nach einer
Weile sagte sie, es war, so wie ich ihn kannte, nichts
Monströses an ihm. Und nach einer weiteren langen
Pause: Das ist das Schrecklichste, nichts von diesem
anderen war an ihm zu spüren, oder vielleicht doch,
die Lust an der Unterwerfung.

Sie hatte es mir in der zweiten Nacht erzählt. Wir
lagen im Bett, sie hatte den Kopf hier auf die linke
Seite meiner Brust gelegt. Ihr sei, sagte sie, jetzt, wo
sie darüber hätte reden können, leichter ums Herz
geworden. Mir hingegen umso viel schwerer, sagte
Miller. Hätte ich vorher gewusst, dass sie was mit dem
gehabt hatte, ich hätte mich nie mit ihr eingelassen,
nein, ich hatte, während sie warm neben mir liegend
erzählte, das Gefühl, innerlich zu vereisen.
    Vier Tage lang waren wir zusammen, sagt Miller.
Immer die triefäugigen Neider in Uniform um uns
herum. Aber sie waren uns egal, ihr und mir, wenn
auch mir nicht im selben Maße wie ihr. Ich hatte immer Angst, dass etwas zu dem Schwarzen durchdrin-
gen könnte. Andererseits wusste niemand sonst, dass
sie etwas mit dem Todesengel gehabt hatte. Sie gab,
anders als ich, nicht acht darauf, was die Leute sagten

oder dachten. Später, ich war längst weitergezogen, von Ort zu Ort, von Veranstaltung zu Veranstaltung, durch Russland, die Ukraine, Georgien, wurden mir zwei, drei Briefe als Feldpost nachgeschickt. Meist kamen sie dort an, wo wir gerade unsere Zelte abgebrochen hatten, wurden nachgeschickt, kamen an, wir waren weitergezogen. War Theater wie in früheren Zeiten, die Fahrenden. Bring Frau, Tochter und Wäsche in Sicherheit! Die Briefe, die mich nach Wochen erreichten, waren nicht weiter beunruhigend oder aufregend. Sie wollte mich unbedingt sehen, sprechen, den Grund nannte sie nicht. Es sei wichtig. Mehr nicht. Die Briefe wurden ja von der Zensur gelesen. Habe ihr hin und wieder geschrieben. Aus Italien. Auch die Truppen in Italien wollten unterhalten werden. Hatten, jedenfalls nach der Landung in Sizilien, auch nichts mehr zu lachen. Aber doch immerhin nicht die Russen im Nacken, na ja, und warm war es auch und der Wein gut. Ich habe ihr eine Karte aus Rom geschrieben. Einmal richtig Theater gespielt ohne Gehüpfe und Operettenarien. Rom und Paris, das waren die Höhepunkte. Haben dort mehrere Vorstellungen gegeben. Lessing. Und natürlich immer wieder Schiller. Nachmittags in den Cafés gesessen. Aufführung am Abend, danach in die Restaurants. Genießt den Krieg, der Friede wird fürchterlich sein. Das war die Etappe. Die Etappenhengste.

Was heißt Etappenhengst? Ohne Planung, Nachschub wäre nichts gelaufen, brüllt jemand. Euch wäre doch der Arsch abgefroren!

Ein Choleriker, ein Heeresverwaltungsrat, sagt der Graue. Hoher Blutdruck. Ist am Schlag gestorben. Ein guter Organisator. Hat im Mai 45 noch eine Barrikade an der Schlossstraße in Steglitz bauen lassen, Pflastersteine aufschichten. Hat dann eigenhändig auf die Barrikade eine kleine Büste des Führers gestellt, vergoldet. Und dann, weil ein Pionierleutnant kommt und sagt, die Barrikade sei an dieser Stelle völlig nutzlos, weil die Feindpanzer sie leicht umfahren können, brüllt der Organisator, nein, hier wird gekämpft, und er, der gute Organisator bis zum letzten Atemzug, fällt nach vier Kriegsjahren einfach um. Ein Heldentod durch Widerspruch.

Hätten wir nicht für die Truppe gesorgt. Nicht nur die Hupfdohlen, die Staatsschauspieler mit ihrem Schiller und Lessing, wie dieser Miller, den ich kenne, ein Drückeberger ohnegleichen. Was für eine fantastische Leistung, für Millionen Proviant, Munition, Verbandsmaterial nach vorn zu bringen, an die Front, über unwegsame Straßen, Wege, Sümpfe, zerstörte Gleise. Das hohe Lied auf unsere Logistik ist noch nie gesungen worden. Stattdessen dumme Witze. War ja nicht nur die kämpfende Truppe im Dreck, in Schnee und Eis, auch die Etappe musste versorgt werden. Und der Kamerad an der vordersten Front brauchte auch mal was fürs Herz, musste doch mal lachen können. Sich zurücklehnen. Sich mal auf etwas Weiches legen. Konnte ja schon am nächsten Tag sein, dass ihm etwas weggeschossen wird. Nicht nur die kämpfende Truppe, sondern auch all die Stäbe, Schreiber,

Funker, Kriegsgerichtsräte, wo sollten die hin mit der Überproduktion ihrer Keimdrüsen. An der Ostfront war der Verkehr mit Russinnen und Ukrainerinnen doch verboten. Der Herrenmensch soll sein arisches Erbgut nicht in die Slawen verspritzen. Blieben nur die offiziellen Nutten, die pro Tag mit dreißig, vierzig Mann Verkehr hatten. Gingen ganze Waggonladungen mit Kondomen hin. Schwerstarbeiterinnen. Und dann blieben noch die Wehrmachtshelferinnen und Krankenschwestern. Ganz anders Frankreich. Einfach fabulös. Hab drei Inspektionsreisen gemacht, sagt der Intendanturrat, das gute Essen, der gute Wein. Wie Gott in Frankreich. Und die Frauen. Nicht dieses germanische Treuegetue. Die deutsche Frau. Ja. Ja. Frauen, die sich, kaum verheiratet, in herrschsüchtige Matronen verwandeln, vor denen ihre Männer an die Stammtische und in die Kegelklubs fliehen. Nachts schlafen. Die Frau giftet, wegen Schnaps- und Zigarrengestank. Und das Schnarchen, hält ihm die Nase zu. Wacht davon nicht einmal auf. Grunzt nur. Sie tritt ihn unter der Bettdecke. Und nochmals. Das ist die deutsche Frau. Dagegen die Französinnen. Gleich die erste, die ich kennenlernte. Mann, o Mann.

Kann man dieses verkommene Maul nicht stopfen, ruft eine Stimme.

Und aus der Ferne hört man leise: Aber meine Herren Offiziers, wäre es nicht möglich, etwas lauter zu reden? Ich höre recht schlecht.

Die Akten müssen gerettet werden. Ich gehe voran.

Ich bin überglücklich, vor Ihro Majestät getanzt zu haben.

Je vous voudrai bien baiser.

Was ist das für ein Schweinekerl.

Einer vom Planungsamt. Wehrmacht.

Völlig verkommen. Für solche Leute haben wir unser Leben hingegeben.

Wenn ich das schon höre – hingegeben. Als ob man gefragt worden wäre. Verdun, sage ich, Hackepeter.

Aas.

Schnauze!

Feuerwechsel.

Eine Stimme ganz fern, ganz morsch, modrig, ruft: Die Plempe raus und ran an den Feind.

Plempe?

Nicht, was Sie vielleicht denken, sagt der Graue. Semper talis. Immer vorzüglich. Plempe ist der Degen. Kennen Sie das Gemälde von Menzel? Friedrich der Große hält eine Ansprache an seine Generäle vor der Schlacht von Leuthen.

Ja.

Haben Sie es vor Augen?

Nur ungefähr.

Er steht da, Friedrich, und erklärt seinen Generälen den Schlachtplan. Sie wissen, die Schlacht gegen die Österreicher wurde sein großer Sieg. Das war Preußens Gloria. Leuthen.

Was hat der Erfinder der Gegnerkartei mit Friedrich zu tun?

Nichts. Keine direkte Traditionslinie, das wären Vereinfachungen, nein, so schlicht nicht. Mich interessiert, wie Gewalt sich äußert, sagt der Graue, wie die Gewalt ihre Legitimation findet, wie sie darstellbar wird. Der König steht da, umringt von diesen Militärs, einige hören zu, andere scheinen ein wenig abwesend zu sein, einer ist damit beschäftigt, seinen rutschenden Pelzmantel festzuhalten. Der Plan für die Schlacht von Leuthen war, sagen die Militärhistoriker, genial. Die Preußen hatten weniger Soldaten als die Österreicher. Der König hat die schiefe Schlachtordnung angewandt. So weit, so gut. Das Interessante an dem Bild ist, dass Menzel, der ja zur Glorifizierung des Königs beigetragen hat, dieses Bild nicht vollendet hat. Es zeigt unbemalte Flächen, Grundierungsfarben, Bleistiftzeichnungen, aber noch interessanter, Menzel hat es zerstört, auch zerstören lassen, Frauen, die bei ihm Modell standen, durften es zerkratzen. Keine Verhältnisse. Keine Amouren. Wir wissen, diesem Maler fehlte der klebrige Saft, der ihn mit der Welt hätte verbinden können, wie er einmal geschrieben hat. Es ist vielleicht das beste Bild Menzels, besser als die anderen seiner Historienbilder, Flötenkonzert in Sanssouci und dergleichen. Alle wunderbar in der Farbe, aber doch so impressionistisch realistisch mit der Glorifizierung Preußens beschäftigt. Dieses aber ist ein Fragment, etwas, das auf die Zerstörung, auf die Leiden hinweist, die im Bildmotiv selbst nicht zu sehen sind und doch Folge dieses Plans sein sollten. Immerhin gab es über 20000 Tote in dieser Schlacht. Goya hat gemalt und gezeichnet, was Krieg ist. Es ist nicht der Blick des Siegers, Triumph und Viktoria, sondern im Blick sind die Opfer, die Gequälten, die Verletzten. Menzel hat das Kriegerische anekdotisch verklärt, in nuancierter Bewegung und in ganz erstaunlichen Farben, zugegeben. Aber in diesem Bild, dieser Ansprache Friedrichs an seine Generäle, wird die Ahnung des Schreckens deutlich, der in der Rationalität des Plans liegt. Etwas Ungeheuerliches geht von dem Bild aus. Das Gemetzel wird für den nächsten Tag vorbereitet. Vor allem aber, Menzel selbst bekam Zweifel. Nicht nur, dass er das Bild nicht vollendete, sondern er ließ es Stückwerk sein, beschädigt, voller Kratzer und Verletzungen. Wer den Krieg, wer die Planung von Schlachten darstellen will, kann es nicht vollendet tun, er muss es fragmentarisch lassen, das Werk muss an sich selbst Spuren des Gewaltsamen, des Zerstörerischen tragen. Dieses Bild wollte ich an den Anfang meiner Führungen stellen, um dann zu diesem Ort zu kommen. Die Gründung des Invalidenhauses durch Friedrich II. mit dem daran anschließenden Friedhof. Ich wollte über den General Winterfeldt sprechen, den Freund Friedrichs. Der General starb, wie schon gesagt, 1757 an einer Wunde, die er in der Schlacht bei Moys bekam. Später wurde er überführt und hier beigesetzt. Eine Zeit, in der man noch mit größerer Berechtigung von Helden sprach, von Treue, Mut, Opfer und Ehre. Um den Leuten, die ich normalerweise hier führe, ein wenig die Zeit und den damals herrschenden Geist verständlich zu machen, lese ich gern einen Bericht über den Dichter Ewald von Kleist vor. Ewald von

Kleist war ja das Vorbild für den Major Tellheim in der *Minna von Barnhelm*. Wollen Sie hören?

Gern.

Kleist ist am 12. August 1759 bei Kunersdorf gefallen und wurde in Frankfurt an der Oder beigesetzt. So wie er lebte und starb, könnte auch er hier liegen. *Leute, die den Herrn von Kleist den Tag vor der Schlacht und selbst den 12. Vormittags, als die Armee dem Feind entgegen marschierte, gesprochen haben, bezeugen, daß er außerordentlich vergnügt und aufgeräumt gewesen sey. Er hatte sein Leben niemals ängstlich geliebt, und liebte es nie weniger als itzt, da er unter Friedrichs Augen zu siegen oder zu sterben die Wahl hatte. Er griff, unter der Anführung des Generals von Fink, die Russische Flanke an. Er hatte mit seinem Bataillon bereits drei Batterien erobern helfen, er hatte dabey zwölf starke Kontusionen empfangen, und war in die beiden ersten Finger der rechten Hand verwundet worden, so daß er den Degen in der linken Hand halten mußte. Sein Posten als Major verband ihn eigentlich hinter der Fronte zu bleiben, aber er bedachte sich nicht einen Augenblick vorzureiten, als er den verwundeten Commandeur des Bataillons nicht mehr erblickte. Er führte sein Bataillon unter einem entsetzlichen Kanonenfeuer von Seiten der Feinde gegen die vierte Batterie an. Er rief die Fahnen seines Regiments zu sich, und nahm selbst einen Fahnenjunker beym Arm. Er ward wieder durch eine Kugel in den linken Arm verwundet, so dass er den Degen nicht mehr mit der linken Hand halten konnte, er fasste ihn also wieder in die verwundete rechte Hand* mit den beiden letzten Fingern und dem Daumen; er drang weiter, und war nur noch dreißig Schritte weit von dieser letzten Batterie, als ihm durch einen Kartetschenschuß das rechte Bein zerschmettert wurde. Er fiel vom Pferde und rief seinen Leuten zu: Kinder, verlasst euren König nicht!

Er suchte mit anderer Beyhülfe zweymal wieder zu Pferde zu steigen; allein seine Kräfte verließen ihn, und er fiel in Ohnmacht. Zwey Soldaten von seinem Regimente trugen ihn hinter die Fronte. Ein Feldscheerer war eben beschäftiget die Wunde zu verbinden, als er in den Kopf geschossen wurde. Der Herr von Kleist machte eine Bewegung, seinem verwundeten Arzte zu helfen; umsonst, dieser fiel entseelt bey ihm nieder.

Bald darauf kamen Kosacken, zogen ihn nackend aus, warfen ihn an einen Sumpf, und ließen ihn liegen. Von der starken Bewegung ermüdet, entschlummerte er hier, eben so ruhig, als ob er in seinem Zelte gelegen hätte.

In der Nacht fanden ihn einige Russische Husaren, zogen ihn aufs Trockene, legten bey ihrem Wachfeuer auf etwas Stroh, bedeckten ihn mit einem Mantel und setzten ihm einen Hut auf. Sie gaben ihm auch Brot und Wasser. Einer von ihnen wollte ihm ein Achtgroschenstück geben, als es aber der Verwundete verbat, warf es der Husar mit einem edeln Unwillen auf den Mantel, womit er ihn bedeckt hatte, und ritte mit seinen Gefährten davon. Die Kosacken kamen am Morgen wieder und nahmen ihm alles, was ihm die gutherzigen Husaren gegeben hatten. Er lag also *wiederum nackend auf der Erde; bis gegen Mittag ein Russischer Offizier vorbeygieng, dem er sich zu erkennen gab, und der ihn auf einen Wagen legen und nach Frankfurt an der Oder bringen ließ. Daselbst kam er gegen Abend in der äußersten Entkräftung an, und ward ordentlich verbunden.*

Er war bey allen Schmerzen, die ihm der Verband verursachte, sehr geruhig. Er las öfters und sprach mit den Frankfurtischen Gelehrten und mit den Russischen Offizieren, die ihn besuchten, mit großer Munterkeit. In der Nacht vom 22ten zum 23ten sonderten sich die zerschmetterten Knochen voneinander ab, und zerrissen eine Pulsader. Er verblutete sich stark, ehe der Wundarzt dazu kommen und das Blut stillen konnte. Hierauf ward er zusehends schwächer. Der heftige Schmerz verursachte ihm sogar einige convulsivische Bewegungen. Doch behielt er den völligen Verstand, und starb mit der Standhaftigkeit eines Kriegers und eines tugendhaften Mannes den 24ten früh um zwey Uhr, unter dem Gebet des Professor Nikolai, der ihm die Augen zudrückte.

Der Flug ist das Leben wert.

Wäre die Verneinung des Satzes besser?

Es gibt hier kein Wäre. Dieser Ort kennt keine Möglichkeitsform.

Aber es gibt doch einen anderen Teil der Geschichte.

Ja. Dann müssen Sie zum Jüdischen Friedhof gehen, wo Moses Mendelsshon liegt, oder zum Dorotheenstädtischen Friedhof. Er ist gar nicht so weit entfernt von hier. Dort finden Sie Hegel, Fichte und Brecht. Aber wir sind doch auf Ihren Wunsch hier, wegen dieser Frau.

Und wieder schob er mir das Etui unter dem Vorhang zu und das Feuerzeug. An dem Metall spürte ich die Wärme seiner Hände. Er muss es lange in der Hand gehalten haben. Ich zündete mir die Zigarette an und schob beides zurück. Ich hörte sein Feuerzeug nebenan, dieses Klicken.

Haben Sie, fragte ich ihn, sich schon als Kind für das Fliegen interessiert?

Nein, sagte er, gar nicht.

Ich rauchte und lauschte ihm.

Mich interessierten nicht Flugzeuge, nicht Zeppeline, nicht Autos, nicht Fahrräder. In meiner Kindheit habe ich noch ein Hochrad in der Stadt herumfahren sehen. Nein, all das hat mich über das Normale hinaus nicht interessiert. Dagegen Schiffe. Die Itz in Coburg ist so flach und klein, kein Boot kann dort fahren. Und dann sah ich die Elbe. Hamburg. Ich bin mit meinem Vater, der aus Hamburg nach Coburg gekommen war, einmal in seine Heimatstadt gereist. Dieser Blick auf den Strom, als der Zug über die Elbbrücke fuhr, war überwältigend. Die Masten der Segelschiffe, die Dampfschiffe, die Barkassen. In den Tagen bin ich oft mit einem etwas älteren Cousin hinuntergegangen, zu den Landungsbrücken, ich war elf Jahre alt und saß dort, blieb sitzen, auch wenn der Cousin drängte, wieder nach Hause zu gehen. Ich konnte mich an dem Ein- und Auslaufen der Schiffe einfach nicht sattsehen. Dieses Staunen über die verschiedenen Formen und Größen der Schiffe. Ein riesiger Passagierdampfer lag dort, dahinter die Viermastbarken, die Barkassen, Festmacherboote, auch die kleineren hölzernen Ruderboote. Ein Mann bewegte ein solches Boot mit nur einem Ruder vorwärts, auch dafür gab es ein Wort: wriggen. Ich kam zurück und überraschte den Englischlehrer nicht nur mit der Kenntnis ausgefallener Vokabeln, to scull, sondern mit einem Interesse an der englischen Sprache, von der ich überzeugt war und bin, dass sie wie keine andere die Seefahrt, das Meer abbilden kann, knapp, genau und dennoch so reich. Splice the main brace. Was ja nicht nur das Brassen zur Richtungsänderung der oberen Rah bedeutet, sondern auch eine andere Bedeutung hat: Ein Becher Grog wird als Belohnung ausgeschenkt. Mein Lehrer kam aus dem Staunen nicht heraus. Er wollte, dass ich Englisch studiere. Ich wollte zur See fahren. Wäre auch weggelaufen, wenn mein Vater nicht so vernünftig gewesen wäre, mir nichts zu verbieten, sondern im Gegenteil, mich mit Büchern über die Seefahrt regelrecht zu füttern. Die Sehnsucht konnte sich so ganz in Geschichten ergehen. Es scheint, sagte er, dass wir uns unsere Wünsche, unsere Interessen nicht einfach wählen können, sondern sie wählen uns und wir hängen ihnen an, ohne dass wir sagen könnten, warum. Erst im Alter, durch Beruf und Pflicht, verlieren die Wünsche etwas von ihrer Kraft, werden dann zur stillen Sehnsucht oder zum Hobby, oder aber sie tarnen sich, wie bei denjenigen, die ihre Spielzeugeisenbahnen aufbauen und das Interesse ihren Kindern unterschieben, die gar nicht so begeistert davon sind und möglicherweise lieber mit Borkenschiffchen spielen würden.

Warum sind Sie nicht zur Marine gegangen?

Ich wollte auf Segelschiffen fahren, nicht auf Torpedobooten. Notabitur. Eingezogen zur Infanterie. Ein Offizierslehrgang. Schützengraben an der Westfront. Dann der Handstand auf dem Stuhl und zu den Fliegern. Aber da ist die wunderbare Erinnerung, als ich von dem Cousin zu einem Schulausflug mitgenommen wurde. Hunderte Kinder fuhren auf einem Raddampfer die Elbe aufwärts. Und als er den Ort Geesthacht erreichte, liefen die Kinder alle zu der dem Ort zugewandten Seite. Der Dampfer bekam Schlagseite. Ich allein schaute hinunter auf das Schaufelrad, das sich in der Luft drehte, nur noch Spritzer und etwas Schaum an der Oberfläche erzeugte. Die Mannschaft trieb die Schüler zur gegenüberliegenden Seite, woraufhin der Dampfer dort Schlagseite bekam und langsam von nur einem Schaufelrad getrieben auf das Ufer zufuhr. Der Kapitän brüllte Befehle. Plötzlich ging ein Ruck durch den Dampfer. Er war auf Grund gelaufen. Erst gegen Abend gelang es einem herbeigerufenen Schlepper, das Schiff wieder flottzumachen. Leider. Ich hatte mir innig gewünscht, der Dampfer möge bis zum nächsten Morgen festsitzen.

Die Ausführlichkeit, mit der er über seine Erlebnisse in der Kindheit erzählte, hatte selbst etwas Kindliches, was mich anrührte, und doch muss ich kurz eingenickt sein, denn jetzt sprach er von seinen Reisen in China.

Auch dort suche ich mir, wenn irgend möglich, Hotels, die am Wasser gelegen sind. Zuletzt in Schanghai, wo ich im *Cathay* wohnte, mit dem Blick auf den belebten Strom, auf das Kommen und Gehen all der Schiffe, der Flussschiffe, Seeschiffe, Dampfer und Dschunken. Das wunderbar bewegte Wasser. Dagegen sind die Bilder von den vielen Überlandflügen in China und Japan nur blass in meiner Erinnerung.

Das hat abgefärbt, in dieser Nacht, sagt Miller, ihre Schwärmerei vom Fliegen auf ihn, wie und was er ihr plötzlich alles erzählt hat, er, der sonst Schweigsame. Sie hatte ihm gefallen, natürlich, jung, gut aussehend, aber mehr noch, sie hatte diesen Kredit Zukunft und die Unschuld, noch offen über Wünsche und Träume reden zu können. Der Horizont war weit. Und sie war regelrecht ins Fliegen verliebt, in ihre Maschine, *Kiek in die Welt*, nach ihrem Kinderkosenamen benannt, weil sie immer hinaus in die weite Welt wollte, ein Drang in die Ferne. Fernweh. Ein schönes Wort. Vielleicht war es aber auch nur eine einfache, aber radikale Übertragung, so wie es in Berlin einen Schwan gab, der sich in ein Boot mit dem Aussehen eines Schwans verliebt hatte. Der Schwan ließ nicht von dem Boot, auch wenn es über den Parksee gerudert wurde, auch nicht im Winter, wenn das Boot an Land gezogen wurde. Beide überwinterten, weil man nicht wusste, wohin mit ihnen, traulich im Zoo. Daher auch der Ausspruch: Mein lieber Schwan!

Einer dieser Miller-Kalauer.

Wunderbar, sagt sie, war der Flug über die Wüste, die Küste entlang, von Agadir zu dem Wüstenfort Cabo Juby. Die französischen Offiziere hatten mich gewarnt, nicht zu tief zu fliegen. Das Postflugzeug, das einmal in der Woche flog, war mehrmals von aufständischen Beduinen beschossen worden.

Und wie finde ich das Fort?

Leicht, sagte der französische Offizier: Sie fliegen immer die Küste entlang, und wenn Sie das nächste Haus sehen, dann sind sie in Cabo Juby, gute 500 Kilometer.

Unter mir die Brandung. Ich spürte das Salz auf der Haut, auf den Lippen, so niedrig flog ich über die Wellen, die sich am Ufer brachen. Weiß der Strand, dahinter gelbbraun die Hügel, mit einem leicht hellgrünen Schimmer zur Nordseite und darüber ein schmerzhaft klarer Himmel. Vor wenigen Tagen hatte die Regenzeit begonnen. Hin und wieder flog ich durch kurze, kräftige Schauer. Die Wüste blühte. Überall dort, wo Einschnitte in den Hügeln waren, sich das Regenwasser sammeln konnte, zeigte sich das Grün ein wenig dichter, an flachen Stellen war das Land gelbbraun. Dunkelgrün war das bewegte Meer, zum Strand hin die weißen Rüschen. Die Wellen hatten von hier oben etwas Überbordendes.

Da ist der Wind und die Sonne, und da sind Wolken.

Sie hat sich gut gehalten, vermute ich, sagt der Graue, auf diesem Bett aus Kohlenstaub und einer Mischung von Sägespänen und Zink-Sulfat.

Der Flug war das Leben wert.

Dieser Dahlem. Keins der großen Asse, so lala, sechs Abschüsse. War allerdings auch erst einundzwanzig. Hab in der Kartei nachsehen lassen. Etwas Antiquiertes war an ihm. Dabei hatte er seinen Adelstitel wahrscheinlich als Letzter im Reich bekommen. Müller, der Übervorsichtige, sagte, Achtung, wir wissen wenig über den. Karteikarte: China-Aufenthalt, Pilotenlehrer bei Tschiang Kai-scheck. War in Amerika. Sammelt Vasen, chinesische. Jurist. Kein Parteimitglied. Eine Zeit lang Honorarkonsul in Kanton. Früher Waffenhandel in China mit Wissen der Regierung. Jetzt Fluglehrer. Ziemlich buntes Leben. Kann man wohl sagen. Jedenfalls war er keiner dieser Spießer.

Traf diesen Dahlem in Berlin, sagt der Herr der Gegnerkartei. Er trat betont distanziert auf. Hieß wie der Stadtteil, in dem er wohnte. Kam im Anzug, grau, Seidenkrawatte, Einstecktuch in derselben Farbe. Verdiente sein Geld mit Flugunterricht. Gab sich unpolitisch. Aber man weiß ja nie. Flog ausgezeichnet, sehr ruhig, einmal, als der Motor ausfiel, keine Aufregung. Sie machen das, sagt er zu mir. Nur zu. Segelten plötzlich in der Luft. Er machte dann die Landung.

Dann, nach meiner Flugprüfung, hab ich gesagt, kommen Sie zu uns. Hab ihm ein Angebot gemacht. Leute wie Sie brauchen wir. Deutschland braucht solche Leute. Fronterfahrung und Erfahrung im Ausland. Fehlt den meisten. Die Parteigenossen sind doch fast alle Stammtischstrategen. Hab ihm auch von meiner Ausbildungsfahrt erzählt auf dem Linienschiff nach Spanien. Ich habe gesagt: Wir brauchen Sie. Die nationale Bewegung braucht Sie. Hat er Nein gesagt. Politik interessiere ihn nicht. Er sei Einzelgänger oder, wie er als Flieger sage, Stroller. Kommt mir englisch, dieser Snob. Genau genommen eine Unverschämtheit. Sind die Flieger, die am Himmel herumkreuzen und auf einen Gegner warten, mit dem sie den Kampf aufnehmen. Die elitär Kulturgesinnten haben eine Vorliebe für Frankreich. Wie Jünger, Benn und Konsorten. Die Snobisten mit demokratischer Vorliebe schwärmen für England. Immerhin, das gefällt an den Engländern, der gute Zusammenhalt, zugleich eine harte Front gegen alles Fremde. Right or wrong my country. Jede List, jede Brutalität ist erlaubt. Das ist gutes angelsächsisches Erbe. Waren mir immer lieber die Engländer als die verweichlichten Franzosen.

Hab die Parteikasse angewiesen, Dahlem das Doppelte für seine Fluglehrerstunden auszuzahlen. Darauf hat der Kerl die Hälfte zurückgeschickt. Das sei ein Irrtum. Wollte so seine Unabhängigkeit zeigen. Habe ihm schreiben lassen, kein Irrtum, das ist, damit er weiterstrollen kann, was sich ja wie strullen anhört.

Dieser Klang: Strull. Oder strullen. Stripp, strapp, strull. Das ist die deutsche Zunge. Der Klang der Worte nimmt diese Tätigkeit auf, stripp, das Langziehen der Euterzitze, strapp, deren Zurückschnellen, und schließlich das strull, wobei lautmalerisch das Geräusch der in den Eimer zischenden Milch zu hören ist.

Was ist denn das für ein Kauz?

Ein Germanist. Referent für Schrifttum im Reichssicherheitshauptamt. Zuständig für Eindeutschung und Zweifelsfragen in völkischer Sprache und Kultur. Bekam das Kriegsverdienstkreuz für die Eindeutschung von Fremdwörtern.

Bim, bam, bum. Das sind Schallwörter, gleichzeitig Urwörter wie die Stammwörter Adel, Arbeit, fahren, klingen, Knochen, Zwerg, die man zum großen Teil bis in die indogermanische Ursprache zurückverfolgen kann. Während die Lehnwörter wie kochen, Mauer, Platz von der deutschen Sprache umgeformt wurden, oftmals als durchaus eingedeutscht zu bezeichnen sind. Wobei immer wieder geprüft werden muss, ob von Fall zu Fall nicht noch bessere, ältere Stammwörter zu finden wären. Denn wir Deutsche haben doch noch eine größere Nähe zum Ding und Dinghaften. Und Wörtern wie Advokat, Büro, Präsident hört man sofort ihren fremdländischen Klang an. Darum auch die Ablösung der militärischen Grade wie Leutnant, Major zu Untersturmführer, Sturmbannführer. Nach einer Anfrage vom Sicherheitshauptamt, ob ein Wort für den Vorgang des Exhumierens, das dem Deutschen nur schwer von der Zunge geht, zu finden sei, war ich glücklich, dass mein Vorschlag der Enterdung angenommen wurde. Mag bei einem Einzelfall dieses so fremd klingende und an gerichtsmedizinische Vorgänge erinnernde Wort Exhumierung noch hingehen, so ist es bei größeren Vorhaben, beispielsweise bei tausend Körpern, völlig fehl am Platz.

Ich war neben dem Wüstenfort gelandet, und zwei spanische Offiziere kamen und begrüßten mich. Ein Postflieger hatte mich vor zwei Tagen angekündigt. Der eine, ein Hauptmann, sprach recht gut Französisch, aber kaum, dass wir miteinander einige Sätze gewechselt hatten, begann es, in schweren Tropfen zu regnen. Meine Maschine wurde von einem kleinen Kettenfahrzeug in einen Hangar gezogen. Der Sand war so fein, dass die Räder sogleich einsanken. Wie auch die Füße. Das Gehen war äußerst mühselig. Das Kettenfahrzeug kam zurück und brachte mich und die Offiziere zum Fort. Ein durch massive gelbbraune Mauern verstärkter Komplex mit Schießscharten und einigen auf der Brüstung stehenden Kanonen. Im Fort waren mehrere Hundert spanische Soldaten stationiert. Befehligt wurden sie von sechzehn Offizieren. Zwei Jahre mussten sie in dieser Einsamkeit ausharren, ohne Urlaub, ohne Unterbrechung. Das Fort lag unmittelbar an der Küste. Eine Ordonnanz und ein Leutnant führten mich in ein Zimmer mit einem kleinen Bad. Das Fenster ging hinaus auf das Meer.

Ich hatte gerade noch Zeit, mich zum Mittagessen umzuziehen, und kam an die Tafel, der ein alter Oberst vorsaß. Ich bekam neben ihm den Ehrenplatz. Das Betragen dieser Offiziere, die seit Monaten keine europäische Frau gesehen hatten, war überaus ritterlich. Man hatte sich viel Mühe gegeben und ein Essen mit sechs Gängen gekocht. Dazu gab es Wein, weißen, auch einen ganz vorzüglichen Rotwein. Die Unterhaltung wurde auf Französisch geführt, besonders ein junger Hauptmann sprach es sehr gut und musste hin und wieder übersetzen.

Später, am Nachmittag, zeigten sie mir die Hütten der Beduinen vor dem Fort, schmutzige Zelte aus Pfählen und Lumpen. Kinder, die recht schmutzig waren, und Frauen in langen Gewändern umringten uns und bettelten. Ich versuchte ihnen deutlich zu machen, dass ich kein Geld bei mir hatte. Der eine Offizier bemerkte meine Absicht und verteilte kleine Münzen. In der Dämmerung gingen wir hinunter zum Meer, wo die Sonne versank, in einem leuchtenden Rot, das langsam verblasste und in ein noch nie gesehenes Grüngelb überging.

Ich lag und hörte, wie der Wind ging, und einen Moment dachte ich, er könnte über meinem Erzählen eingeschlafen sein, aber dann sagte er, das Fliegen ziehe den Sinn zusammen.

Den Sinn?

Ja. Im Flug sei er ein anderer, sehe seinen Schmerz, seine Wünsche, auch Ängste, wie von außen, nicht etwa verkleinert, sondern in ihrer Notwendigkeit. Das meint ja, die Not wenden. Ja zu sagen.

Hören Sie den Regen?

Ist das nicht der Wind? Ein Rauschen in den Bäumen?

Nein, es ist zu gleichmäßig.

Die Engel können fliegen, weil sie sich selbst leichtnehmen, sagt man, sagt der Graue und bleibt stehen.

Hier dieser Arm, sehen Sie, er war erhoben zu einer anmutigen Geste, so wie die Hand leicht nach innen gedreht ist, die Finger ein wenig geöffnet, der Zeigefinger leicht vorgestreckt. Wenn Sie sich die Arbeit genau ansehen, erkennen Sie, ein Könner hat das gemeißelt. Abschied steckt darin, Trauer, Verlust. Ich kenne mich durch meine Führungen recht gut aus, was die Engel angeht, Körperhaltung, Gesten, Flügelstellung und natürlich die Häupter, gesenkte, erhobene, abgewendete Blicke, verheißungsvolle, trotzige, sehnsüchtige, milde lächelnde, Trauer, Trauer, Trauer, der Blick in den Himmel, der Blick zum Boden, Jenseits und Diesseits, meist sehr viel Süßes, Liebliches, nichts von Qual, Angst und Entsetzen.

So stehen sie herum, die Engel, auf den Friedhöfen. Die schlichte Vorstellung von den Engeln, die wir aus der Bibel kennen, dem Engel, der dem Tobias begegnet. Tobias, der einen Fisch trägt, dessen Leber das Augenleiden des Vaters heilen wird. Oder die drei Engel, die bei Lot einkehren. Die Bewohner von Sodom und Gomorrha fordern von Lot, er soll die drei aus dem Haus weisen. Erschlagen wollen sie die drei Fremden und ausplündern. Lot aber weigert sich, sie dem Mob auszuliefern. Er, der Gerechte, der einzige in der Stadt. Und die Engel befehlen Lot, er solle mit Frau und beiden Töchtern die Stadt verlassen. Sie wird vernichtet werden. Oder der Engel, der auf dem Stein vor dem geöffneten Grab in Jerusalem sitzt. Ich habe mir den Stein in der Grabeskirche angesehen, es ist ein roh behauener Stein, eine Steinplatte, könnte man sagen, sie könnte auch hier herumliegen.

Die Boten Gottes, mehr heißt es zunächst nicht, die Boten des göttlichen Worts der Verkündigung, oder der Kunde: Er ist auferstanden. Oder die Boten, die lediglich eine Nachricht überbringen, Nachrichten von dem Nächsten, von dem Fernsten, aber auch von der Bürokratie. Was allein an Essvorschriften übermittelt wird im Alten Testament, ist ganz erstaunlich. Die Botschaft der Verkündigung und die Nachricht vom Finanzamt. Auch sie, Marga, hat sich ja als Botin verstanden. Sie wollte nicht einfach nur in die Ferne, sie wollte verbinden, sie wollte Verständigung über die Grenzen hinweg schaffen. Im Mittelalter trugen Boten, wie heute noch in Afrika, einen langen Stock und darin hineingesteckt das Schreiben, von einem Schreibkundigen zu einem Lesekundigen. Oder aber sie richteten die Botschaft mündlich aus. Es musste jedoch das genaue, das rechte Wort sein. Über lange Strecken, Hunderte von Meilen gingen die Boten, bis sie ihr Ziel erreichten. Und sie standen auf ihrem Weg unter dem Schutz des Wortes, sie sind ja nicht die Ausrichter, nicht die Mächtigen, sondern nur die Überbringer. Deshalb war es ein Frevel, ihnen Gewalt anzutun, insofern waren auch die Schläge, die Marga bekam, weil sie den Hund, als der Briefbote kam, losband, durchaus rechtens, wie ich finde, sogar der dritte Schlag.

Wenn ich Ihnen einmal, entschuldigen Sie, mit Thomas von Aquin und seiner *Summa Theologiae* kommen darf: Dort können wir nachlesen, dass die Engel unsterblich nicht von Natur aus sind, sondern durch die Gnade Gottes. Das Wesen der Engel ist das Wort, das zwischen Körper und Geist ist, zwischen Himmel und Erde, Mittler zwischen Gott und Mensch. Die Stimme, die es spricht, wird getragen vom Leib, sein Ausspruch ist der Atem, sein Zuspruch gilt dem Hörenden. Wenn er denn hören kann, Hören meint ein Verstehen, vor jedem lautlichen Verstehen. Thomas schreibt in der 107. Frage seiner Engellehre: *Die Sprache ist nicht immer dazu da, einem anderen etwas zu offenbaren, sondern wird bisweilen im Endergebnis darauf hingeordnet, dem Sprechenden selbst etwas zu offenbaren, so, wenn der Schüler vom Meister etwas erfragt.* Das Wort der Verkündigung, das Wort, das am Anfang war, es kann nur seine Kraft erreichen für den, der offen ist, der glaubend hört. Ich bin der Ungläubige, sagt der Graue, aber ich glaube an das Wort, das die Erstarrung anderer Wörter lösen kann, das Gegenworte findet, auch noch zu dem letzten Wort, dem Wort Endlösung. Das reine Wort will keine Gewalt, weil es den Hörenden, den Verstehenden braucht, für sich braucht, unersetzbar für das Wort, das uns in uns hineinführt, um uns aus uns herauszuführen.

Das ist das Paradox, sie, die Engel, sind es, die über das bloß Sichtbare, sinnenhaft Wahrnehmbare hinausgehen, um das wahre Wort zu verkünden, hier aber stehen sie herum, missbraucht von Macht und Gewalt und durch sie verletzt und verstümmelt. Und die letzten Bruchstücke, wie dieser Arm, werden jetzt zusammengesammelt und vom Gartenbauamt abtransportiert und landen auf irgendeiner Müllkippe. Vielleicht aber, sagt der Graue, ist das den Engeln doch lieber, als von einem Freundeskreis ergänzt, restauriert und wieder aufgestellt zu werden.

Mir sind seit einiger Zeit die Beine schwer, und es macht mir Mühe, sie anzuheben.

Wieder dieses Stampfen.

Nein, das ist nicht dieses dröhnend Marschmäßige, das ist rhythmisch, es sind eher Tanzschritte, nicht gerade leichte, schwebende, ein wenig plump und unbeholfen, aber immerhin.

Seiner Majestät zum Gefallen. Die wallenden Kleider einer Frau. Der Tanz der Salome. Aber die Salome hat ja einen Schnurrbart. Einen nach oben gezwirbelten Bart. *Es ist erreicht*, aber in einem kleinen Format. Sieht aus wie ein Adler. Ein Zwergadler, der die Flügel hebt. Wie der Engel von dem General mit dem durchbohrten Drachen. Der Tanzende ist nicht mehr jung, 56 Jahre alt. Und dann in dem Wirbel der Schrei, und der Mann bricht zusammen, vor seiner Majestät, tot, der General der Infanterie, vortragender Generaladjutant des Kaisers und Königs. Chef des Militärkabinetts, à la suite des Garde-Füsilier-Regiments, der Graf von Hülsen-Haeseler.

Ich bin überglücklich, vor Ihro Majestät getanzt zu haben.

Das sollten seine letzten Worte sein. Er liegt hier, sagt der Graue. Das war im November 1908 ein gewaltiger Skandal. Der tote General in der Garderobe Ihrer

Durchlaucht der Fürstin v. Fürstenberg zu Füßen seiner Majestät des Kaisers. Und von dem General hören Sie seine letzten Worte: Ich bin überglücklich, vor Ihro Majestät getanzt zu haben.

Ich blickte zu dem Vorhang, der sich leicht im Zugwind bewegte. Es war die Brandung, die in einem nicht leicht bestimmbaren Rhythmus mich in die Nacht und in den Schlaf begleitete. Immer wieder, aber doch nicht genau abzählbar, brachen sich größere Wellen mit einem Grollen und einer Wucht, dass ich selbst hier, in dem steinernen Fort, das Beben spürte.

Granateinschläge. Kaliber fünfzehn. Die Geschütze müssen beim Spreebogen stehen. Dazwischen die Stalinorgel. Musst dich flach machen, flach wie ne Flunder. Beim Volltreffer hilft das auch nicht. Kannste noch so flach sein. Aber hier geht's. Sechs Meter Beton überm Kopf. Und dann noch Erde drauf. Nochmals drei Meter. Der war ganz nah. Gewohnheitssache. In Minsk flogen uns die Ziegelbrocken um den Kopf. Hier noch ganz gemütlich. Wieder so ein schwerer Koffer. Kommt wieder der Staub durch die Belüftung rein. Hält kein Filter ab. Wir halten durch, und sonst raus. Wir brechen durch. Die Garde stirbt, aber ergibt sich nicht.

Wer redet denn da, klingt so dumpf?
Sind die dahinten, sagt der Graue. Der Unterscharführer mit seinen Männern. An der Chausseestraße, wollten noch durchbrechen. Am Morgen des 2. Mai.

Die Letzten. Die liegen dahinten. Vierzig oder fünfzig Mann, die haben sie hier begraben. Kalk drübergestreut. Stanken schon. Es war ja warm im Mai.

Nach dem Frühstück kamen alle zu der Sandbahn. Da hier auch die Postflieger einmal die Woche landeten, hin und wieder auch Flieger des spanischen Militärs, hoffte ich, beim Start nicht im Sand hängen zu bleiben. Alle Offiziere waren gekommen. Ich startete, kam frei und hob ab, noch eine Schleife über die unten Winkenden, und ich flog hinaus aufs Meer, Richtung Gran Canaria. Ich hatte den Kompass noch einmal justieren lassen, und nach einiger Zeit war ich so weit geflogen, dass nirgendwo mehr Land zu sehen war. Ein wenig unheimlich war der Gedanke, dass der Motor aussetzen könnte. Aber wunderbar waren die Wolken, die weit vorn aus dem Meer zu steigen schienen, weiß und fest umrissen. Wo sie über den Meeresspiegel zogen, war das Meer tief dunkelgrün, in den Lücken von einem geriffelten Blaugrau.

Diese Scheißbelüftung. Überall Staub. Bei jedem Einschlag. Wozu gibt's die Ingenieure, diese Knieficker. Sollen richtige Filter bauen. Haben doch wieder mal gepfuscht.

Und auf dem Rückflug brachte ich den Soldaten, die kein frisches Obst, kein Gemüse hatten, Orangen mit. Ich hatte sie vor mir in der Maschine verstaut, ihr Duft wehte mir zu, der Duft eines Orangenhains, er begleitete mich auf dem Rückflug über das Meer.

Nach dem Abendessen, bei dem ich wieder an dem langen Tisch mit den Offizieren gesessen hatte, begleiteten mich zwei von ihnen, darunter der junge Hauptmann, auf einen Spaziergang durch die nächtliche Wüste, kalt war der Himmel, aber die Sterne waren so nah und über den ganzen Himmel verteilt, als regne es Licht.

Der junge Hauptmann fragte, ob ich García Lorca kenne, und als ich Ja sagte, sprach er in einer ruhigen Weise auf Spanisch ein Gedicht, das Memento hieß. Ich hörte die Sprache, die Melodie, ohne zu verstehen, und doch verstand ich. Ein Gedicht, in dem der Tod aufgehoben war, aufgehoben im Klang.

Und nachdem wir eine Zeit lang gegangen waren, bat er mich, ihm ein Gedicht auf Deutsch aufzusagen. Und als ich fragte, von welchem deutschen Dichter, antworteten beide wie aus einem Mund: Heine.

Wenn wir am Sommerabend,
Auf den Treppensteinen der Haustür,
Zum stillen Erzählen niederkauerten,
Mit kleinen, horchenden Herzen
Und neugierklugen Augen; –
Während die großen Mädchen
Neben duftenden Blumentöpfen
Gegenüber am Fenster saßen,
Rosengesichter,
Lächelnd und mondbeglänzt.

Was ist das für ein Gejüdel. Is doch von Heine, gell?, sagt eine brüchige Stimme von weit her.

Da ist wieder dieses Röcheln, dieses heisere Gurgeln.

Kommt auch von da hinten, sagte der Graue. Hauptmann Berthold, Jagdflieger, Erster Weltkrieg, 44 Siege, Pour-le-Mérite-Träger. Dann 1919 Führer der Eisernen Schar. 1920 auf dem Marsch nach Berlin zum Kapp-Putsch. Die linke Bande ausräuchern. Und dieses Gebrabbel?

Sein Unterführer, der Leutnant Mayerl, hatte an Berthold geschrieben: *Hoffentlich vergisst der kommende Diktator nicht, die Juden für vogelfrei zu erklären. Eine Nacht genügt, um diese Hunde auszurotten. Ich habe für hier eine schwarze Liste angelegt, damit auch die Richtigen totgeschlagen werden. Denn es verdienens auch manche Nichtjuden.*

Die Eiserne Schar im Baltikum. Das war unsere Kameradschaft.

Wir knallten in überraschte Haufen und tobten und schossen und schlugen und jagten. Wir trieben die Letten wie Hasen übers Feld und warfen Feuer in jedes Haus und pulverten jede Brücke zu Staub und knickten jede Telegrafenstange. Wir schmissen die Leichen in die Brunnen und warfen Handgranaten hinterdrein. Wir erschlugen, was uns in die Hände fiel, wir verbrannten, was brennbar war. Wir sahen rot, wir hatten nichts mehr von menschlichen Gefühlen im Herzen. Wo wir gehaust hatten, da stöhnte der Boden unter der Vernichtung. Wo wir gestürmt hatten, da lagen, wo früher Häuser waren, Schutt, Asche und glimmende Balken, gleich eitrigen Geschwüren im blanken Feld. Eine riesige Rauchfahne bezeichnete unseren Weg.

Und jetzt war die Eiserne Schar im Zug auf dem

Weg nach Berlin. Wollte da aufräumen mit den Sozis, dem Gesocks. Ein Polsterer als Reichspräsident. Ein Drückeberger. Juden, frech in den Ämtern. Septemberverräter. Der Zug wird gestoppt in Harburg. Von Arbeitern. Arbeitergegend. Hat er in die Arbeiter schießen lassen. Weg frei! Hat in die Leute, auch auf Frauen und Kinder, schießen lassen. Dann keine Munition mehr, und da haben sie ihn rausgeschleppt. Was nutzen ihm die 44 Luftsiege, da wird ihm kräftig in den Hintern getreten, da wird ihm eine Saftige verpasst. Mit der flachen Hand. Was heißt hier Offiziersehre. Halts Maul! Her mit dem Blauen Max. Da gurgelt er am Ordensband. Will nicht. Nein. Und noch einen Tritt in den Hintern. Weg, sag ich, die Pistole. Her damit. Weg. Und dann kurz hintereinander die beiden Schüsse.

Jetzt ist er still. Aber vorher das Gurgeln, Röcheln. Grässlich.

Nicht auszuhalten.

Die Flotte, die deutsche Flotte, Garant gegen das perfide Albion. Krämerseelen. Parlamentarismus zersetzt jeden Patriotismus. Hören Sie: Ich buchstabiere: P wie Prostata, a wie Anus, r wie Rhizinus, l wie Lues, a wie Anus, m wie Malade, e wie Ekel, n wie Nässen, t wie Trichine.

Das ist Liebermann v. Sonnenburg, Erfinder des Wortes *Endlösung der Judenfrage* und Organisator einer Petition der Antisemitenliga: Ausschluss von Juden aus allen öffentlichen Ämtern, sowie ein striktes Einwanderungsverbot für alle Juden. 250000 Bürger haben die Petition 1881 unterschrieben. Reichskanzler Bismarck, dem die Petition vorgelegt wurde, ignorierte sie. Irgendwo hier, unter diesem Blättermatsch, muss er liegen. Sein Grabstein ist verschwunden, aber er alphabetisiert so vor sich hin.

Was hat der hier verloren, fragt eine helle Befehlsstimme. Hat doch nichts zu suchen, hier, dieser Schwachkopf. Von Sonnenburg, dem ist die Sonne zu lange auf den Brägen geschienen. Mein bester Freund, treu, anständig, großzügig, ein Jude. Verstanden. Und jetzt Klappe!

Seht diese Wurzel, immer noch stark, kräftig, nichts gemodert, Eiche, deutsche Eiche. In ihrer Nähe hält man sich, und zwar ganz vorzüglich. Hier, meine Haare, die Fingernägel, etwas braun durch die Lohe, aber immer noch gut erhalten.

Wat, wat denn, wollte gar nicht her. Konnte mir nicht aussuchen, wohin. Wäre lieber in Friedrichshain, bei den Genossen.
    Tja. Gibt kein Reklamationsrecht.
    Was sagt er?
    Geh mir von der Backe. Diese Bande. Kenn die gut. Weiß doch, wenn man die fährt. Ein Mal den Schmeling, den Max, dem hab ich die Tür aufgehalten, und weil eines der Mädchen mit diesen seidenen Fetzen etwas Zug bekam, hat er die Tür zugerissen.

Verdammt, mach die Tür zu! Hat mir fast die Finger abgerissen. Anständige gabs natürlich auch, der Graf Hardenberg und der Staehle, waren immer freundlich. Na und haben den Kopf hingehalten. Hab ich ne Zeit lang gefahren, bis sie den Staehle verhaftet haben, nach dem Attentat auf Adolf. Haben sie mich auch verhört, Fahrtenbuch geprüft. Wen ich sonst noch gefahren hab. Weiß ich das, hab ich gesagt. So viele, kannste dir doch gar nicht merken. Und den, haben Sie den mal gefahren, den mit dem fehlenden Auge und der fehlenden Hand? Fehlen doch inzwischen so vielen ne Hand oder ein Auge. Und Staehle, war Oberst bei der Luftwaffe? Nee, weiß nicht. Hab nicht gesagt, dass ich den ein paar Mal mitgenommen hab, ohne Eintragung ins Fahrtenbuch, den Oberst dahinten, den sie dann erschossen haben. Genickschuss. Sozusagen im Vorbeigehen. Ich hab gesagt, haben doch alle Silber auf den Achseln, kann man sich doch gar nicht merken. Manchmal vier oder fünf am Tag gefahren. Und, wollte der wissen, die müssen sich doch im Wagen unterhalten haben? Etwas gegen den Führer, gegen die Partei oder so? Nix, hab ich gesagt. Müssten doch blöd sein, wenn sie sich darüber im Auto vor mir unterhalten. Hat der mich ganz kalt angesehen und gesagt: Es sei denn, die hätten Ihnen vertraut. Hab ich doch einen Schreck bekommen. Blieb aber ruhig, sagte, haben sie schon mal einen Obersten gesehen, der sich mit einem Obergefreiten über die Kriegslage unterhalten hat? Na, man hat ja schon Pferde vor der Apotheke kotzen sehen, hat der gesagt. Nee. Ich bin gefahren, sonst nix. Die haben gegrüßt, haben gesagt, zum OKW oder nach Zossen. Das war alles. Mal hat einer was übers Wetter gesagt oder gefragt, wo es noch ein gutes Eisbein gibt. Oder wenn mal einer von der Front kam, wo es was zum Amüsieren gibt. Sonst nichts. Sonst nichts? Nee. Die haben Akten gelesen, rausgeguckt, die meisten haben geschlafen. Erschöpft, total erschöpft, haben doch alle Tag und Nacht für den Endsieg gearbeitet. Hat er mich lange angesehen, Sie haben hier einen netten Druckposten, gell, Sie sollten an die Front, wo für den Endsieg gekämpft wird. Hat er mich rausgeschickt. Bin dann doch in der Fahrbereitschaft Berlin geblieben, bis zuletzt. Schade um den Oberst Staehle. War in Ordnung. Wenn auch aus ner anderen Welt. Nie gedacht, dass wir mal so nah beieinander sein würden. Hat mir jedes Mal ne Zigarette angeboten. Marke Nil, mit vergoldetem Mundstück. Hab ich dann ins Handschuhfach gelegt. Mal hat er mich gefragt, was ich über die Kältetauglichkeit unserer Lastwagen denke. Schlecht, habe ich gesagt, ganz schlecht, die Diesel springen nicht an, sind doch hochempfindlich. Hat er nur Ja, Ja gesagt. Diese Herren, haben doch am Anfang alle Hurra und Heil gerufen. Und wir mussten im Betrieb den rechten Arm zum Gruß heben. Arbeitsfront. Von wegen. Ich hab die linke Faust in der Hosentasche geballt. Hand hoch, Heil gerufen, aber in der Tasche die linke Faust gemacht. Heil Hitler. Heil du ihn doch, wenn du kannst, hat der Jan Hein gesagt. Am selben Abend haben sie ihn geholt. Neuengamme. Acht Monate später Herzversagen. Musste die Witwe auch noch die Kosten für seine Verbrennung zahlen.

Das Wasser, die Rüschen der Brandung, der Strand weiß, dann Ginster, es muss Ginster gewesen sein, gelb flammte es in das Land hinein, dahinter zartes Grün, und wieder das Gelb des Sandes, die gelben Wellen, die sich in das Land zogen, das war die Küste in Algerien, auch hier sollte ich nicht zu tief fliegen, weil Beduinen immer wieder auf Flieger schossen.

Haben Sie gesungen?

Ja.

Als ich eindrehte Richtung Sizilien, auf das offene Meer, habe ich gesungen. Ich habe laut gesungen, ich sang mit dem Dröhnen des Motors, so als müsste ich ihn bei Laune halten.

In Tunis hatte sie die Wetteraussichten eingeholt. Das Wetter war günstig. 300 Meter Wolkenhöhe, leichte Regenneigung, Süd- bis Südwestwinde. Vor ihr lag eine Strecke von 450 Kilometern, davon 250 über das Mittelmeer. Und sie hatte anfangs einen guten Rückenwind. Es war wie ein Aufbruch ins Unbekannte. Notwassern wäre unmöglich. Es gab nur dies: nach Sizilien kommen oder gar nicht ankommen.

Ihr Fliegen war, sagt der Graue, Lust, Entdeckerfreude, Abenteuer. Und nur so nebenher und wohl um der Öffentlichkeit einen etwas überhöhten Sinn zu liefern, sagte sie zur Presse: eine Demonstration für Deutschland. Deutsche Industrie, deutsche Wertarbeit. Das im Ersten Weltkrieg geschlagene, gedemütigte Deutschland, erniedrigt, so wie sich damals viele Deutsche gesehen haben. Sie wollte in die Welt ein anderes Bild tragen. Wie auch die andere Distanzfliegerin Elly Beinhorn. Junge schöne Frauen in leistungsstarken Flugzeugen. So mag man auch bei Junkers gedacht haben. Der Bau von Flugzeugen war nach dem Vertrag von Versailles eingeschränkt. Aber Deutschland sollte wieder erstarken. So dachten national gesinnte Politiker. Sie nicht, sie war an Politik nicht interessiert. Das Fliegen interessierte sie. Dahlems Fliegen war ein anderes Fliegen. Auch er war kein Propagandaflieger. Nationales scheint ihm, soviel wir wissen, ziemlich egal gewesen zu sein. Das Fliegen war für ihn eine Form der Bewegung, schneller als die Eisenbahn oder das Automobil, zweckgerichtet, verbunden mit einem bestimmten Ziel, das er erreichen musste und wollte. Ein gelegentlicher Blick nach unten zur Orientierung, das war es, was sein Fliegen begleitete. Hin und wieder ein Aufmerken über die Schönheit einer Gipfelgruppe, eines Flussdeltas. Er sagte ihr dann, Ja, er habe, auch mit seinen Kameraden früher, den Jagdfliegern, nie so viel über das Fliegen gesprochen wie jetzt hier, in diesem von den Lampen schwach erleuchteten, durch einen Vorhang getrennten Raum.

Schon vor dem Start war im Süden, von der Sahara her kommend, eine schwarze Gewitterwand zu sehen und deutlich auch das ferne Grollen zu hören. Ich startete und flog in nordöstliche Richtung. Überraschend war, wie sehr der Wind mich mit zunehmender Geschwindigkeit auf das Meer hinauswehte, und als ich mich nach kurzer Zeit umsah, war vom

Land schon nichts mehr zu sehen. Leichte Wolken hatten sich inzwischen davorgeschoben. In gut 300 Meter Höhe flog ich unter Regenwolken, unter mir lag graugrün das Meer. Die Wellen trugen Schaumkronen. Merkwürdig war auch, wie auf dem Wasser durch wechselnde Farben die Form und Färbung der Wolken wiedergegeben wurde. Hier grenzten Graugrün und Blaugrün ganz unvermittelt aneinander, dort wurden sie durch einen fast gelben Streifen getrennt. Ab und zu gab es kleine Regengüsse und in den dazugehörigen Wolken auch tüchtige Böen. Die störten mich nicht weiter, denn der Wind trieb mich gut voran. In zwei Stunden wäre ich nach dem Wetterbericht an der Küste Siziliens.

Aber dann, wenige Minuten später, sah ich mich einem zweiten Gewitter gegenüber, vor mir lag eine riesengroße, von Blitzen durchzuckte schwarzgelbe Wand, und die breitete sich noch weiter aus. Ein Umfliegen war unmöglich. Nach beiden Seiten hin war kein Ende des Unwetters zu sehen. Ich hoffte, auf offener See nicht allzu weit von meinem Kompasskurs abzuweichen.

Ich stürzte mich in das Gewitter. Was dann kam, die Stunden, wünsche ich keinem. Nie habe ich die Natur in ihrer elementaren Gewalt so erlebt wie auf diesem Flug.

Ist doch wider die Natur des Weibes, sagt eine ferne, brüchige Stimme.
Blech, wer redet dieses Blech?

Ringsum Blitze, bald hing ich in dichten Wolken, bald schwebte ich knapp über dem Meer, schäumende Wellen, ein unangenehmes Grüngelb. Dann wieder Wolken, so dicht und derart aufdringlich, dass ich kaum ein Stück Wasser sehen konnte. Die Böen packten die Maschine wie einen Federball und warfen sie in einigen Sekunden um hundert Meter hinauf und hinunter. Ganz eigentümlich, ich hatte keine Angst. Ich begann zu singen. Nein, nicht aus Angst, wie ich als Kind gesungen habe, wenn ich allein – und das war eine mir selbst gestellte Mutprobe – in den Keller ging, nein, es war, als ich in der Luft hin- und hergerissen wurde, Einverständnis, kein Schreckensgedanke, sondern freudige Hinnahme. Ich glaube, ich wäre singend abgestürzt.

Ich stockte einen Moment, ob er nicht eingeschlafen sei, und schwieg, aber sogleich sagte er, bei starken Böen, bei Gewitter, sei das Gefecht in der Luft auch zum Zufall geworden. Ob man traf oder selbst getroffen wurde, hing davon ab, wie weit man runtergedrückt wurde, ob der Gegner plötzlich hinter einem war. Obwohl die Fokker bei Wind weit besser war als die englischen Maschinen. Aber all das, was er jetzt sage, sei nicht zu vergleichen mit dem, was sie erzähle. Ich meine damit, sagte er, nicht nur, wovon Sie erzählen, sondern wie. Und ich habe auch einen Wunsch.

Welchen? Ich sagte das so schnell und gespannt, dass es mir peinlich war.

Gleich. Aber erst erzählen Sie doch bitte weiter.

Das ersehnte Sizilien. Ich hielt, sobald die Wolken

einmal ein Blickfeld freigaben, Ausschau nach der Küste von Sizilien. Aber ein Gewitter ging in das andere über. Wie eine große Sintflut, so erschien es mir. Ich versuchte herauszufinden, aus welcher Richtung der Wind kam. Vergeblich. Es war unmöglich, die Abdrift der Maschine und damit die genaue Windrichtung und ungefähre Stärke über dem ewig wechselnden Wellengrund zu erkennen. Ich wusste nicht, wohin mich der Wind trieb. Und das Mittelmeer ist doch recht groß. Dann, plötzlich, als ich schon fast hoffnungslos, nur noch gewohnheitsmäßig, die Küste suchte, entdeckte ich zwischen den Wolkenfetzen einen schwarzen Fleck. Es war nicht Land, aber wenigstens ein Schiff, ein Dampfer, der den gleichen Kurs steuerte, den ich flog. Also war ich doch auf dem Weg nach Sizilien! Wenigstens bildete ich mir in diesem Augenblick ein, dass jedes Schiff auf dem Mittelmeer nach Sizilien fahren müsse. Aber es verging noch eine Stunde in dem Chaos. Und dann der Augenblick – der unvergesslichste auf dem Flug, auf allen meinen Flügen –, an dem ich wieder Land sah. Noch zwei Stunden quälten wir uns vorwärts. Unten tauchte eine kleine Wiese auf, und ich beschloss, dort zu landen. Der Sturm war so stark, dass das Flugzeug zeitweise auf der Stelle stand, und der Tank war fast leer. Ein Kurven, ein Hereinlavieren gegen den Sturm, Zündung heraus, und da stand die Maschine auch schon, heil und unversehrt in dem wolkenbruchartigen Regen. Es war die Wiese, auf der am nächsten Tag mein Flug ein trauriges Ende finden sollte.

In dem Moment hörte ich, wie eine Frau zu Dahlem sprach, leise, auf Japanisch. Und wenig später fragte er mich, ob ich noch ein wenig Sake trinken möge. Und als ich Ja sagte, kam eine junge Frau hinter dem Vorhang hervor. Sie trug einen blauen Kimono, verbeugte sich und stellte auf den kleinen Tisch ein rotes Lacktablett mit einer Schale ab. In dem gedämpften Licht des Raums glänzte eine Stelle auf dem Tablett. Beim näheren Hinsehen erkannte ich eine darauf in Gold gemalte Fliege. Auf dem roten Tablett stand eine Schale, in die sie langsam den Sake goss. Die Schale war mit Blüten, mit Pflaumenblüten, bemalt.

So etwas von Mut. Und eine Entschiedenheit, aber sanft, kein Dröhnen, ruhig und freundlich. Ich war, wie gesagt, hin und weg, als ich sie in Hiroshima aus der Maschine steigen sah. Aber gleich am ersten Tag waren ja die Würfel gefallen, als Dahlem ihr sein Zimmer anbot.

Ich war schon mal geflogen, aber noch nie mit einer Frau. Sah wunderbar aus. Trug eine Fliegerjacke aus Leder. Sie hatte sich ein Motorrad geliehen.

Aber zuerst, sagte ich, einen doppelten Cognac bitte!

Sie lachte. Sie fallen mir nicht runter.

Ja, auch das, sie konnte Motorrad fahren. Und wie. Vor dem Hotel standen die Japaner und staunten, wie sie die ausgeliehene Maschine mit einem Ruck vom Ständer hob, den Anlasser ein-, zweimal antrat, mit der Hand Gas gab, sich auf den Sattel schwang, mich aufforderte, mich hinter sie zu setzen, mich festzuhalten – ich griff ihr um die Taille, was für ein Gefühl, sie zu spüren, ihr so nahe zu sein –, und mit einem kleinen Satz fuhr sie an und los und zum Flughafen. Ich habe sie fest umklammert, ein Gefühl aus Angst und leiser Wollust.

Ihre Junkers war schon aufgetankt worden und stand auf der Piste. Wir kletterten ins Flugzeug, ich saß vor ihr, schob die Brille über die Augen. Wir starteten. Sie hatte mich gefragt, ob ich Angst hätte. Nein, sagte ich tapfer. Wir hoben ab, und sie flog in einer weiten Spirale hoch, legte die Maschine schräg, damit ich besser hinunterblicken konnte. Wir flogen über die sich weit hinziehende Stadt. Das Überraschende war, wie nahe man dem Himmel, der Luft war, man saß ja im Freien. Ein Gefühl, als könne man die Wolken greifen, obwohl die weit höher waren, diese Empfindung, wie ich sie später nie wieder hatte, wirklich in der Luft zu sein, zu fliegen. Sie tippte mir auf den Rücken, zeigte hinunter. Und dort lag der Asakusa-Tempel. Ein wundersamer Anblick. Die Gärten, die Fahnen, diese lang gestreckten Fahnen. Ich hatte ein etwas mulmiges Gefühl beim Start, ich wusste ja, dass sie in Italien einen Bruchstart gemacht hatte. Alle wussten es. Machten auch ihre Witze. Und dann, natürlich später, als sie von Japan weiterflog, nach Bangkok, der nächste Bruch. Da ist sie richtig abgeschmiert. Aus 80 Meter Höhe. Totalschaden. Und sie hatte sich schwer verletzt, einen Wirbel angebrochen. Aber die Leute machten Witze hinter ihrem Rücken. Grinsten. Dahlem sagte, das kann jedem passieren. Und es passiert auch immer wieder. Bei Männern ist man beeindruckt, wenn die blutend aus ihrem Wrack klettern, heldenhaft. Bei Frauen lacht man und sagt, wussten wir doch.

Sie hatte das Kunstfliegen erlernt, einen Kurs belegt, hatte ihren ersten Rückenflug gemacht, machen müssen, denn der wurde für die Kunstflugprüfung verlangt, sie hat darüber geschrieben, sagt der Graue. Sie erfuhr zu ihrer größten Bestürzung, dass ein Rückenflug zur Prüfung gehörte.
Engel müssen auch auf dem Rücken fliegen können, hatte ihr Fluglehrer gesagt.

Ich konnte es mir überhaupt nicht schön vorstellen, sagt sie, plötzlich freiwillig und aus reinem Vergnügen mit dem Kopf nach unten und den Beinen nach oben in der Luft zu hängen, als sei das die natürlichste Sache der Welt. Aber es musste sein. Ich hatte mir nochmals alles genau vor dem Start überlegt: Der Rückenflug wird eingeleitet, indem man dem Flugzeug Verwindung bis zum seitlichen Überkippen gibt und, sobald man auf dem Rücken liegt, durch schwächeres oder stärkeres Drücken des Knüppels die Maschine im Geradeausflug hält. Dabei heißt es aufpassen, da der Motor ohne Rückenvergaser jetzt nur noch im Leerlauf ist und das Flugzeug nicht mehr in der alten Höhe halten kann. Ich war auf die vorgeschriebenen 1000 Meter aufgestiegen und versuchte, die Maschine durch Verwindung zum seitlichen Überkippen zu bringen. Das gelang erst nach einigen Versuchen. Ein Ruck – und ich hing plötzlich schwer in den Gurten.

Ich hatte vor dem Start die Gurte nicht fest genug angezogen. Jetzt fesselten sie mir die Oberarme. Ich konnte den Steuerknüppel nicht nach vorn drücken, um die Maschine wieder in die Normallage zu bringen. Sieben Sekunden sollte diese Rückenlage dauern. Die hatte ich längst überschritten, hing wie ein Sack mit dem Kopf nach unten und sah die Erde immer näher auf mich zukommen. Die Wolken hatte ich buchstäblich zu Füßen, eine Kumuluswolke, die wie ein weißer Kartoffelsack aussah. Man nimmt in solchen Schrecksekunden die unwichtigsten Details wahr.

Und, fragte Dahlem, wie haben Sie es geschafft?

Ich habe den Steuerknüppel angezogen, zog die Maschine, die gottlob genug Fahrt hatte, über den Kopf wieder in die Normallage. Allerdings war ich auch schon auf 250 Meter gefallen.

Oh, sagte Dahlem, nicht schlecht.

Hab ich auch gesagt, sagt der Monteur, als ich die Maschine in Catania sah. Ich kannte ihre Maschine, den Motor, hab den mit ihr zusammen gewartet. War schon was, die Frau, wie die sich auskannte, alle Achtung. Konnte nicht nur Zündkerzen reinigen. Baute selbst nen Motor aus. Sie hatte mich telegraphisch nach Sizilien gerufen. Bin mit der Eisenbahn nach Catania gefahren, sollte nachsehen, ob man die Maschine dort reparieren konnte. Sie war ja durch ganz Europa geflogen, nach Afrika, über das Meer und die Wüste, zu den Kanarischen Inseln, und dann, in einem Gewitter, macht sie eine Notlandung auf Sizilien, landet sicher in Sturm und Regen, aber am nächsten Tag beim

Start von diesem Acker kommt sie nicht hoch. Der Boden war vom Regen so aufgeweicht. Und am Ende vom Feld war eine dieser Mauern aus Feldsteinen. Sie konnte die Maschine wenigstens so weit hochziehen, dass sie nicht frontal draufgeknallt ist. Gab Vollgas, hätte es wohl auch fast geschafft, aber dann streifte sie mit den Rädern die Mauer. Riss das ganze Fahrgestell ab. Hinter der Mauer lag die Maschine auf dem Bauch. Sie steigt aus, blutet an der Stirn, das Gesicht voller Blut. Die Italiener, die herbeigerufenen Carabinieri waren bass erstaunt über diese Frau, die nicht weinte, nicht klagte, der das Blut nur so über das Gesicht lief. Ein deutscher Fotograf, der gerade in Catania war, hat mir erzählt, wie sie die Italiener beruhigen und dann auch noch einen der Carabinieri stützen musste. Dem waren, als er das viele Blut sah, die Beine weich geworden. War ne tolle Frau. Ich kam drei Tage später, da erzählten die immer noch von ihr, wie die aus der Maschine geklettert war und auf Französisch sagte: Ça va. Ça va. Ich kam dann und hab sofort gesehen, das Flugzeug, da war nix mehr zu machen. Das musste in Deutschland repariert werden. So klein und zierlich, winzige Hände, wie die zugreifen konnte. Hatte ne enorme Energie. Hat auf mich eingeredet, ich soll, ich muss es versuchen, wenigstens das. Ob ich nicht die gebrochenen Teile schweißen kann? Da ist nix zu schweißen. Kann man nur auswechseln. Der ganze vordere Teil, das Fahrgestell, abgerissen und gebrochen, das Material war ja Duralumin, konnte hier keiner bearbeiten, in ganz Italien nicht, unmöglich. Motor aus der Verankerung gerissen. Tat mir richtig leid. Sie sah traurig aus. Auf der Stirn ein großes Pflaster. Wenn man sie so sah, glaubte man nicht, dass die eine Maschine fliegen konnte. So klein. Ich verstand schon, der war es einfach peinlich, ohne Maschine nach Hause zu kommen. Fliegt los mit großem Tamtam und kommt mit dem Steuerknüppel nach Hause. Aber da war wirklich nichts zu machen. Saß mit ihr in einem Straßencafé in Catania. Plötzlich fing sie an zu weinen, gab sich zugleich Mühe zu lachen. Ich hab ihr mein Taschentuch gegeben. Gebügelt von meiner Frau, bevor ich losfuhr, und gesagt, es ist unbenutzt. Danke. Nie zurückblicken, sagte sie und wischte sich die Tränen ab und lachte nun wirklich. Sah wunderbar aus, wenn sie lachte. Hatte was Kühnes und so gar nichts Hochnäsiges, wie viele von diesen Herrenfliegern. Frauen in der Luft waren damals ja ganz selten. Zwischen uns lag ne ziemliche Höhe. Ich der Monteur und sie die Pilotin. War aber immer freundlich. Kurz geschnittene Haare, hatte ein weißes Kleid an, weiße Schuhe, Tennisschuhe. Die italienischen Offiziere haben ihr ganz schön den Hof gemacht. Aber war nix. Auch so ein italienischer Capitano konnte bei ihr nicht landen. Trotz Uniform mit viel Silber. Ganz netter Kerl. Einige haben ja gesagt, die ist lesbisch. Glaub ich nicht, war eher, wie soll ich sagen, ja, drüber. Vielleicht flog sie ja darum, vielleicht darum die Bruchlandungen, wollte gar nicht wieder runterkommen.

Oder sie wollte herunterkommen. Vielleicht hat sie das im Flug gesucht, den Tod. Wer nimmt so einen Wettbewerb an, frage ich Sie. Hab viel über die nachgedacht. Wer begibt sich in Gefahr, wenn er sich nicht insgeheim auch wünscht, darin umzukommen?

Hat dieser Mechaniker nicht recht? Könnte es nicht sein, fragte der Graue, dass die Lust an der Gefahr, auch am Schmerz, der Wunsch nach Dauer der Lust, zugleich auch der Wunsch nach deren Ende ist? Sich selbst so zu spüren, wie man sich sonst nie spürt? Die Verzweiflung, die tiefe Verzweiflung, die uns zu uns selbst führt, in der wir unser selbst innewerden, wie sonst nie.

Es war schon weit nach Mitternacht. Der Regen fiel gleichmäßig, ein Rauschen in den Kiefern und auf dem Dach. Von der Veranda kam der Geruch von Holz, trockenes Holz, das feucht wird. Wir hatten eine längere Zeit gelegen, und ich war sicher, dass er nicht schlief, sondern wie ich dem Regen lauschte. Wie sonderbar doch die Sinne uns zurückführen, wie sogar Gerüche ein plötzliches Glücksgefühl auslösen können. Der aus einer einzelnen Wolke fallende Sommerregen, der sich auf den Staub der Straße legt, ein Geruch, der für mich immer mit Kindsein verbunden bleibt. Dieses atemlose Laufen, das Erhitztsein und den Schutz unter einem Baum suchen, die kühlen schweren Tropfen auf der Haut. Und dann die Freude, weiterspielen zu können, weil hinter der Wolke die Sonnenstrahlen auftauchen. So auch dieser Geruch, nach Holz, das vom Regen feucht wird.

Ihn, sagte er, führe dieser Geruch von Regen und Holz in eine Dachstube.

Eine Dachstube, in der Sie gewohnt haben?

Nein, das kann man so nicht sagen. Er habe sich dort, es war Sommer, drei Wochen lang mit einer Frau getroffen.

Ich fragte ihn, ob er mir etwas von dieser Dachstube erzählen möge. Mir war die Frage, kaum war sie mir entschlüpft, peinlich, denn es war ja viel mehr die Frage nach der Frau. Und je länger er schwieg, desto peinlicher wurde mir, gefragt zu haben. Entschuldigung, sagte ich.

Nein, sagte er, es ist schon richtig. Es sei alles derart fern, zumindest räumlich, dass es vielleicht gut sei, einmal darüber zu reden. Er habe einen Freund und Kameraden, mit dem er im Krieg zusammen geflogen sei, Jahre später in Berlin besucht. Der Freund wohnte in einer Villa in Lichterfelde. Nachdem sie einander begrüßt hatten, kam die Frau die Treppe herunter, schnell und mit einer Leichtigkeit, wie man als Kind Treppen hinuntergelaufen, regelrecht gesprungen ist. Der Eindruck wurde noch durch ihre Figur verstärkt, klein und vor allem zierlich. Dunkle, fast schwarze Haare, nein, er stockte, es war nicht einfach schwarz, sondern im Licht, im Sonnenlicht, als sie auf die Terrasse hinausgetreten war, bekam es einen leichten kastanienbraunen, also leicht roten Schimmer. Dann brach er den Satz ab und schwieg. Wie er das erzählte, wie er stockte, sein kurzes Nachdenken, als das Schwarz ihm zum Kastanienbraun wurde, wie er diesen rötlichen Glanz bestimmte, das gab mir einen Stich. Ich mag meine Haarfarbe nicht, dieses gewöhnliche Mittelblond. Und ich dachte, wie schön es wäre, ein so besonderes Merkmal zu haben, das wie ein Geschenk unser Leben begleitet. Ich hörte ihn wieder, als er sagte, wie eine einzige Berührung dann alles verändert habe. Aber erst war es der Blick. Der Blick, der einen erfasst und in sich hineinzieht. Und dann, nachdem sie einander die Hand gegeben hätten, was eine kaum merkbare Gewohnheitsgeste gewesen war, kam es zu einer zufälligen Berührung, bei der ihm aber sogleich deutlich wurde, dass es eine gesuchte Berührung gewesen sein musste, so als solle dieser erste beiläufige und unbemerkte Händedruck zu einem körperlich bewussten Erfassen des anderen werden. Eine Geste, mit der er sie, sie ihn nochmals mit der Hand streifte. Ein spürbares Ertasten, ein Vergewissern des anderen, in – ja, wie soll ich sagen, in seiner Lebendigkeit. Aber genau genommen war es schon dieser Moment, als sie die Treppe herunter und auf ihn zugekommen war. Wie der Magnet etwas anzieht, sagte er, wie in dieser Bewegung alle Zuneigung lag, sprachlos, und wie er, wie unter Hypnose auch sie, sich an diesem einen späten Nachmittag verabredet hatten, schon da mit dem Ziel, den Freund, der kurz, um etwas zu holen, hinausgegangen war, zu hintergehen, wie sie sich dann zwei Tage später in einem Café getroffen hatten. Und ich stellte mir vor, wie sie in diesem Café saßen, ein Glas Rotwein tranken, wie die Frau sagte, sie trinke nie Rotwein, nachmittags, aber heute ja, wie sie geredet haben, wie sich ihre Beine unter dem Tisch berührten, erst beiläufig, wie zufällig, wie sich die Berührung wiederholte, als er, als sie, die Haut eines ihm, eines ihr fremden Menschen spürte, den er, den sie gern spüren wollte, wie sich die Finger schon berührten, wie sie schließlich aufgestanden sind, hinausgingen, auf der Straße standen, wie sie dastanden, sich verabschieden wollten, sich dann jedoch plötzlich umarmten, küssten, sie ihn zurückküsste, Leute gingen vorbei, von drinnen konnte man sie sehen, wie sie sich verabredeten, bald, übermorgen, nein, morgen, dringlich war es, sich wiederzusehen. Aus dieser Begegnung, hörte ich ihn nach einer Pause jetzt sachlich sagen, aus dieser ersten Begegnung war Begehren, Liebe geworden, schnell, besinnungslos, ohne Rücksicht auf andere, eine verborgene Liebe, vor dem Freund, dem Kameraden, von dem er gedacht hatte, er könne ihn nie belügen, und den nun beide, die Frau und er, belogen, wenn sie sich trafen in der Dachkammer eines Hauses, das einem Freund gehörte, der mit seiner Familie im Sommerurlaub war. Die hatten das Dienstmädchen, das die Dachkammer bewohnte, mitgenommen. Dort, in dem einstöckigen Haus, sah er sie in dem kleinen Dachfenster stehen und auf ihn warten wie Rapunzel, mit diesem langen Haar, dunkel, mit einigen lichten, rötlichbraunen Strähnen, volles Haar, das sie schon aufgelöst trug. Sie lagen in dem kleinen dachschrägen Zimmer, als draußen einer dieser plötzlichen Sommerregen fiel, eine Wolke, die sich ausregnete und diesen Geruch hereinwehte, Holz und Laub, das feucht wird.

Einen Moment habe ich gezögert, aber dann gefragt, was denn an dieser Liebe, nach diesem ungewöhnlichen Kennenlernen, das so Besondere war. Nach einer längeren Pause, in der ich mir wiederum den Vorwurf machte, wie mir diese Frage so hatte herausrutschen können, eine Frage, die ihm zu Recht als mir nicht zustehend erscheinen musste, und die dennoch eine Frage war, die ihren dringlichen, tief verschwiegenen Grund darin hatte, ob ein Gleiches an Zuneigung auch ich auslösen könnte. Nach diesem sich dehnenden Schweigen hörte ich seine Stimme: ihre Hingabe. Eine Hingabe, die auf nichts und niemanden Rücksicht nimmt. Ein Sichverschenken, das reich macht.

Reich worin und wodurch, fragte ich und merkte, wie unsicher meine Stimme durch den angehaltenen Atem war.

Außer sich zu geraten, die Auflösung seiner Selbst. Zugleich ihre Ruhe, danach die Obhut. Sie, sagte er, das sei sein Gefühl gewesen, gewährte ihm Obhut.

Das war mein Wunsch: Obhut zu geben und in Obhut genommen zu werden. Ich begehre dich. Und ich nahm mir vor, mein Haar, das ich kurz geschnitten trug, wachsen zu lassen.

Sprach sie es aus?

Nein, sagte der Graue, ich glaube nicht.

Das Bellen eines Hundes war zu hören, ein anderer Hund fiel ein, und das Bellen setzte sich leiser werdend in die Ferne fort. In der eintretenden Stille wurde wieder der Ruf des Nachtvogels laut. Ein eigentümliches Kiwitt, das in einer melodisch sanften Stufenleiter abfiel.

Darf ich, sagte er, Sie um etwas bitten?

Gern. Und dieses Gern kam viel zu schnell und zu laut. Sei ruhig, mein Herz, sagte ich mir. Sei ruhig.

Würden Sie etwas singen. Ein Lied. Ich habe seit Monaten kein deutsches Lied mehr gehört. Und keine Sprache, auch nicht das Italienische und schon gar nicht das nasale Französisch, kann man singen wie das Deutsche.

Ich war enttäuscht. Ja, ich war enttäuscht. Ich hatte in dem Moment andere Wünsche mir gewünscht. Zusammen zu sein. Berührung. Berührungen. Obhut.

Gern, sagte ich und habe leise gesungen:
Bächlein, lass dein Rauschen sein!
Räder, stellt euer Brausen ein
All ihr muntern Waldvögelein,
groß und klein
endet eure Melodein!
Durch den Hain aus und ein
schalle heut ein Reim allein;
die geliebte Müllerin ist mein!
Mein!
Frühling, sind das alle deine Blümelein?
Sonne, hast du keinen hellern Schein?
Ach so muss ich ganz allein,
mit dem seligen Worte mein,
unverstanden in der weiten Schöpfung sein!

Ich hörte ihn lange nicht, hörte nur das Rauschen des Regens, bis er leise Danke sagte.

Kühl und feucht war jetzt der Luftzug von draußen.

Kyō mo mie
kyō mo mie-keri
Fuji no yama!

Was murmelt der denn schon wieder?

Irgendetwas vom Fuji no yama. Einer von der japanischen Botschaft, blieb hier, als die Russen kamen. Er war Dolmetscher. Er hat den Text übersetzt, damals, als sie in Japan war. Deutsch hatte er an der Universität in Tokio gelernt. Wurde von einer Garbe aus der Maschinenpistole getroffen, als er den Rotarmisten, die in das Stadtzentrum eingedrungen waren, den Eintritt in die Botschaft verwehren wollte. Muss man sich vorstellen. Berlin brennt, die Russen kommen, und der Mann besteht auf der Exterritorialität der japanischen Botschaft. Und jetzt liegt er hier. Keiner versteht ihn. Eben nur das, was er für sie damals aus der japanischen Zeitung übersetzt hat.

Bericht vom 10. September 1931. Die deutsche Fliegerin, Frl. Etzdorf, die sich seither bei der deutschen Botschaft aufenthält, um Japan zu schauen, sagte am 8. gegen Abend, als sie von »Shuzenji« zurückkam, sie wolle gleich nach »Fuji« gehen. Da die Season aber dem »Fuji«-Bergsteigen nicht passt und ausserdem das Wetter nicht schön war, zögerte sich die Deutsche Botschaft, sie dorthin zu führen.

Aber ihr Wunsch war sehr dringend.

Himmel, Arsch und Zwirn, kann man dem nicht das Maul stopfen!

Redet Stuss ohne Ende, und dann noch so undeutlich.

Ja doch, hat viel Erde im Mund.

Daher hat die Botschaft sofort Vorbereitungen getroffen; als Führer standen Herr und Frau Legationssekretär Dr. Knoll, die als Alpinisten sehr bekannt sind und reiche Erfahrungen des Fuji-Steigens haben.

Und so fuhren sie. Mit dem Zug von 4.25 nachmittags nach Gotemba ab.

Es war schon Abend, als sie von Gotemba mit Auto durch das Feld des Bergfusses, wo liebliche Blumen bleich blühen und Grillen singen, gelaufen waren und in »Onoya«-Hotel eintrafen. Sie nahmen dort einfaches Abendessen und starteten dann um 10 Uhr. Von dort ritten sie. Es tönten Glöckchen am Rücken der Pferde. Und sie waren heiter und lustig.

Im Hotel »Onoya« hatte der Wirt ihnen gesagt, die meteorologische Nachricht sei für das Fuji-Bergsteigen günstig, doch könne man sich nicht beruhigen: das Wetter möge sich ändern.

Aber Frl. Etzdorf, die den schlechtesten Luftzug des »Ural«-Gebirges besiegte, war mutig, ohne Zögerung das »Fuij«-Bergsteigen zu wagen.

Nach einer Stunde fing es an zu regnen: es war kalter Herbstregen. Da herrschte nur ruhige und etwas geheimnisvolle Stimmung, die man nur im Berge geniessen kann. Der Berg »Fuji« stand oben ihnen.

Inzwischen wurden Laternen durch den heftigen Wind sehr oft erlöscht, und sie mussten warten. Die Pferde waren bestrebt, ihre Gäste nicht von ihren

Rücken nicht fallen zu lassen; denn die Wege waren sehr schlecht, und sie wären beinahe gefallen. In der Nähe von dem mittleren Abhang des Berges konnten Lastträger wegen der Müde und Kälte ihnen nicht folgen. Um 3 Uhr vormittags erreichten sie sogenannte »sechste Stufe« des Berges. Hier verließen sie die Pferde und gingen zu Fuss fort. Sie gingen fort durch die Nacht und den Wind nur mit Hilfe einer japanischen Papierlaterne.

Fräulein Etzdorf, die bisher noch nicht Berg bestiegen hat, sagte lächelnd, das Bergsteigen sei viel schwerer als Flug und rief oft, wie Japaner macht, »Rokkon Shojo«. Je höher sie stiegen desto heftiger wurde der Wind. Fräulein Etzdorf schätzte die Schnelligkeit des Windes dabei zehn Meter. Sie sind bald darauf ganz nass geworden. Aber gegen Morgendämmerung erreichten sie eine Hütte in der Nähe von dem Gipfel, in der sie sich am Ofen wärmten.

Aufhören, bitte, das ist zum Wahnsinnigwerden.
Stopft dem Japsen das Maul!
Da ist nichts mehr zu stopfen. Ist schon voll.

Nach einer Pause von 15 Minuten, nach einem einfachen Frühstück von Schokoladen und Eiern, gingen sie, mit Ausnahme von Frau Knoll, fort. Fräulein Etzdorf wurde bald ganz mutig und lebendig; es scheint uns, dass sie an die oberen Schichten der Luftströmung gewöhnt ist. Endlich erreichten sie den Gipfel des Berges »Fuji« und riefen »Banzai« aus. So hat Fräulein Etzdorf den Berg bestiegen.

Sie war mutig und, sagt Miller, anmutig. Und sie war
sehr preußisch.

Und lesbisch.

Quatsch.

Klar doch.

Und wenn?

Und, sagte seine Stimme hinter dem Vorhang, als die Familie des Freundes samt Haushälterin aus dem Urlaub
zurückgekommen war, da hätten sie sich einige Tage in
einem Park getroffen und in entlegenen Cafés. Wie sie,
die glaubten, nicht ohne einander sein zu können, sich
wieder einmal an einem Nachmittag verabredet hätten,
da war sie wie aufgelöst gekommen, ja, ihr Haar war
tatsächlich aufgelöst, und sie hätte laut, fast schreiend
und ohne weitere Erklärung gesagt, sie müssten sich
trennen, sofort, jetzt, und sie habe jede Erklärung für
ihren Entschluss verweigert und mehrmals gesagt: Es
muss sein. Dann war sie gegangen, hatte ihm mit einer
Handbewegung bedeutet, ihr nicht zu folgen. Er habe
die Trennung nur ertragen, indem er gelaufen sei, den
Tag über bis in die Nacht, Tag für Tag, und jedes Mal,
wenn er nach Hause kam, habe er gehofft, dass er eine
Nachricht von ihr in seiner Wohnung fände. Was ihn
zudem umtrieb, war die Frage, wie sie diese Trennung
aushielt, wie sie es ertragen konnte, ihn nicht mehr zu
sehen. Er prüfte seine Erinnerung, ob es schon zuvor
Anzeichen für ihre Absicht, sich zu trennen, gegeben
habe. Ob er womöglich etwas Unbedachtes gesagt
oder getan habe. Dann, nach drei Wochen der Unruhe, der Selbstvorwürfe, der Hassgedanken an sie, vor

allem an den Freund, der in seiner Vorstellung immer unbedeutender, langweiliger, farbloser, eintöniger geworden war, wobei er sich zugleich sagen musste, wie ungerecht, ja klein seine Einschätzung war, da habe er die beiden überraschend auf einem Empfang getroffen. Er habe gesehen, wie ihr das Blut ins Gesicht geschossen sei, und sich später gefragt, warum ihr Herz vor Schreck nicht aufgehört habe zu schlagen, wie seins, von dem er glaubte, er habe es stets in seiner Gewalt – das habe ausgesetzt, er musste zu sich, zu dem Herzen sagen, schlage, schlage, weil er Angst hatte, umzufallen, das Bewusstsein zu verlieren. Er habe sich eine Zigarette aus dem Etui herausgeholt, und da habe sie gesagt, bitte, schenk mir eine, und sie sei sacht mit dem Finger über diesen Splitter gefahren und habe gesagt, es hat dein Herz geschützt. Der Freund war ein wenig verwundert, woher sie die Geschichte kannte, und sie sagte, er hat es mir anvertraut. Sie hat dann geraucht und den Abend über keinen Moment den Blick zu ihm gewandt, ihn beim Abschied nur kurz und gleichgültig angesehen. Er habe sich nach diesem Abend um den Konsulatsposten in China bemüht, den er auch, auf Grund der Verbindungen zu Kriegskameraden, bekam. Es war ein Verrat, sagte Dahlem, an mir und an dem Freund, meinem, ihrem Mann.

In welcher Richtung liegen Sie?
  Ich blicke auf die Wand, eine graue Wand.

Wenn Sie einmal nach rechts und etwas hochblicken, sagte seine Stimme, dann sehen Sie eine Wandnische.

In vielen dieser Häuser finden Sie einen ausgesparten Raum in dem bloßen Holz und dieser hellgrauen Wandfläche, und dann sehen Sie darin nichts als den Schatten und eine Vase. Die zweite Vase in diesem Raum.

Nach einer längeren Pause, in der ich diesen so sanft bewegten Schatten in der Wandnische betrachtete, die Vase mit einem Blütenzweig, weißen Blüten, größer als Kirschblüten, sagte ich, mein Wunsch wäre, einmal mit Ihnen zu fliegen, entweder zusammen in zwei Maschinen oder nach diesem langen einsamen Flug von Ihnen geflogen zu werden. Sie im Rücken, in meinem Rücken zu wissen und nur schauen dürfen nach oben und nach unten.

Gut, sagte er, machen wir.

Da es aber furchtbar kalt war, fingen sie an sofort herabzusteigen. Auf der Rückkehr war Fräulein Etzdorf sehr heiter. Sie stieg mit Schnelligkeit ab. Bei der so genannten »neunten Stufe« des Berges sah man die Sonne scheinen. Aber der Nebel hinderte wieder den Sonnenschein. Von »Umagaeshi« nahmen sie Auto und tranken ein bisschen Bier um die Müde zu vertreiben. Am 10. um 10 Uhr vormittags verließen sie »Gotemba« und kehrten in Tokio zurück. Dass sie in 12 Stunden, in der Nacht außerhalb der Season, den Berg »Fuji« bestiegen haben, ist auch ein Schnell-Rekord.

Dieser Japse, dieses Gelaber.

Aber die Haltung von dem Mann, tipptopp. Muss man einfach sagen. Kann sich so manch einer von denen hier ne Scheibe abschneiden. Sagt zu den Russen: Halt. Exterritoriales Gelände. Die haben nix verstanden. Und wenn, hätten sie auch draufgehalten. Einmal durchgezogen, Bauchgegend.

War doch niemand dabei.

Doch. Ich. Hatte gedacht, ich bin sicher in der Botschaft.

Das Licht, sagt Thomas von Aquin, sagt der Graue, ist eine Form des Geistes.

Es war schon weit nach Mitternacht, der Regen hatte aufgehört, nur hin und wieder hörte sie die Tropfen unter einem Windstoß von den Blättern fallen. Dahlem sagte, Sie haben vorhin nach diesem Splitter in dem Zigarettenetui gefragt, und ich will Ihnen, wie der Frau, von der ich Ihnen erzählt habe, die Herkunft nennen.

Im Oktober 1918, kurz vor dem Waffenstillstand, genau am 15. Oktober, nachmittags, habe er einen Patrouillenflug gemacht. Normalerweise sei er immer höchst wachsam gewesen, jede Unachtsamkeit konnte tödlich sein. Jedoch an dem Tag habe er zwei Schwäne gesehen, die ungewöhnlich hoch flogen. Nur wenige Meter neben ihm zogen sie, ruhig und ohne sich um ihn zu kümmern, dahin. Er habe gewendet und die Maschine bei diesem wunderbaren Anblick ein wenig gedrosselt, um, wenigstens für einen Moment, gemeinsam mit ihnen zu fliegen. Plötzlich und wie ein schwarzer Blitz fiel ein Schatten auf ihn, und als er sich um- und hochblickte, sah er aus der Sonne kommend eine Maschine auf sich zustürzen. Er zog, nein riss die Maschine nach links und in einer steil angeschnittenen Kurve hoch, sah, wie der dunkle Streifen der Maschinengewehrgarbe knapp an seiner rechten Tragfläche vorbeizog. Er versuchte einzudrehen, um hinter den Engländer, denn es war eine englische Jagdmaschine, und so in Schussposition zu kommen. Der Gegner, sagte Dahlem, war, das habe er schnell gemerkt, einer dieser englischen Könner. Denn der habe seine Maschine sofort, Dahlems Absicht durchschauend, hochgezogen, sodass er wiederum von oben einen größeren Angriffsraum bekam. Es sei wie bei einem Schachspiel gewesen, die Züge des anderen vorauszusehen, ihm die eigenen aufzuzwingen, nur dass sich alles in einem dreidimensionalen Raum abspielte und sekundenschnell, denn der Engländer versuchte zugleich, ihn, Dahlem, von den deutschen Linien weg ins französische Hinterland zu drängen, um ihn so in eine Situation zu bringen, dass, würden sie weiter so umeinander kreisend versuchen, in Schussposition zu kommen, er bald aus Benzinmangel gezwungen worden wäre, zurückzufliegen, was wiederum seinen Radius eingeschränkt hätte. Dieses Gefühl, plötzlich einen Gegner vor sich zu haben, der nicht nur gleichwertig, sondern überlegen war, sei für ihn neu gewesen, und es war eine Schreckenserfahrung. Ich hatte, sagte er, plötzlich Angst. Und die sonstige Ruhe, die durch höchste Konzentration erzeugte Gleichmut, war dahin. Er habe versucht, den Engländer hinunter und in Richtung der deutschen Linien zu drücken, von wo er von der Infanterie hätte beschossen werden können. Doch der Engländer reagierte, als hätte er ihm die Absicht selbst zugerufen, schnell, drehte sich in Spiralen höher und höher, wobei Dahlem durch eine nach links gedrehte Rolle plötzlich für einen kurzen Moment hinter dem Gegner war, auch sogleich das Maschinengewehr betätigte, auch sah, wie einige Treffer in die linke Tragfläche des Engländers gingen, der sich jedoch mit einer halben Rolle wieder herausdrehte, so als habe er Dahlem nur zum Spaß einmal zum Schuss kommen lassen – der Engländer hob die Hand, als wolle er das anzeigen –, und schon im nächsten Moment hatte Dahlem ihn wieder im Nacken und konnte sich nur durch einen Sturzflug in eine besinnungslose Flucht retten. Langsam kurvte er sich wieder in die Höhe, und plötzlich, er wusste nicht wie, flog der Engländer knapp neben ihm. Dahlem sah ihn, keine zwanzig Meter entfernt, die Fliegerbrille, der Mann lachte, und dann das Winken, ja, er winkte kurz herüber. Ein freundliches Lachen, ein freundliches Winken. So, wie man einem Freund oder Bekannten zum Abschied zuwinkt.

So trennten wir uns.

Am nächsten Tag sei er wieder um dieselbe Zeit, nachmittags, gestartet, habe sich extra dafür die Erlaubnis von seinem Staffelführer geben lassen. Er hoffte, den Engländer zu treffen, den Kampf wieder aufzunehmen, zugleich, sagte er, hatte er, wenn auch kaum eingestanden, den Wunsch, der Engländer möge heute doch nicht am Himmel sein. Der jedoch schien nur auf ihn gewartet zu haben. Und wieder begann dieses Umeinanderkreisen, Zustoßen, Abdrehen, dieses Einschätzen von Höhe, Weite, Windrichtung, das Warten auf die Schussmöglichkeit und das Ausweichen vor der gegnerischen Schussposition. Wobei an diesem Tag, für ihn, Dahlem, günstig, ein starker Westwind wehte und sie auf die deutsche Frontseite gedrückt wurden. Wie gut sein Gegner war, erkannte er daran, dass der Engländer zu keinem Moment, auch wenn er fast heran war, aber eben nur fast, schoss. Genau genommen hatte er bislang nur einmal, am Anfang, als er sich aus der Sonne auf ihn gestürzt hatte, geschossen. Während er selbst schon viermal geschossen und jedes Mal schon beim Berühren des roten Knopfes gewusst hatte, dass er nicht treffen würde. Und doch war das Rattern des Maschinengewehrs wie eine Erlösung aus seiner Anspannung. Jedes Mal hatte sich der Engländer mit einer eleganten Rolle aus der Schussrichtung herausgedreht. Je länger dieses Umkreisen dauerte, desto größer wurde die Wut, eine sich steigernde irrwitzige Wut. Der unbedingte Wille, diesen Gegner vom Himmel zu holen, koste es, was es wolle, eine Wut, nein, eine berserkerhafte Lust, diesen Mann, der diesen Kampf so locker sportlich nahm, abzuschießen. Er war sicher, dass der Mann mit ihm spielte, ihn vorführte für die da unten, all die Soldaten, die im Dreck lagen, in den Schützengräben, und die jetzt diesen Zweikampf am Himmel beobachteten. Wobei das Erstaunliche war, dass sich zwei andere englische Maschinen fernhielten. Offenbar war es eine Anweisung seines Gegners, nicht in den Kampf einzugreifen. Ihm sei, sagte Dahlem, in dem Moment klar geworden, dass er selbst über sein Können hinausgewachsen war, aber diese Anspannung nicht länger würde durchhalten können. Er musste eine Entscheidung erzwingen. Vielleicht hatte sein Gegner für sich eine ähnliche Entscheidung getroffen, jedenfalls flogen sie wie auf Verabredung frontal – er, Dahlem, in seiner irrsinnigen Wut – aufeinander zu, um diesen Kampf, koste es, was es wolle, zu beenden. Ich sah, sagte er, die englische Maschine vor mir, sah die Leuchtspur des Maschinengewehrs auf mich zukommen, direkt, ich feuerte, feuerte, ich hörte trotz dieser besinnungslosen Raserei und trotz des Motorenlärms die Einschläge in den Tragflächen, dann, als ich die Maschine kurz vor dem Zusammenprall nach oben und rechts riss, spürte ich einen heftigen Schlag gegen die Brust, und fast gleichzeitig einen anderen gegen den Kopf. Sofortige Dunkelheit, das Gefühl, in tiefe Schwärze zu versinken. Und doch müssen es nur wenige Sekunden gewesen sein. Ich sah plötzlich ein helles, ein leuchtendes Rot, mit der deutlichen Empfindung, zu fallen, endlos zu fallen, versuchte mich an etwas festzuklammern, kam wieder zu mir und spürte, wie ich den Steuerknüppel in dem Augenblick meiner Bewusstlosigkeit an mich gerissen und damit die Maschine steil hochgezogen hatte, die nun rückwärts abschmierte. Ich musste die Brille herunterreißen, über die das Blut lief, und konnte die Maschine noch abfangen, sah unter mir die englische Maschine, sie trudelte brennend um ihre eigene Achse zu Boden, ich sah, wie sich der Pilot, der keinen

Fallschirm trug, aus dem Sitz stemmte und vor den Flammen, die ihm vom Motor entgegenschlugen, in den Tod sprang.

Wie lang dieses Schweigen war, sagte sie, wie überhaupt die Stille ebenso lang war wie unser Reden. Erst nach geraumer Zeit erzählte er weiter, wie er seine Maschine auf einer Wiese, neben einer deutschen Feldbäckerei, hatte landen können. Nachdem man ihm später im Lazarett den Riss in der Kopfhaut gesäubert und genäht hatte, wollte er sich eine Zigarette aus dem Etui nehmen, da entdeckte er den Splitter in dem Etui, das er genau über dem Herzen in der Uniformtasche getragen hatte.

Es ist dieses Bild, mit dem ich lebe, sagte Dahlem, dieser vor den Flammen in den Tod springende Mann. Das Etui erinnert mich nicht nur an mein gerettetes Leben, sondern auch an den Tod des anderen. Der Splitter ist der blinde, sinnlose Zufall Leben.

Nein, habe ich gesagt, nein, es ist der schöne Zufall Leben.

Er schob mir das Etui unter dem Vorhang durch, und als ich es öffnete, sah ich, es war nur noch eine Zigarette darin.

Nehmen Sie nur, sagte er.

Nein, danke. Ich schob es zurück und sagte, es ist ein sehr schweres Andenken.

Ja.

Ich lag da, das eigens für mich herbeigebrachte Kissen unter dem Kopf, und lauschte auf die hin und wieder fallenden Tropfen. Der Vorhang bewegte sich sacht im Wind. Es war kühl geworden. Ich zog die Decke hoch und über die Brust. Ich hätte ihm sagen können, wie sehr mich der Gedanke an Kampf und Töten im Zusammenhang mit dem Fliegen stört. Wie sehr es bei mir der Lust entspringt zu schweben. Ich hatte als Kind viele Flugträume, die keineswegs mit Angst verbunden waren, ganz im Gegenteil, es war ein Schweben, alles Schwere blieb zurück. Aber ich schwieg.

Zwar habe ich als Mädchen auch die Jagdflieger Boelcke und Richthofen bewundert, jedoch weit mehr aus dem Grund, dass sie nicht abgeschossen wurden, als dass sie andere abschossen. Ich las, wie sie ihre Flugapparate beherrschten. Wie sie am Himmel herumturnten, so hieß es. Du bist da, wo keiner hinkommt. Und ein Foto in einer Illustrierten hat sich mir tief eingeprägt, das Foto von einem Militärflugzeug. Man denkt beim Betrachten nicht an Kampf, an Leid und Tod. Das Foto zeigt ein Flugzeug über den Wolken. Ein unruhiges Wolkenfeld, am Horizont die untergehende Sonne, ich war, sagte ich, immer überzeugt, es könne nur die untergehende Sonne sein, links oben sammelt sich schon das Dunkel, unter den Wolken, auf der Erde ist Finsternis und nach oben links, in dieses nahe Wolkendunkle des Himmels fliegend, der Doppeldecker mit dem Eisernen Kreuz an dem Seitenruder. Auf den Helmen des Piloten und des ein wenig höher sitzenden Beobachters liegt der Glanz der untergehenden Sonne. Ein Bild voller Wehmut, ganz unbestimmbar. Wenn ich es betrachtete, war mir immer, als flöge dort meine Seele mit. Hingegen waren die Bilder von den brennenden, abstürzenden Maschinen mir zutiefst verhasst.

Ich kenne das Foto recht gut, sagte er. Ich kann es Ihnen schenken, wenn Sie mögen.

Ich lag und hörte die Stille.

Kyō mo mie
kyō mo mie-keri
Fuji no yama!

Ich habe lange gesucht, bis ich in Tokyo ein Zigarettenetui fand, das mir gefiel. Silber, für zwei Lagen flacher Zigaretten. Der Deckel glatt und darin die japanischen Schriftzeichen für Wolken und Flug.

Ich habe es ihm an dem Abend vor meinem Rückflug von Japan nach Deutschland geschenkt und gesagt, es sei für ihn ein leichterer Glücksbringer, wie alles Neue noch unbeschrieben, wenn man einmal absieht von der Keilschrift der Vögel, wenn sie ziehen.

Was ist das für ein entsetzliches Qualgeschrei, ein schrilles Wiehern, als würde die Welt zerrissen, ganz unmenschlich.

Ist auch kein Mensch, ist ein Pferd.

Mein gutes Pferd, sagt eine Stimme.

Eine Kanonenkugel hat ihm den rechten Hinterschenkel abgerissen.

Auf den Schlachtfeldern lagen nicht nur Tausende von Toten, auch Tausende von Kadavern. Das gute Pferd war eines von unzähligen Pferden, die gespießt, angeschossen, zerschossen wurden, und derer keiner gedenkt. Kreaturen, denen der Schreck abtrainiert worden war, damit sie bei Schüssen, auch bei Kanonaden nicht scheuten. So wurde ihr Instinkt, ihr gesunder, lebenserhaltender Instinkt der Angst im Dienst ihrer Reiter gebrochen. Dieses Pferd war ein besonderes. Es trug seinen Reiter in die Schlacht bei Groß-Görschen, den General Scharnhorst. Scharnhorst konnte von dem zusammenbrechenden Pferd springen. Noch war dieses Schreien, dieser Laut, zwischen Wiehern und Wimmern, aus der am Boden sich wälzenden, blutigen Masse zu hören, als der stets gefasste General Scharnhorst zu seinen Adjutanten sagte, es sei wichtig, in der Schlacht ohne Steigbügel zu reiten, so komme man nicht unter das Pferd zu liegen. Er ist dann erst zu Fuß weitergestürmt, den Säbel in der Hand, hat Truppen nach vorn geführt, er, der Stratege, der das Volksheer schuf, in dem nach Verdienst und Können die Leute befördert werden sollten, nicht nach Herkunft und Stand.

Scharnhorst war, sagte der Graue, mit seinem Schüler Clausewitz der intellektuelle Gegner Napoleons. Sehr schön und neuerdings restauriert, können Sie hier sein von Schinkel entworfenes Grabmal sehen. Der Marmorfries, der das Leben Scharnhorsts im klassisch römischen Gewand erzählt, wurde von Friedrich Tieck ausgeführt. Der General bekam am 2. Mai 1813 in der schon erwähnten Schlacht bei Groß-Görschen einen Schuss ins Bein, schonte sich aber nicht, reiste und verhandelte mit dem Zaren und Metternich, alles für die Befreiung Preußens. Und das, obwohl er kein Preuße war, sondern aus dem Hannoverschen kam.

Er bekam den Wundbrand im Bein und starb, nach zwei Operationen, qualvoll in Prag, am 28. Juni 1813. Später wurde er hierher überführt und am 9. September 1826 beigesetzt. Hat eine geradezu tiefere Bedeutung: Der Reformer des preußischen Heers, der *Jakobiner des Nordens*, wurde hier begraben, als die Reaktion wieder die Oberhand gewonnen hatte. Den sterbenden Löwen auf dem Sarkophag, modelliert von Christian Daniel Rauch, hat man übrigens aus dem Metall der erbeuteten französischen Kanonen gegossen. Unter einem kunsthistorischen Gesichtspunkt ist das Grabdenkmal ganz gewiss der Höhepunkt dieses Friedhofs.

Ich habe all meine Kraft gebraucht, um hart zu bleiben.

Ich wurde von Miller schwanger, sagt die Unberührbare. Er war mit seiner Theatertruppe abgereist, und ich merkte bald, dass ich schwanger war. Mein Körper veränderte sich, winzige Anzeichen. Meine Haare elektrisierten beim Gehen, meine Brüste wurden fester. Dann die Gewissheit – meine Regel setzte aus. Es gab im Hauptquartier der Armee Ärzte, aber natürlich keinen Gynäkologen. Ich konnte, nein ich wollte auch nicht hingehen und sagen, ich brauche Urlaub für eine Abtreibung. Einmal, ich war im vierten Monat und der Uniformrock spannte schon sehr, rief er an, aus Prag, der Allmächtige, der stellvertretende Reichsprotektor, der Obergruppenführer, so wurde er am Telefon von seinem Vorzimmer angekündigt, und fragte, na, wie geht es denn. Ob ich Probleme hätte, etwas brauche. Nein. Na denn, alles Gute und hoffentlich ist da nichts Jüdisches im Blut. Er wusste es also, hatte seine Informanten auch hier, im Heeresquartier. Und vor allem dieser Schreck: Man sah es mir an. Es war nicht mehr zu verbergen, obwohl ich den Bauch einzog, den Rock erweitert hatte, auch die Seitenabnäher der Uniform aufgetrennt und raumgebend wieder vernäht hatte. Sorgen machte ich mir, dass er Miller etwas antun könnte. Aber dann, drei Wochen später, war der Allmächtige an den Folgen des Attentats gestorben.

Bis zum siebten Monat hab ich noch Dienst getan. Das schadenfrohe Grinsen hat mich nicht berührt. Nett war der junge Major, der so gar nichts von Schadenfreude spüren ließ. Sich mit mir traf, mit mir zusammen aß, bis er versetzt wurde. Kurz darauf wurde ich freigestellt. Ich fuhr zurück nach Berlin. Miller war in Italien zur Truppenbetreuung. Er hatte mir geschrieben, dass er mit seiner Frau nicht hatte reden können. In Briefen könne man das nicht klären, allein im Gespräch. Ich bin zu Millers Frau gefahren, sagt die Unberührbare. Berlin Charlottenburg. Ich wollte mit ihr reden. Ich wollte mit ihr ganz vernünftig reden. Ich wollte sie bitten, möglichst bald in die Scheidung einzuwilligen. Ich fuhr mit dem Fahrstuhl hinauf, ich spürte das Kind in mir, das trat und sich drehte. Es nahm mir ein wenig die Luft. Und ich wartete, bis es sich beruhigt hatte, dann klingelte ich und versuchte, ruhig ein- und vor allem auszuatmen. Die Tür ging auf. Ich erkannte sie sofort. Seine Frau. Ich sah sofort, auch sie war schwanger. Sie war noch nicht ganz so weit wie ich, einen Monat weniger, vermutete ich. Sie fragte, freundlich, wen ich suche. Ich sah sie an, dieses Gesicht, freundlich besorgte Augen, hohe Wangenknochen, dunkelbraunes Haar. Ist Ihnen schlecht, fragte sie? Wollen Sie ein Glas Wasser?

Ja, sagte ich.

Kommen Sie herein. Setzen Sie sich.

Danke, sagte ich, danke, ja, wenn Sie mir ein Glas Wasser bringen. Ich setzte mich auf den Stuhl und sah in den langen Flur und sagte mir, das also ist der Spiegel, in dem auch er sich sieht, das die Kommode, das der Kleiderständer, an den er und seine Frau die Mäntel hängen, dort stehen zwei Schirme. Dort wird das Schlafzimmer sein, wo angeblich sich seit zwei Jahren nichts mehr tut. Seine Frau kam mit einem Glas Wasser aus der Küche. Ich trank es in kleinen Schlucken aus. Danke. Ich stand auf. Wir standen uns gegenüber, beide in Sommerkleidern, unsere Bäuche berührten sich fast. Ich begann zu lachen, ich lachte, ich habe mich ausgeschüttet vor Lachen.

Sie sah mich an, erst verwundert, dann ängstlich.

Ich bin gegangen, habe mich nochmals für das Wasser bedankt. Ich dachte, du Dreckskerl, aber dann sagte ich, du dumme Gans, laut, im Treppenhaus, zu mir, sehr laut, ich bin eine dumme Gans. Es war grotesk. Es war lächerlich, weil ich ihm geglaubt hatte, weil ich ihm hatte glauben wollen, weil ich jeden Zweifel erstickt hatte, ihn für übertrieben hielt.

Und haben Sie ihn wiedergesehen?

Ja.

Sie sind zu ihm zurückgegangen?

Ja.

Und sie, seine Frau, hat die nichts erfahren?

Doch.

Hat die ihn rausgeworfen?

Nein. Er hatte plötzlich zwei Frauen. Das war die Strafe. Seine Strafe.

Das Lachen ist hell und laut. Ein lang anhaltendes Lachen.

Sonderbar, sagt der Graue, wie kann man das verstehen.

Da ist auch nichts zu verstehen.

Und Miller?

Ich kann mich an nichts erinnern.

Warum reden die einen und die anderen nicht?

Die früher geredet haben, reden weiter, die nichts gesagt haben, schweigen weiter, und die nichts zu sagen hatten, haben auch später nichts zu sagen. Es ist die einfache Wiederkehr. Keine Änderungen mehr, alles fest und gleich. Wie ein Blitz wiederholt es sich. Die Zweifel, die Wünsche, die Fehler. Hier ist nichts korrigierbar. Im Licht ist Bewegung. Das Vorher, das Nachher, das Jetzt, die Wahlmöglichkeit. Hier ist alles wahllos. Wir können ein wenig auswählen, vielleicht ein wenig Licht bringen, einen Halbschatten, ein Zwielicht. Nichts ist ganz klar, kaum beugen wir uns über das Geschehene, werfen wir unseren Schatten darauf. Sie wissen, wie verzerrt der sein kann.

Und dann, sagt der Dichter, hatte dieser Miller noch eine Lachnummer. Ein, ich würde sagen, subversives Lachen. Im Saal saßen die Landser auf den Bänken, dicht gedrängt. Dreihundert graue Gestalten. Miller erzählt einen seiner Witze. Gelächter. So, sagt er, wir leben doch in großen Zeiten, jetzt werden wir einen Lachchor bilden, damit die netten Damen uns nochmals etwas vortanzen. Und vor allem, alle müssen mitlachen! Rechts: Ha, ha, ha und links: Hi, hi, hi! Nochmals halbiert, je eine Hälfte hoch, die andere tief ha, ha. Und ebenso mit hi, hi. Vierstimmig also. Miller dirigierte, und es begann dieser alberne Lachchor. Da saßen dreihundert uniformierte Männer, und es ging zu wie im Kindergarten. Dann winkte Miller plötzlich ab und sagte: Genug gelacht! Jetzt beginnt wieder der Ernst des Lebens. Und wie die dann alle einen Moment stumm dasaßen und dachten, richtig, es gibt ja nichts zu lachen, dieser tiefe Schreck des Erkennens, das war fantastisch. Zugleich eine tolle Dreistigkeit von diesem Miller. Die subversive Lachnummer wurde bald verboten. Ein Führungsoffizier hatte sich beschwert. Das Wort Defätismus fiel. Aber den konnte man Miller nicht nachweisen. Jedes Lachen muss ja mal ein Ende haben, erklärte er.

Doppelpack. Typisch für diesen Knattermimen. Letztendlich fahrendes Volk. Haltlos. Verlottert.

Kommen die Komödianten, dann holet die Hemden und das Linnen von der Bleichwiesen ins Haus und schließet die Türen.

Ich habe ihn in Tokio gesehen, sagt sie, in der *Minna von Barnhelm*. Er spielte den Riccaut de la Marlinière, den Falschspieler, und er war wunderbar in dieser Rolle, weil er ihn nicht als schmierigen, französischen Betrüger gab, sondern zeigte, wie sehr die Täuschung eine Kunst ist, wie man, hat man keinen Besitz und kein Geld, mit List und Charme sich durchs Leben schlagen muss. Ein Corriger la fortune. Wenn das Glück einem nicht zufällt, muss man ihm eben ein wenig nachhelfen. Die Rolle war ihm auf den Leib geschrieben. Miller hatte eine Art, wie soll ich sagen, sehr präsent zu sein, redete laut, mal hochdeutsch, dann wieder berlinerte er, konnte überhaupt wunderbar Dialekte nachahmen, bayrische, rheinländische, schwäbische. Auch Tierstimmen. Sprach von sich meist in der dritten Person und erzählte Geschichten, von irgendwelchen Peinlichkeiten, die ihm widerfahren waren, oder von einem Fehler, den er gemacht hatte. Er hatte sich, erzählte er mir, als Kind das Zaubern selbst beigebracht, nicht nur, um das Taschengeld aufzubessern, sondern er brachte den Vater damit zum Lachen, wenn der wieder einmal ein schlechtes Zeugnis unterschreiben musste. So beherrschte er ein Zahlenspiel, das aus einer Fünf eine Eins machte.

Er log, sagte die Unberührbare.

Nicht nur. Er konnte die Leute zum Lachen bringen. Er konnte die Menschen für einen Moment glücklich machen. Sie dachten dann nicht an sich, oder aber so, dass sie auch anders sein könnten.

Er log.

Sagen wir, er schwindelte. Ich wusste es und ich mochte ihn, auch aus diesem Grund.

Verschwand und blieb verschwunden. Ich saß da mit dem Kleinen. Meine Mutter half mir. Zum Glück. Und meine Schwester. Ein paar Mal kam er von seinen Reisen auf Besuch. Dann ließ er sich nicht mehr blicken.

Wollen wir uns morgen sehen?
   Nein, ich will dich nicht wiedersehen.

Der Wind hat noch zugenommen. Es stürmt. Schnee fällt. Die Kiefern biegen sich, krachen, immer wieder brechen Äste, splitternd fallen sie zu Boden. Zuerst schreien sie. Krähen in großer Zahl.

Ich kann Sie nicht mehr sehen.
Aber Sie hören mich noch?
Kaum. Sehr fern.
Können Sie lauter sprechen?
Ich will es versuchen.

Fliegen, ein Traum aus fernen Zeiten, wie Sie wissen. Unsere Fallträume sind Boten der Angst aus jener fernen Zeit, als unsere Ahnen noch aus den Bäumen stürzen konnten. So auch die Flugträume, meist die leichten, beglückenden Träume. Verbotene Träume. Träume, die insbesondere Frauen haben. Sich herauszulösen aus den Fesseln des Alltags. Verschwiegene Träume, die früher unter dem Verdacht der Hexerei standen. Und doch nur ausdrücken, was Wunsch ist, abzuheben, die Erdenschwere zu überwinden, zu fernen Lieben zu fliegen. Die Sehnsucht, am Abend, der untergehenden Sonne nachzufliegen. Der Wunsch, den Wolken nah zu sein. Die Wolken sind für uns das sichtbare Bild des wunderbar Fernen und Leichten, und frei und unbeeinflussbar durch den Menschen ziehen sie im stetigen Wandel dahin.

Aber hinter diesen etwas romantischen Wünschen, sagt sie, gibt es doch auch ganz praktische, beispielsweise: Zu einem entfernten Freund oder einer Freundin zu kommen, einen Kranken oder Verletzten besuchen, das ist plötzlich in Stunden möglich, wozu früher Tage, Wochen, ja Monate nötig waren. Reisen, bei denen man sich in unbequemen Kutschen abquälen musste, dann in überfüllten Eisenbahnen oder auf schlechten Landstraßen in Autos, all diese Distanzen schrumpfen durch das Fliegen. Raum und Zeit ziehen sich zusammen. Und der Ausblick wird möglich, Kommendes vorherzusehen, Wirbelstürme, Flutwellen. Es hilft zu einer Verständigung über alle Grenzen hinweg, zwischen den Völkern, und kann so zu einem friedlichen Zusammenleben beitragen.

Diese Flugapparate werden nicht durch Muskelkraft in die Luft gehoben, sondern durch Erfindergeist. So kann man auch als Frau den Aeroplan fliegen. Es ist eines dieser Beispiele der Technik, die einen Ausgleich schaffen in der naturgegebenen Ungerechtigkeit. Das Fliegen hat nicht nur die praktischen Vorteile, sondern es ist auch in einem sichtbaren Maße schön. Nicht allein das Flugzeug am Himmel, in seinen Flugfiguren, sondern seine Konstruktion, seine technischen Teile sind bewundernswürdig. Sehen Sie sich den Propeller an, diese höchst komplizierte, komplexe, in sich perfekte Form des mit größter Genauigkeit gearbeiteten, leicht geschwungenen, vom Gerundeten ins Flache und Schmalere auslaufenden Holzteils, mittels dessen das schier Unglaubliche möglich wird, sich in die Lüfte zu erheben. Das, wozu Muskelkraft allein niemals ausreichen könnte. Wir kennen die komplizierten Entwürfe von Leonardo da Vinci, sie sehen aus wie Windmühlen, bei denen Arm- und Bein-, also Muskelkraft eingesetzt werden sollte, aber nie ausgereicht hätte, einen Menschen in die Luft zu heben, es sei denn, der Mensch hätte ein Sechsfaches an Muskelstärke gehabt, und auch dann wäre nur ein kurzes Abheben möglich gewesen. Der Propeller ist die wunderbare Entdeckung, die zusammen mit der Maschine und den Flügeln das Unmögliche möglich macht. Sichtbares Zeichen, wie der Mensch über sich hinauswachsen kann. Der Mensch ist nicht festgelegt, ihm steht alles offen, der Himmel, die Erde und das Wasser. Macht Euch die Erde untertan, heißt es in der Bibel. Keine andere Tätigkeit ist dafür ein so sichtbares Zeichen wie das Fliegen. Der Flug ist das Leben wert.

Eine recht enthusiastische Rede.

Ja. Sie neigt zur Poesie und zur Emphase. Eine Rede wie die von Perikles auf die gefallenen Athener.

Eine Rede, die sie in einer kleinen Stadt in Pommern gehalten hat, sagt der Graue. Kurz vor ihrem letzten Flug. Man kann sich vorstellen, dass sie gerade bei Frauen und Mädchen begeisterte Zuhörer fand. Meist begann sie ihre Rede aber eher nüchtern: Wenn Elly Beinhorn und ich solche Flüge ausführen, so tun wir es nicht aus Sensationslust oder um uns interessant zu machen, sondern um dem Ausland zu zeigen, dass wir trotz der Beschränkung durch den Versailler Vertrag doch eine Fliegerei haben, wenn es auch nur eine Sportfliegerei ist. Wir sind Botschafter eines Deutschlands, das friedlich ist und eine große Tradition in der Musik, der Literatur, der Philosophie, aber auch in Technik und Wissenschaft hat. Diesen Vortrag widme ich dem Gedenken des ersten Fliegers in der Geschichte der Menschen: Otto Lilienthal.

Lilienthal, der Name, ist das ein Itzig, fragt die Stimme von Liebermann von Sonnenberg.

Klappe!, sagt der Saufaus. War ein Fliegerkamerad, ein guter. Tapfer. Bei einem Flugversuch abgestürzt, starb den Heldentod der Flieger.

180 Vorträge hat sie gehalten, auch im Ausland, in Holland, Lettland, Österreich und der Schweiz. Viele der Vorträge hat sie in deutschen Provinzstädten gehalten, wie in dem pommerschen Greifenberg. Den hat damals eine Schülerin verfolgt, die auch hierher aus dem Osten kam. Erst nach dem Krieg. Ausgesiedelt. Liegt jetzt hier, zusammen mit denen, die den Osten erobert haben und noch mehr Osten wollten.

Wir zogen mit dem Treck über Tetzlaffshagen nach Dorphagen und übernachteten in einem Bauernhaus und wurden in der Nacht nicht belästigt. Der Konitzer Treck wollte wieder in Richtung Konitz ziehen, ich jedoch in Richtung Norden in die Gegend von Cammin. Ich schloss mich einem Treck aus dem Dorf Grambow an. Seltsamerweise war es der gleiche Wagen, in dem ich mich in Schwirsen vor den Russen versteckt hatte. Wir kamen jedoch nicht weit und wurden wieder von dem russischen Militär zurückgejagt und machten in dem Dorf Lüttkenhagen an der Landstraße in einem Bauernhaus Quartier. Wir blieben alle in einem Raum. In der Nacht kam wieder ein bedrohlich aussehender Russe, fuchtelte mit seiner Maschinenpistole und schleppte ein 14-jähriges Mädchen und mich aus dem Haus und wollte uns auf einen anderen Bauernhof bringen. Unterwegs flüsterte ich dem Mädchen zu: »Ich zähle bis drei, dann lass uns fliehen.« Es war ja finstere Nacht. Ich warf mich sofort in den Chausseegraben. Der Russe schoss ein paar Mal. Ich hörte aber nicht, ob er sich entfernte. Ich lag mindestens zwei Stunden regungslos im Schneematsch im Graben, das Gesicht auf die Erde gedrückt, und kroch langsam hinauf in die Ackerfurche, um mich von der Chaussee zu entfernen. In der Nacht zogen mindestens 20 russische Panzer von Norden nach Süden. Das Feld war durch Scheinwerfer hell erleuchtet, dadurch wagte ich nicht, mich zu erheben. Plötzlich tauchte auch noch ein russischer Militärlastwagen auf den Feldern auf. Wahrscheinlich legte der Russe Telefonkabel und hielt mich für tot. Als endlich Ruhe herrschte, versuchte ich das Dorf Lüttkenhagen zu erreichen, und bei dem Versuch, den Bach zu überqueren, fiel ich hinein und wurde vollends nass. Ich bekam mit, wie das Dorf geplündert wurde, und versteckte mich bis zum Morgengrauen. »Lebend kommst du hier nicht heraus«, sagte ich mir, nur der Wille, meine Eltern noch einmal wiederzusehen, hielt mich aufrecht, und ich wanderte allein ins Dorf. Ich muss so unbeschreiblich schmutzig ausgesehen haben, dass kein Russe mich belästigte, oder war das meinem kleinen weißen, jetzt jedoch schmutzigen Taschentuch zu verdanken, das ich mir vorne am Mantel befestigt hatte, als Zeichen des Friedens? Das Dorf war geräumt worden, und ein Russe schickte mich mit den Worten »Geh Mattka« (ich war doch noch so jung) aus dem Dorf heraus.

Wieder war ich allein. Um die Orientierung nicht zu verlieren, lief ich auf dem Feld in Sichtweite der Chaussee nach Norden. Im Norden von Lüttkenhagen begann jetzt eine wilde Schießerei. Ich rannte daher in ein abgelegenes Bauernhaus, aus dem mich ein Deutscher mit den Worten verjagte: »Das Haus ist voller russischer Soldaten.« Ich kroch in die Tannenschonung, jämmerlich verfroren und pitschnass, ein eisiger Wind ging mir durch Mark und Knochen. Mir fielen die Augen zu. Ich schreckte aber immer wieder durch die wilde Schießerei auf, und anstatt totgeschossen zu werden, wählte ich das Bauernhaus mit den Russen, wo ich jedoch ein zweites Mal von dem Deutschen abgewiesen wurde. Er zeigte mir in der Ferne einen Treckwagen auf der Straße, den ich vielleicht noch erreichen könnte. Es war zum dritten Mal der gleiche

Treckwagen. Man empfing mich mit eisigem Schweigen, später machten sie mir Vorwürfe, dass ich mich nicht von den Russen habe vergewaltigen lassen, denn der Russe wäre zurückgekehrt, habe das vierzehnjährige Mädchen, das ins Haus zurückgelaufen war, und eine Frau mitgenommen, aber auch dann wieder zurückgebracht. Später war man freundlicher und verstand dann auch, warum ich so gehandelt habe.

Wir kamen kurz vor das Dorf Grambow, wurden aber von den Russen wieder zurückgejagt und landeten in dem Dorf Morgow. Es war ja noch alles Kriegsgebiet. Dort traf ich bei der Familie Dallmann Frau Jess mit ihrer 16jährigen Tochter Gisela aus dem Dorf Revenow, die mir berichteten, dass meine Eltern mich längst als tot betrauerten. Es war eine unkenntliche Frauenleiche damals gefunden worden. Es war unmöglich für mich, nach Revenow zu wandern, weil in dem Dorf Königsmühl russische Artillerie lag. Wir hatten anfangs Schutz durch einen russischen Feldwebel, der im Dorf jegliche Übergriffe verhinderte. Leider wurde er dann an die Front nach Berlin abkommandiert. Auch zwei polnische Telefonisten, die zwei Tage im Haus waren, schützten uns. Danach versteckten wir Frauen und Mädchen uns oft im Kartoffelkeller, der durch eine von einem Teppich verdeckte Klappe im Wohnraum zu erreichen war.

Die erzählt von denen dort hinten. Liegt alles durcheinander. Die meisten unbekannt. Was so gefunden wurde, als die Kämpfe aufhörten, auf den Straßen, in den Parks, an den Brücken. In schnell ausgehobenen

Schützenlöchern, Bombenkratern unter dem Schutt der Häuser. Verbrannt, zerfetzt, Teile, nicht mehr zuzuordnen. Alte Männer, Hausfrauen und ein paar Kriegsgefangene haben das Fleisch zusammengetragen. Es stank. Ein Zerfließen. Fliegen von der Größe schwarzer Saubohnen, fett, blau schimmernd. Nie hatte man derart große Aasfliegen gesehen. Das war das Ende vom Reich. Ruhm und Ehre. Alles dunkel.

Rote und grüne Leuchtkugeln stiegen aus den Wäldern empor.
Ich habe mich versteckt.

Wer ist das?
Weiß nicht.

Was für Namen: Lüttkenhagen, Dorphagen, Bandesow, Revenow, Grambow, Cammin. Wie die klingen, dieses lange Revenow, wie das Land, das es umgab. Cammin liegt natürlich in der Nähe vom Wasser. Und die Konsonanten in Grambow, die ruhen sich richtig aus auf dem o.
Längst vergessen, spricht niemand mehr aus – Bandesow.

Enter first Murderer to the door.
Was?
Enter first Murderer.

Da sind sie wieder, die Stiefel. Treppauf, treppab. Und was da splittert, hören Sie, was da splittert, ist eine

Schaufensterscheibe, wie das glitzert im Laternen-
schein, wie Regen, der aufs Pflaster fällt.

Und was rufen sie?

Verrecke. Raus.

Da, am Fenster, hinter der Gardine, da steht er, Herr
Birnbaum. Daneben die Frau. Und wieder klirrt es.
Ein Stein hat die Fensterscheibe der Wohnung getrof-
fen. Der Schatten von Herrn Birnbaum verschwindet.

Verrecke.

Wer ist das, der da ruft?

Das ist der Papierwarenhändler.

Ist doch der Nachbar, und schon seit zwanzig Jahren.

Nachbar kommt von nachgebur, also nach und Bauer,
gut erhalten im Englischen: neighbour.

Nein, ich meine, Herr Schulze hat doch immer mit
Herrn Birnbaum verhandelt, freundlich, hat ihn an-
gepumpt, hatte Schulden bei dem, immer freundlich,
und jetzt brüllt er. Dieser freundliche ruhige Mann
brüllt. Was brüllt er? Verrecke, brüllt er, verrecke.

Es hallt. Wieder Steine. Wieder Klirren. So viel
Glas. Wie das klirrt. Ein Rausch, ja, ohne Wein. Wie
das scheppert, wie das klirrt.

Was bedeutet die Bewegung?

Bringt der Ost mir frohe Kunde?

Seiner Schwingen frische Regung

Kühlt des Herzens tiefe Wunde.

Hören Sie, sagte der Graue, sie singt.

Und dann die beiden Alten, die Silbersteins, die in der Bismarckstraße wohnten. Die gingen zum Bahnhof. Jeder einen Koffer in der Hand. Zehn Kilogramm, mussten sie abwiegen. Zehn Kilo. Und die anderen Sachen? Keine Angst, verkommt nichts.

Warum mussten sie weg?

Der Name, der Name sagt es doch.

Silberstein, ein so schöner Name, fand ich als Kind.

Die Tür quietschte, und Frau Silberstein sagt zu ihrem Mann, du hättest sie noch ölen sollen. Und dann hat der Silberstein noch ein wenig Öl geholt und jeweils drei Tropfen in die dafür vorgesehenen Löcher der Scharniere geträufelt.

Dann gingen sie los. Der Weg zum Bahnhof war nicht weit. Dort warteten zwölf Frauen, fünf Männer und vier Kinder. Der Polizist zählte: einundzwanzig. Und machte Häkchen auf der Liste.

Wer murmelt da?

Der Erfinder der Gegnerkartei diktiert, sagt der Graue, für den geheimen Dienstgebrauch den ferneren Umgang mit den Tschechen.

Da gibt es folgende Menschen Doppelpunkt die einen sind gutrassig und gutgesinnt Komma das ist ganz einfach Komma die können wir eindeutschen Punkt dann haben wir die anderen Komma das sind die Gegenpole Semikolon schlechtrassig und schlechtgesinnt Punkt die Menschen muss ich hinausbringen Punkt im Osten ist viel Platz Punkt dann bleibt in der Mitte nun eine Mittelschicht Komma die ich genau durchprüfen muss Punkt da sind in dieser Schicht schlecht-rassig Gutgesinnte und gutrassig Schlechtgesinnte Punkt bei den schlechtrassig Gutgesinnten wird man es wahrscheinlich so machen müssen Komma dass man sie irgendwo im Reich einsetzt und nun dafür sorgt Komma dass sie keine Kinder mehr kriegen Punkt Punkt Punkt dann bleiben übrig die gutrassig Schlechtgesinnten Punkt das sind die gefährlichsten Komma denn das ist die gutrassige Führerschicht Punkt Punkt Punkt bei einem Teil der gutrassig Schlechtgesinnten wird nur eines übrig bleiben Komma dass wir versuchen Komma sie im Reich in einer rein deutschen Umgebung anzusiedeln Komma einzudeutschen und gesinnungsmäßig zu erziehen oder Komma wenn das nicht geht Komma sie endgültig an die Wand zu stellen Semikolon denn aussiedeln kann ich sie nicht Komma weil sie drüben im Osten eine Führerschicht bilden würden Komma die sich gegen uns richtet Punkt

Und die Juden?
    Erledigt.

Und sie, all die, gibt es hier welche?
    Nein, hier, an diesem Ort nicht.
    B´allma di v`ra …
    Nur dieses Geflüster aus dem Osten hergeweht, dort hinten an der Mauer.
    Viele, sehr viele Stimmen, leises Seufzen, Stöhnen.
    Chir`usei v`jamlich malchusei …

So gingen sie, es war Anfang Dezember, noch hatte es nicht geschneit, aber am Himmel hingen tief die grauen schweren Wolken, die Schnee bringen sollten.

Ich habe gesehen, wie sie zum Bahnhof gingen, wie der Gendarm Wolf sie unwirsch aufforderte, sich zu beeilen, wie sie über den Bahnsteig zu dem dort wartenden Zug gingen. Und wie der Stationsvorsteher dasteht, mit seiner roten Mütze, und grinst. Ein Personenzug. Ein Waggon dritter Klasse war für sie reserviert worden.

Wohin?

Eine Sammelstelle in Stettin.

Und dann?

Dann: ab in den Osten.

Als sie fortgingen und kurz darauf der Schnee fiel, wusste ich, ich werde sie nie wiedersehen. Und später, als wir flohen, wusste ich, dass ihr Fortgehen der Anfang von unserem Fortgehen war. Ich bin Zeuge, ich habe sie weggehen sehen, und ich habe nichts gesagt.

Die Steine sprechen deutsch.

Unsinn.

Sie hören ja gar nicht zu.

Doch, aber ich sehe wieder den Frierenden. Was sucht er dort?

Stochert da rum.

Gibt es einen Sinn in diesem Irrsinn?

Hörst du mich?

Und die Stimme antwortete leise, ja.

Kannst du mich nicht sehen?

Nein. Wo bist du?

Ich liege hier.

Ich liege unter der Treppe. In dem kleinen Hohlraum.

Ich verstehe dich kaum. Kannst du nicht lauter sprechen.

Nein. Ich höre die Schritte. Treppauf treppab. Da ist wieder dieses Weinen.

Ist je zuvor so viel geweint worden?

Sie flog eine Schleife, und noch eine, jetzt schon sehr tief über Haus und Garten, und wackelte mit den Flügeln, zog dann die Maschine hoch und nahm Kurs nach Süden.

Ein kleiner werdender schwarzer Punkt, das war sie.

Marga war ja Vollwaise. Eltern bei einem Unfall gestorben. Sie und ihre Schwester kamen zu den Großeltern. Als Waise sucht man sich instinktiv sofort ein Nest, wie ihre Schwester, oder aber man versucht möglichst früh in die Welt zu fliegen. Und Marga wollte, sagt die Großtante, schon als Kind fliegen, wünschte sich zum Geburtstag Luftballons, sechs Stück, hat eine kleine Gondel aus Stroh daran gebunden, den Goldhamster hineingesetzt, und los ging es in die Lüfte. Nicht sehr hoch, vielleicht drei Meter. Und dann immer Maschinen. Die Eltern waren gestorben, und so kamen die beiden Kleinen zu uns im Winter nach Berlin, im Sommer auf das Gut der Großeltern in der Lausitz. Ihre Schwester wollte reiten. War immer bei den Pferden. Marga immer bei dem Chauffeur. Das Auto, die Dreschmaschine, die der Großvater angeschafft hatte. Sie war nicht einfach zu halten. War so ganz anders als die anderen Mädchen. Hatte einen alles übersteigenden Willen, zäh, nicht von dem abzubringen, was sie sich in den Kopf gesetzt hatte. Und ein so fröhliches Kind. Alle mochten sie. Wie sie als kleines Mädchen losging, eine Schleife im blonden Haar, den kleinen Spazierstock, den sie sich selbst geschnitzt hatte, geschultert, und hinausging, hinein in die Welt. Kiek in die Welt, nannten wir sie. Kletterte auf Bäume, schwamm im Teich, fuhr auf den Erntewagen mit und, das machte ihr niemand nach, sie konnte Mäuse mit der Hand fangen.

Der Kopf hatte 2 rauchgeschwärzte Einschüsse auf der linken Seite, und zwar genau an der Schläfe und unterhalb des linken Auges, während die Ausschüsse zu beiden Seiten des rechten Ohres lagen. Die Schüsse waren glatt durchgegangen, ohne das Gesicht zu zerschmettern. Die eine Kugel streifte die Mauerecke der Fensternische in einer Höhe von einigen cm. oberhalb des Kopfes, durchschlug die Scheibe, prallte gegen den Holzladen, rikochetierte zurück durch die Scheibe und blieb auf dem Fenstersims liegen. Die andere Kugel durchschlug das Kopfkissen und fiel in die Matratze. Die Hülsen lagen neben der Leiche.

Die Fliegerin hatte sich also auf das Bett gelegt mit dem Kopf auf das Kopfkissen, sie hat die Maschinengewehrpistole mit der linken Hand auf die linke Körperseite gestützt, die Mündung unmittelbar an die

linke Gesichtshälfte gelegt und mit dem Zeigefinger
der rechten Hand, der entsprechende Spuren aufwies,
den Abzug berührt. Beide Schüsse waren tödlich. Der
zweite Schuss ist wohl automatisch erfolgt.

Der Flugplatz benachrichtigte sofort telefonisch den
Arzt und den kommandierenden General in Aleppo.
Bis zum Eintreffen der Gerichtskommission wurde
nichts an der Leiche und dem Zimmer verändert. Die
Kommission nahm den Befund auf und fotografierte
die Leiche in der ursprünglichen Stellung mehrmals.

Am nächsten Tag wurde die Leiche in das syrische
Krankenhaus in Aleppo gebracht, das von französi-
schen Franziskanerschwestern betreut wird. Der fran-
zösische Delegierte begab sich sofort in das Kranken-
haus. Mit Formol-Einspritzungen wurde die Leiche
gegen Verwesung konserviert.

Dahlem hatte ihr den Namen genannt, Hauptmann
Heymann. Man könnte ihn einen Vertreter nennen.
Er bot Waffen an. Er wurde direkt bezahlt, anders
als Dahlem, der nur Kontakte herstellte, nicht direkt
verkaufte. Das hätte Dahlem wohl abgelehnt. Wäre
sich wie ein Sekt- oder Weinvertreter vorgekommen.
Dahlem hatte auch den Kontakt zu ihr hergestellt.
Dahlem hätte sich selbst wohl als Vermittler bezeichnet. Nicht mehr, nicht weniger. Geld so per Noten-
bündel hätte er nicht genommen. Das wurde anders
abgewickelt. Ihm wurde das überwiesen. Honorar
nannte sich das. Dahlem war überall Gast. Ein gern
gesehener.

Mut, dröhnt es. Einsatz bis zum letzten.

Ohne Rücksicht auf Verluste. Den Tod geben und den Tod nehmen.

Jawohl.

Der Herr der Karteikästen wollte nicht nur so ein bisschen fliegen, so sportlich mit Turn und Rolle, sondern richtig scharf sollte es sein. Als das heroische Ringen begann, ließ er sich als Pilot ausbilden, Jagdflugzeug Messerschmidt Bf109D. Hab ich mir gemerkt, Bf109D. Später flog er Kampfeinsätze in Norwegen und Holland. Und dann in Russland sogar mit einem privaten Jagdflugzeug. Sagte dem erstaunten Staffelführer, das Flugzeug sei ein Geschenk von Udet, dem Generalluftzeugmeister, persönlich. Der Fürst der Finsternis hatte sich schon bei einem Start in Stavanger überschlagen, zu viel Gas gegeben. Immer zu viel. Das Flugzeug war Schrott. Hat mir Dahlem erzählt. Und selbstverständlich war der schwarze Engel sofort in Russland dabei, wurde abgeschossen, landete zwischen den Fronten. Muss man sich vorstellen, der Chef des Reichssicherheitshauptamts in den Händen von Stalin. Das wäre ein Fang gewesen. Bekam dann Flugverbot vom Reichsheini persönlich. Aber sonst – immer voran. Weiber und Jagdmaschinen. Privates Jagdflugzeug, die SS-Runen auf den Rumpf gespritzt.

Gespritzt ist gut. Aber immerhin durfte ich dafür auch nachts, sogar bei Fliegeralarm, mit meinem Wagen fahren, sagt der Saufaus. Bekam eine Polizeinummer.

Eine Hand wäscht die andere. Ich wusste, die Hand des Erfinders der Gegnerkartei reichte weit.

Hätte er von mir erfahren, der hätte mich einfach kaltstellen, auch kaltmachen lassen können. Was weiß ich, was er dachte, was die mir erzählt. Dabei hat er zu ihr gesagt: Ich habe absolut nichts gegen Juden. Persönlich. Die Unberührbare und ich waren ja vor allen Augen zusammen, liefen zusammen rum. Und dann in der zweiten Nacht erzählt sie mir von dem. Kann ich wohl sagen, mir blieb das Herz stehen.

Nein, ich habe es gleich in der ersten Nacht erzählt.

Egal. Der war doch eiskalt. Der Todesengel. Ich war richtig froh, als der in die Hölle fuhr.

Keinen Himmel, keine Hölle, sagt der Graue.

Habe das Ding kommen sehen, ganz deutlich, rund, wie ein Schlagball etwa. Und ich wusste, noch bevor sie explodierte, das ist eine Bombe. Der Wagen fuhr langsam, offenes Verdeck, schöner Tag. Dann der Knall. Sah in der Kurve den Mann, der sie geworfen hatte, deutlich, war rot im Gesicht, das fiel auf. Natürlich hab ich geschossen. Stand im Wagen, aufrecht, die Pistole in der Rechten, war ganz kalt, war ganz ruhig, hab gezielt und abgedrückt. Klick. Nichts. War nicht geladen, wegen der Kinder zu Hause. Ich war ein ausgezeichneter Pistolenschütze. Hätte in die Beine geschossen. Drei Stunden Verhör, und er hätte alles gestanden. Mein Chauffeur, dieser Idiot, läuft

hinter dem her, rein in einen Schlachterladen, und da
lässt der sich auch noch in die Beine schießen, dieser
Idiot. Sagt später, er hätte sonst die Frauen getroffen,
mit Einkaufsnetzen. Vollidiot, dieser. Ich hätte ihm
in den Hintern treten mögen. Ich wartete am Wagen
und merkte erst da den Schmerz. Kein Krankenwa-
gen kommt. Keine Organisation. Die mussten mich
auf die Ladefläche von einem Lieferwagen legen, zwischen Bohnerwachsschachteln. Konnte nur auf dem
Bauch liegen. Der Wagen gehörte einem Tschechen.
Haltung bewahren und Härte zeigen.

Ich hab alles versucht. Keine Möglichkeit. War kein
ärztlicher Fehler. Diese Gerüchte, nicht alles getan zu
haben. Ärztlicher Kunstfehler. Ein Behandlungsfeh-
ler. Infam. Ich habe alles getan. Alles nur Erdenkliche.
Er wurde eingeliefert. War vollkommen bei Bewusstsein. Ganz konzentriert, phantastische Haltung. Ganz
wie wir ihn kennen. Hatte natürlich Schmerzen, ließ
sich nichts anmerken. Sagte: Nur Mut, machen Sie,
was Sie für richtig halten. Die Wunde links am Rücken war nur klein. Metallsplitter und Rosshaar aus
der Autopolsterung waren eingedrungen und hatten
die Milz zerstört. Die Milz wurde entfernt, die Wunde
vernäht. Aber dann kam es am nächsten Tag zu einer
Infektion des Bauchraums, einer Perisplenitis. Wir
haben es mit Sulfonamiden versucht. Penicillin gab
es ja nicht. Hätten wir die Engländer fragen sollen.
Ha, ha. Sulfonamid hilft. Wenn es rechtzeitig eingesetzt wird. Die Gerüchte, die Verdächtigungen, alles
falsch.

Der stellvertretende Protektor hätte es schaffen können. Ich kann es beweisen. Ich habe 100 Häftlinge zur Sonderbehandlung angefordert. Alle mit Wundbrand infiziert und dann mit Sulfonamid behandelt. Es müssen 100 sein, um die Ergebnisse wissenschaftlich erhärten zu können. 85 haben überlebt, also ein 85-prozentiger Heilungserfolg.

Was wäre gewesen, wenn ein Deutscher die Bombe geworfen hätte, sagt der Graue.

Im Jahre 1942 wäre es ein Zeichen gewesen. In Berlin jedoch konnte er im offenen Kabriolett herumfahren. Keine Hand rührte sich.

Ich war menschlicher.

Was sind das da hinten für Stimmen und dieses Schreien?

Einer, der dahinten liegt, wo alle zusammenliegen, die von Bomben Zerfetzten, die im Phosphor Verbrannten, die Erschossenen und Erschlagenen. Und einige von ihnen hatten vorher andere erschlagen und erschossen. Eine Frau stak im Asphalt, der von der Hitze flüssig geworden war, sie stak darin, sank langsam ein und schrie.

Die letzten Tage im April, die beiden ersten Maitage, sagte der Graue.

Der da sagt, ich war menschlicher, der war es, ein deutscher Soldat, der auf der Straße im Getto sieben alte Männer bewachen sollte, die verbotenerweise mit etwas gehandelt hatten, vielleicht hatten sie auch etwas Brot gestohlen. Sie saßen da, und fünf von ihnen waren verhungert, und als die letzten beiden dalagen, da kam ein Fußgänger vorbei und sagte, ist es nicht menschlicher, wenn du sie erschießt. Der Soldat dachte einen Augenblick nach, dann tat er es.

Persönlich habe ich nichts gegen Juden.

Wer ist das?
Er, der ein Wort wirklich werden ließ.

Was für ein Gemurmel?
Ein Briefschreiber.

Meine Lieben zu Hause, in der Heimat: *In Bereza Kartuska, wo ich Mittagsstation machte, hatte man gerade am Tag vorher etwa 1300 Juden erschossen. Sie wurden zu einer Kuhle außerhalb des Ortes gebracht. Männer, Frauen und Kinder mussten sich dort völlig ausziehen und wurden durch Genickschuss erledigt. Die Kleider wurden desinfiziert und wieder verwendet. Ich bin der Überzeugung: Wenn der Krieg noch länger dauert, wird man die Juden auch noch zu Wurst verarbeiten und den russischen Kriegsgefangenen oder den gelernten jüdischen Arbeitern vorsetzen müssen.*

Erst in Prag aufgebahrt, dann im Mosaiksaal der Reichskanzlei. Ehrenwache. Dann Überführung hierher. Alle da. Die ganze Führung. Schwarz, grau und braun. Viel Gold, viel Silber. Trommelwirbel. Die

Frau, ganz germanische Haltung. Die Söhne, in kurzen Hosen, weiße Wadenstrümpfe. Auch der Kleine. Reiß dich zusammen! Tadellos. Kein Grabmal. Ein einfaches Holzbrett. Stahlhelm darauf, wie bei den Kameraden, die den Heldentod fanden, in Russland, Frankreich, Afrika, Norwegen. Natürlich kein Kreuz, sondern Lebensrune und Todesrune. 7. März 1904 – 4. Juni 1942.

Ich bin gekommen, die Sünder zu rufen und nicht die Gerechten.

Wer sagt das?

Der da steht, dort rechts, bis zu den Flügeln mit Efeu bewachsen, etwas zerschossen, ein Bein und ein Arm fehlen.

Ich habe sie gesammelt, sagt er, die Gerechten.

Es sind nicht viele.

Dahlem hatte sich in Coburg mit seinem Schulfreund auf der Straße gezeigt. Der Schulfreund war Arzt und hatte den gelben Stern auf dem Anzug aufgenäht, links, ganz nach Vorschrift. Dahlem war in Uniform, das EK I angesteckt. Das war im Frühjahr 1943. Sie waren gemeinsam die Straße der SA entlanggegangen, eingehakt. Sie wurden angezeigt.

Der Arzt wurde nach Theresienstadt deportiert, wo er, wie es hieß, 1944 verstarb. Dahlem wurde wegen unehrenhaften Verhaltens degradiert, zum Gefreiten. Deutsche durften sich nicht in der Öffentlichkeit mit Juden zeigen. Dahlem hatte sich über das Verbot hinweggesetzt.

Das ist nicht gerade viel.

Nicht viel, aber doch etwas, ein wenig, wie gesagt. Vieles weniger hätte ein wenig mehr verhindert.

Als ich ihn zum letzten Mal traf, sagt Miller, trug er die grobe Uniform der einfachen Soldaten. Zellstoff. Nicht mehr der elegante Schnitt, das Taubenblau der Luftwaffe, das feine Tuch, lappig war jetzt die Uniform und kratzig. Er hatte immer noch eine gute Haltung, und doch war er ein anderer, unscheinbarer geworden. Vielleicht war es ja diese kratzige, rangzeichenlose Uniform, die mich etwas fragen ließ, was ich sonst nie gefragt hätte, ob er sich verliebt habe, damals in Japan.

Nein, sagte er.

Und wie er sich jetzt alles Weitere vorstelle.

Nun, Stellung und Kleidung sind jetzt vertretbar, sagte er.

Er hatte ein feines Ehrgefühl. Ich hab ihn gefragt, ob er sich Vorwürfe wegen dieser Frau mache.

Nein, hat er gesagt. Es war ihre Entscheidung.

So kann man es auch sehen. Und dann habe ich ihn gefragt, was er glaube, warum sie sich erschossen habe.

Aus Ehrgefühl.

Ehrgefühl?

Ja.

Weil sie mit dem Wind gelandet war?

Auch das.

Die Vase mit den Orchideenblüten. Schönheit haftet nicht den Dingen an, sondern liegt im Helldunkel, im Schattenspiel, das sich zwischen den Dingen entfaltet, sagt der Dichter Tanizaki Junichiro. Und ich denke, es ist tatsächlich so, dass die Dinge sich für uns jeweils anders abschatten. Erst in unserem Blick, der immer auch aus einer bestimmten Perspektive, einer Geneigtheit kommt, werden sie schön.

Sie liegt da und lauscht auf den Wind, lauscht auf seine Bewegungen. Aber es ist still in dem Raum, eine tiefe Stille. Und sie denkt, ich hätte das sagen können: Ich begehre dich. Ein wenig später hörte sie seine Stimme, leise und ein wenig schläfrig.

Auf meiner ersten Chinareise habe ich, sagte er, einen älteren deutschen Kameraden getroffen. Einen Oberst, der schon 1899 in China war und dort während des Boxeraufstandes im Stab von Graf Waldersee Dienst tat. Der Offizier, damals gerade zum Hauptmann befördert, wurde Zeuge der Hinrichtung mehrerer Aufständischer. Die Chinesen standen in einer langen Reihe und warteten, während vorn der Henker mit einem Schwert seine Arbeit tat. Der Delinquent musste sich vor einem Block niederknien, den Kopf darauflegen, der Henker schlug zu, der Kopf fiel in den bereitgestellten Korb. Der Korb und der Körper wurden weggetragen. Zwei Henker lösten sich bei ihrer Arbeit ab. In der Schlange der ungefesselt Wartenden stand auch ein junger Chinese. Er las in einem Buch. Ohne hochzublicken, rückte er langsam vor in Richtung des Blocks. Der Hauptmann bat den chinesischen Beamten, der die Hinrichtung beaufsichtigte, den jungen Mann zu begnadigen. Der Wunsch wurde erfüllt. Es wurde dem Lesenden ausgerichtet. Der klappte, ohne etwas zu sagen, das Buch zu und ging weg.

Diese Haltung, das wäre mein Wunsch, sagte Dahlem, möchte ich leben.

Sasou mizu
araba to kishi no
yanagi kana

Auch darüber musst du reden.

Ich kann mich an nichts erinnern.

Du erinnerst dich nur an das, was du magst. Nicht das, das Klatschen, die begeisterten jungen Soldaten. Die in dieser Halle sitzen. Grau die Uniformen, gut gepflegt, die Front scheint nicht nah zu sein.

Aber sie trampeln nicht.

Nein, sie sind sehr diszipliniert. Sie klatschen nur.

Ich konnte nicht anders. Habe mich sogar krankgemeldet. Aber dann kamen die, sagten, hören Sie mal, sagte der Lange mit dem Totenkopf an der Mütze und lachte, aber es war kein freundliches Lachen, dazu zeigte er zu viele Zähne, das bisschen Schnupfen, sagte er, und das bisschen erhöhte Temperatur, wenn wir da gleich den Karabiner fallen ließen, wäre der Russe sofort hier. Das wollen Sie doch nicht. Also wenn Sie nicht auftreten, dann müssten wir ja fast vermuten, Sie haben etwas gegen uns hier.

Ich habe gesagt, ich kann kaum sprechen.

Dann bringen Sie wenigstens eines Ihrer Zauberstücke. Können Sie doch. Zaubern Sie uns was vor. Müssen dabei ja nicht sprechen.

Wir wollen ein lustiges Stück, sagte der andere Totenkopf. Feuerzangenbowle oder so was. Und natürlich, bitte, nicht so etwas wie den Nathan, sagte der Kommandant, und da lachten beide Totenköpfe.

Und du hast gezaubert. Hast deine Kartennummer abgezogen, hast so einem jungen Spund, der ein wenig nach Formalin roch, die Karten aus dem Uniformärmel gezogen. Und alle haben gelacht.

Ich kann mich nicht daran erinnern.

Doch, du bist hingefahren, sagte die Unberührbare. Es war ja nicht weit von München. Kamst zurück und hast getrunken. Ich weiß es, ich habe es aus dem Amt aller Akten gehört.

Der Vater des Erfinders der Gegnerkartei war Musikprofessor und hat eine Oper mit dem Titel *Amen* komponiert. Die Hauptgestalt der Oper heißt Reinhard. Nach ihr wurde der Junge benannt.

Am Morgen des 5. März 1945 gegen halb neun Uhr wurde die Regabrücke in die Luft gesprengt.

Wer ist das?

Einer der Vertriebenen, sagte der Graue, liegt dahinten. Kam erst später hierher.

Um diese Zeit verließ ich mit dem Kameraden Willi Lemke und M. Bolle fast als Letzter unsere Stadt in Richtung Cammin. Wir kamen nur bis Stuchow und mussten hier mit dem gewaltigen Flüchtlingsstrom übernachten, da um Cammin herum bereits schwere Kämpfe im Gange waren. In Stuchow selbst befand sich noch eine deutsche Schlosswache von 8 bis 12 Mann, die bei Tagesgrauen des 6. März von zwei eingedrungenen Russen angegriffen wurde. Hierbei wurde ein Russe von einem deutschen Unteroffizier schwer verwundet, während der zweite die Flucht ergriff. Wir erkannten sogleich die Aussichtslosigkeit unserer Flucht und traten deshalb den Rückzug nach Greifenberg wieder an. Nach etwa drei Kilometer Fußmarsch kamen uns die ersten russischen Panzer und Lastwagen entgegen. Die Mannschaften warfen uns noch kleine Würste zu, die wir aber unbeachtet liegen ließen. Am Chausseehaus stießen wir auf die erste russische Infanterie, die uns sofort ausplünderte. Kurz vor Greifenberg wurden wir auf der Camminer Chaussee wieder angehalten und darauf aufmerksam gemacht, dass auf der Trieglaffer Landstraße Artillerie in Stellung gegangen sei. Ich benutzte dann den Radfahrweg und kam in die Bismarckstraße, wo mongolische Truppen gerade dabei waren, die neuen Häuser auszuplündern und Koffer und Kisten aufzuladen. Der erste Mongole hielt mich an und bat um Feuer. Ich gab ihm meine letzten Streichhölzer und wollte meinen Weg fortsetzen, als er mich zum Warten anhielt, mir meine Streichhölzer zurückgab und dazu noch 10 Zigaretten. Nun durfte ich weitergehen und gelangte dann auch durch die Bismarckstraße, Wallstraße, unbehelligt in meine Wohnung Marienstraße 30. Hier habe ich dann eine Nacht allein im Hause verlebt, deren Eindrücke zu schildern ich mir ersparen möchte. Auf unserem Hofe, direkt vor der

Hoftüre, fand ich eine männliche Leiche im Alter von 50 bis 60 Jahren, in gutem Ernährungszustande und mit einem Gehrock, einer schwarzen Hose und einem Zylinder bekleidet. Sämtliche Taschen waren umgekehrt und Papiere fehlten. Obwohl ich viele Greifenberger persönlich kenne, so habe ich doch den Toten nicht erkannt. Auch die Familie R. Voigt erkannte die Leiche nicht. – Meines Erachtens ist es kein Greifenberger gewesen.

Heiß ist es.

Mitte April.

Na ja, kommt immer noch der Wärmestau dazu.

Es schwelen die Trümmer. Kein Löschwasser da gewesen.

Die Stahltür nicht zu öffnen. Regelrecht verschweißt.

Na, übertreiben Sie mal nicht.

Nein, es waren die Trümmer, Steine, darunter die brennenden Balken, Holz, Parkett. Viel Holz. Brennt lange, so eine Art Meiler. Und dann noch der Koks im Nachbarkeller.

Wollte nie kremiert werden. Nicht aus religiösen Gründen. Ich bin Atheist, fand aber immer die Vorstellung richtig, begraben zu werden. Wieder zu Erde werden. Auch die Würmer stören mich nicht. Keineswegs. Allenfalls der Geruch, der ja. Aber sonst, wie gesagt, hat mir der Satz immer gefallen: Erde zu Erde. Kleines Schäufelchen drauf. Später einen Rosenstock mit derselben Schaufel einpflanzen. Hatte etwas Tröstliches. Obwohl es ja nichts ändert, klar.

So aber. Die Tür, wie zugeschweißt. Und die Wand, die Ziegelwand, der Fluchtweg. Hier einstoßen. Dahinter lag der Koks. Eine Glut, die Ziegelsteine zu Klinker werden lässt.

Stand vor der Kellertür, hab ich sie noch fallen sehen, im Scheinwerferstrahl, schwarze Punkte, die schnell größer wurden. Hab gerade noch die Stahltür zuziehen, Hebelgriffe umlegen können, da kam der Stoß wie ein Beben. Krachen. Licht aus. Und keine Notbeleuchtung. Nur die Phosphorstreifen an den Mauern leuchteten matt.

Ich hab mich gemeldet, freiwillig, konnte ja fliegen, von Dahlem gelernt, sofort an die Ostfront. Die anderen kriegen den Hintern nicht hoch, das sind die Repräsentanten der nationalen Erhebung. Saufen und klopfen Sprüche, schwere Hintern, Bäuche, die sie sich mit den Koppeln hochschnallen. Trinken Bier und räsonieren. Parteibonzen. Schlachtflieger. Der Russe, der vor mir hing. Ich sah, wie der sich drehte, wendete, ich zog ganz ruhig durch und sah, wie der aufgeraspelt wurde, flog durch einen Regen von Metallsplittern. Das Glück des Jägers. Das Glück des Siegreichen. Nicht die Feigheit, die sich hinter Mitleid verkriecht. Das Gefühl der Macht. Und das Gefühl der Stärke auskosten.

Das Stöhnen dort hinten?

Das ist, sagt der Graue, einer aus dem untersten Kreis. Er war Scharführer und beaufsichtigte die Kammern in Birkenau. Als die Türen, nachdem das

Gas gewirkt hatte, geöffnet wurden und wie immer die Leichen mit Haken herausgezogen wurden, da war, was in all den Monaten noch nie passiert war, jemand noch am Leben. Ein Mädchen. Es kam weinend aus dem Bunker. Vielleicht hatte es das Gesicht in den Mantel der Mutter gepresst, vielleicht hatte es durch den eigenen Ärmelstoff geatmet, der etwas Kalk enthielt, vielleicht war es einfach nur ein Wunder. Dieses nicht erklärbare Wunder hat seinen Sturmführer, seinen Vorgesetzten, den härtesten aller Sturmführer, aus der Fassung gebracht. Er rang um Fassung. Bekam einen fürchterlichen Schock. Mitleid. Da hat er aus Verzweiflung befohlen, das Kind zu erschießen. Ging aber weg, um die Erschießung nicht mit ansehen zu müssen. Ein Moment der Schwäche.

Er hätte es an die Hand nehmen können, sagt die Stimme eines Mannes.

Wer ist das?

Ein Träumender, sagt der Graue. Der Sturmführer hätte, sagt der Träumende, mit dem Kind an der Hand weggehen können. Und wäre es nur bis zur ersten Sperre. Dort, wo die Totenköpfe Wache standen.

Und dann?

Vielleicht hätte dies, diese eine, ganz spontane Handlung, alles geändert. Vielleicht wären auch die anderen aufgewacht aus dem mörderischen Wahn, und wäre es nur für einen Augenblick gewesen.

Nein. Das Kind wäre mit der nächsten Gruppe in den Bunker geschoben worden. Und der Sturmführer in ein Erholungsheim der SS gekommen.

Und siehe, es geschah ein großes Erdbeben. Denn der Engel des Herrn kam vom Himmel herab, trat hinzu und wälzete den Stein von der Tür, und setzte sich darauf.

Und seine Gestalt war wie der Blitz und sein Kleid weiß wie Schnee.

Nein, kein Engel kam, nichts geschah, kein Beben, kein Blitz, keine Finsternis. Alles ging wie gewohnt weiter. Der Wind weht. Der Regen fällt. Der Himmel zieht. Und kommen Sie mir bitte nicht wieder mit den Engeln. Wie viele Engel haben auf einer Stecknadel Platz. Das ist Scholastik, uninteressant, völlig uninteressant.

Und der, von dahinten, dieses greisenhafte Gemurmel?

Was heißt das?

Macht mir den rechten Flügel stark!

Auch ein Pilot?

Nee, kein Engel, kein Pilot. Ein Stratege. Wie der Franzose geschlagen werden sollte. Doppelseitige Umfassung und anschließende Vernichtung des Erbfeindes. Und dann kommt ein Oberstleutnant und sieht an der Marne ein paar französische Soldaten herumstiefeln, angeblich die Spitze einer Armee, die unsere Flügel überflügelt – und alles ist hin. Unfähigkeit. Wenn nicht gar Verrat.

Natürlich Verrat.

Verrat an der Marne.

Verrat im November.

Im Juli 1932 warteten Verwandte, Freunde und Vertreter der Presse auf dem Flughafen Tempelhof. Sie war mit der Holland-Batavia-Fluglinie von Bangkok nach Wien gebracht worden, und von dort war sie in einem geliehenen Flugzeug nach Berlin geflogen. Man wollte ihr ersparen, mit der Eisenbahn heimzukommen. In Bangkok hatte sie sich eine Fliegerjacke und eine Kappe aus dem Leder einer Pythonschlange anfertigen lassen, und so stieg sie in Schlangenleder aus der Maschine.

Wie der gefallene Engel.

Das Unglück begann, als man zu fliegen versuchte. Man wollte aus dem Garten Eden fliehen.

Quatsch. Was hat der in der schwarzen Uniform mit der Fliegerin zu tun?

Beide flogen.

Die eine doch ganz friedlich, der andere flog ne Jagdmaschine, ganz schneidig.

Was heißt friedlich. Friedlich mit einer Maschinenpistole?

Korinthenkacker.

Kann ich nur lachen.

Scheiße im Kanonenrohr kommt Gott sei Dank recht selten vor.

Das Fliegen ist Hochmut gegen Gott, ist der Wiederaufstieg Luzifers, der gestürzt wurde, wegen Anmaßung.

Quark.

Klappe dahinten.

Schon wieder der. Sagt ihm: Getretener Quark wird breit, nicht stark, sagt der Saufaus. Ich kenn mich aus. Es begann mit Apparaten, bei denen man sich auf den Boden legen musste, um zu sehen, ob sie sich etwas in die Luft erhoben, dann, im Krieg, der enorme Sprung. Der Krieg ist der Vater aller Dinge. Die ersten Jagdflugzeuge. Die Fokker, Dreidecker, einfach fantastisch. Die ersten Bomber. Die ersten Verkehrsmaschinen. Die gute alte Tante Ju. Die nächste Generation der Jagdflugzeuge, immer schneller, wendiger. Verkehrsflugzeuge, bessere Motoren, schließlich Turbinen, Strahlen, Raketen, einfach fantastisch.

Sie werden das Leben auf der Erde und die Erde selbst auslöschen, wie es prophezeit wurde: Und ich sähe, da es das sechste Siegel auftät, und siehe, da ward ein großes Erdbeben, und die Sonne ward schwarz wie ein hären Sack, und der Mond ward wie Blut. Und die Sterne des Himmels fielen auf die Erde, gleich wie ein Feigenbaum seine Feigen abwirft, wenn er vom großen Wind beweget wird. Und der Himmel entwich wie ein eingewickelt Buch, und alle Berge und Inseln wurden beweget aus ihren Orten.

Mit dem leichten Durchzug, der auch den Vorhang sacht bewegte, kam der Geruch von Gras und Erde in den Raum. Er hatte gefragt, ob ich allein lebe, und ich hatte Ja gesagt. Und nach einer langen Pause, in der ich die erste Vogelstimme des Morgens hörte, eine Amsel, erzählte ich ihm von der Freundin. Vor einem Jahr hatte ich eine Frau kennengelernt. Ich erzählte, ohne dass er weitergefragt hätte, und ich war nicht einmal sicher, ob er nicht schlief. Ich erzählte mit dem Blick auf den Vorhang und zum ersten Mal von dieser Russin, die nach einer Flugschau in Berlin auf mich gewartet hatte. Ich hatte mein Programm gezeigt, Rollen, Loopings, Turns, nicht gerade das, was Ernst Udet, der nach mir kam, vorführte. Das war eine ganz andere Klasse. Sie stellte sich vor: Olga. Ihr Deutsch hatte einen leichten Anklang, der den Osten verriet. Es waren ungewöhnliche Interviewfragen, nicht die schon hundertfach gestellten: Wovor haben Sie mehr Angst, vor dem Landen oder vor dem Starten? Sie fragte: Wann sich ein Glücksgefühl bei mir einstellt. Und wie ich körperlich darauf reagiere. Wenn ich Angst habe, richtige schockartige Angst, habe ich das Gefühl, dass sich die Nackenhaare hochstellen. Und bei einem angenehmen Gefühl? Bei einem intensiven Glücksgefühl? Dann, ja dann stellen sich mir die Armhaare hoch. Sie lachte und bat mich, ihr meinen Unterarm zu zeigen. Ich zögerte einen Moment, schob dann den Ärmel der Lederjacke etwas hoch, zögerte, sagte, das sei das merkwürdigste Interview, das ich je gegeben habe. Mein Lachen erschien mir selbst ein wenig verlegen. Ich wusste nicht recht, wie ich mit dieser Annäherung umgehen sollte, diese plötzlich so vertrauliche, auf körperliche Nähe ausgerichtete Bitte, eine Bitte, die so sehr mit ihrer strengen Eleganz kontrastierte, dem knapp geschnittenen Kostüm, den hochhackigen Schuhen aus Schlangenleder, der beigen Seidenbluse, der schlichten, aber massivgliedrigen Goldkette. Eine goldene

Armbanduhr mit einem geflochtenen Goldarmband. Es war, das sah ich, alter Familienschmuck. Ich schob den Ärmel der Bluse hoch. Darf ich, fragte sie und strich mir im nächsten Moment über den Unterarm, gegen den Haarstrich. Und natürlich richteten sich die feinen Armhaare auf. Wie würden Sie das Gefühl beschreiben? Wohlig, sagte ich. Ist dieses Gefühl, das wohlige, nur an den Armen spürbar oder auch an den Beinhaaren? Ich lachte und sagte, die könnten sich nicht aufstellen, weil ich sie abrasiere. Auch sie lachte, wollte dann aber wissen, ob dieses Gefühl jenem vergleichbar sei, das sich einstellt, wenn ich vom Boden abhebe. Ein wenig, vielleicht, sagte ich, aber vielleicht doch nicht, dieses Gefühl ist dann doch zu wohlig, weil es sich allein auf sich richtet und Dauer wünscht. Das Gefühl beim Fliegen hingegen ist ein Erleichtertsein, das sich durch Konzentration auf Handgriffe einstellt. Sie lachte. Stört Sie nicht der Motorenlärm, der sie ständig begleitet? Nein, überhaupt nicht. Gibt er Ihnen das Gefühl von Kraft? Ja. Vielleicht. Ja. Eine Kraft, die sie über sich hinausbringt? Ja. Genau.

Sie hat mich für den nächsten Tag eingeladen zu sich, in eine Pension, in der sie ein Zimmer bewohnte. Sie hatte einen Cocktail gemacht, hatte Käsegebäck hingestellt und Gläser, sagte, wie gut, dass Sie hier das Bild der Frauen aufhellen, erzählte von einem Schriftsteller, einem russischen, Emigrant wie sie, mit dem sie hin und wieder in der Cicerostraße Tennis spiele und mit dem sie sich darin einig sei, wie hässlich die meisten Berlinerinnen sind, wie gewöhnlich und nachlässig sie sich kleiden, wie ungewaschen die Haare wirken. Auch Tschechow war enttäuscht, schrieb, er habe die Frauen in Berlin so fürchterlich gefunden, hässlich, unmodisch, ungepflegt. Sie, sagte sie zu mir, sind eine wunderbare Botschafterin, eine Ausnahme, die besondere, die jede Regel bricht. Ich fragte nach dem Bild, das sie an der Wand hängen hatte, ein quer verlaufendes rotbraunes Rechteck, den Flügeln eines Flugzeugs ähnlich, darunter mehrere größere und kleinere Rechtecke, in abgestuft braunen, grünen Farben, und, oben über dem rotbraunen Rechteck, eine runde, tropfenförmige schwarze Fläche. Gefällt es Ihnen? Sehr. Ein Bild von Kasimir Malevitch. Sie habe es, sagte sie, eingerollt mitgebracht aus Russland. Sie, die Tochter eines russischen Admirals, musste 1918 fliehen. Eine umständlich verwickelte Flucht, die sie in den Süden auf die Krim führte, vier Wochen dauerte, nur mit einem kleinen Lederkoffer, mit Unterwäsche zum Wechseln. Und einer Handtasche, in der sie ihren Schmuck mitgenommen hatte. Den anderen Schmuck hatte die Familie in der Kohlenschütte der Villa versteckt. Der war später bis auf wenige Stücke versehentlich verheizt worden. Sie erzählte von der Krim, von den Kämpfen der Wrangeltruppen gegen die Roten, von der Flucht über das Schwarze Meer, nach Istanbul, und von dort, mit den Resten der zarentreuen Flotte, weiter nach Tunis, wo sie drei Jahre gelebt hatte, und wie sie schließlich von dort über Genua nach Berlin gekommen sei, mit dem Lederkoffer. Vom Schmuck waren ihr die Goldkette und die Uhr ihres Bruders, der im Kampf gegen die Roten gefallen war, geblieben, hier, das ist alles, und damit hielt sie mir das linke Handgelenk mit der goldenen Uhr und dem geflochtenen goldenen Armband hin. Und als ich mit dem Finger darauf tippte, hielt sie meine Hand fest, drehte sie um und küsste mir Handfläche, Handgelenk, Unterarm, die Armbeuge, siehst du, sagte sie und zeigte mir ihren Arm, auf dem die dunklen Härchen sich aufgerichtet hatten, das ist der Sympathikus, sagte sie, der begleitet dich auch beim Fliegen. Ich saß neben ihr und spürte meinen Körper wie von außen – mich – an ihrem, weich, die Arme, hier der Brustansatz, die Brüste. Ich musste lachen, aber dann, wenig später, war an dieser Nähe nichts Komisches mehr, wie wir nebeneinandersaßen und nach und nach über uns lachten, sie über mein Verdutztsein und ich über ihre Genugtuung.

Ich hatte eine längere Pause gemacht und hörte plötzlich den ruhigen Atem, gleichmäßig und mit ein wenig längeren Pausen dazwischen. Meine leisen Fragen beantwortete er nicht. Ich wünschte mir, neben ihm zu liegen. Ich wünschte mir, die traumbewegten Regungen seines Körpers zu spüren, das unruhige Tasten der Augen unter den Lidern. Durch welche fernen Länder geht der Träumende.

Im Raum war es ein wenig heller geworden, der Hof um die Petroleumlampe strahlte nicht mehr in diesem gelbwarmen Licht, sondern war vom Grauen des beginnenden Tages erfasst. Aus der Ferne hörte ich das Krähen eines Hahns.

Sie war länger als geplant in Japan geblieben, sagt Miller. Sie wartete, dass die Unruhen in China aufhörten, um dann wieder auf derselben Route zurückzufliegen. Die Kämpfe zwischen der Kuomintang und den Truppen Maos hatten sich ausgeweitet, und daher entschloss sie sich, über Hongkong, Thailand, den Irak und die Türkei zurückzufliegen.

Immer wieder verschob sie den Rückflug, sie wartete jedes Mal wieder auf Dahlem, der drei- oder viermal zu kürzeren Flügen in die Bürgerkriegsgebiete startete. Sie wollte ihn dabei sogar begleiten, was er aber rundweg ablehnte. Sie wurde von den Umständen festgehalten, hieß es, tatsächlich hielt sie sich selbst fest. Solange wir in Tokio gastierten, bin ich oft mit ihr, manchmal auch mit ihr und – wenn er da war – Dahlem, zum Schwimmen gegangen. Eine Clubanlage, in der sich viele Europäer, aber auch Japaner trafen. Sie war braun gebrannt, kräftig gebaut, und doch waren Beine und Arme schlank. Sie schwamm vorzüglich, schneller als ich, als Dahlem, vielleicht ließ er sie aber auch gewinnen. An Dahlems Brust sah man zwei Narben, an der Brust und an der Schulter. Das sind Kratzer aus der Schützengrabenzeit, sagte er auf ihre Frage. Später, als wir in dem Restaurant des Klubs zusammensaßen, sagte er, er müsse für drei Wochen nach China fliegen. In dem Moment kündigte sie an, in den nächsten Tagen den Heimflug über Hongkong und Bangkok anzutreten. Die Überflugformalitäten seien erledigt, die Siebensachen gepackt, sagte sie. Ich fliege in drei Tagen. Vielleicht hat sie gehofft, dass Dahlem sie zum Bleiben überredete. Dahlem war nichts anzumerken.

Aber zuvor möchte ich noch einmal mit Ihnen zusammen fliegen.

Gut, sagte er, sehr gern.

Bei der Verabschiedung küsste er ihr die Hand, sie jedoch, in ihrem weißen Rock, der ärmellosen weißgepunkteten blauen Bluse, umarmte ihn, plötzlich und mit einer ruckartig stürmischen Bewegung, ein wenig unkontrolliert und unbeholfen. Er lachte, es gelang ihm die Situation für Außenstehende so zu verändern, als sei er es gewesen, der sie umarmte. Aber ich kannte ihn und ich kannte inzwischen sie. Dahlem hat ja zur Verlängerung ihres Aufenthalts beigetragen, er hatte die Parteien mit Waffen aufgerüstet. Sein Geschäft lief gut.

Zu dem Abschiedsessen hatte der Generalvertreter einer deutschen Stahlfirma eingeladen. Der Mann kam aus Bayern und hatte von einem japanischen Schlachter nach einem ins Japanische übersetzten Rezept Leberkäse machen lassen. Leberkäse und darauf ein Spiegelei. Der Leberkäse schmeckte sonderbarerweise nach Gips, und sicherlich hätte man mit ihm auch Löcher zuspachteln können, sagt Miller. Aber die japanischen Gäste waren begeistert. Eine andere Besonderheit, die bei den Japanern großen Zuspruch fand, war das Danziger Goldwasser. Jeder wollte das am Boden schwimmende Blattgold mittrinken. Einmal im Leben Gold scheißen. Ließen sich alle einschenken. Auch eine der Frauen. Die Frau eines japanischen Redakteurs hatte es auf Dahlem abgesehen. Ich vermutete, dass die beiden schon vor diesem Abend etwas miteinander hatten. Wie er sie ansah, vor allem, wie sie ihn, je mehr in der Runde getrunken wurde, immer öfter streifte, berührte, schließlich anfasste – sie saßen auf dem Boden nebeneinander –, das musste jedem in der Runde auffallen. Nur nicht ihrem Mann, der schon schwer angetrunken war. Dahlem zeigte kein Entgegenkommen, nichts von Geneigtheit, allerdings auch nicht das geringste Zeichen von Zurückweisung. Einmal steckte die Japanerin den kleinen Finger in einen Serviettenring und rieb ihn hin und her, eine gestisch deutliche Aufforderung. Marga, die das auch beobachtet hatte, blickte gelassen, allerdings ein wenig bemüht, weg. Sie saß da und schwieg. Trank ihr Danziger Goldwasser und stand plötzlich, es war noch weit vor Mitternacht, auf, übrigens gekonnt, wie eine Japanerin, mit einem kleinen Ruck von den Knien auf die Füße, und sagte, sie habe morgen eine lange Strecke vor sich. Und dann, ja man muss es wohl so sagen, fasste sie sich ein Herz und bat Dahlem, sie hinauszubegleiten. Ich konnte sie sehen, beide, wie sie im Schein des Vollmonds redeten. Er hat sich mit einem Handkuss verabschiedet.

Am Tag vor dem Abendessen waren sie gemeinsam geflogen. Sie haben eine kleine private Luftschau veranstaltet, nicht groß angekündigt, sie hatte lediglich über den sie verehrenden General Nagaoka die Genehmigung eingeholt. Sie hatte Dahlem mehrmals gebeten, mit ihr einen Formationsflug zu machen.

Dahlem war kein Flieger aus Passion, das wussten alle. Sie musste ihn überreden. Schon war der Eindruck entstanden, dass Dahlem im Fliegen nicht so gut war, dass er nur fliegen konnte, wozu, wie sie sagte, nicht viel gehört, Landen, Starten, das ist etwas kompliziert, das andere geht fast von allein, jedenfalls wenn man sich in der Landschaft auskennt. Die Kunst begann bei der Turnerei in der Luft, und der Kunstflug mit seinen verschiedenen Figuren hatte sich aus dem Luftkampf entwickelt. Der Verdacht, dass er das Kunstfliegen nicht richtig beherrsche, schien ihn nicht weiter zu stören. Dann, mit ihrer Ankündigung des Heimflugs, hatte er schließlich zugesagt, und ich bin überzeugt, weit mehr, um ihr einen Gefallen zu tun, als um der Gesellschaft zu beweisen, dass und wie er fliegen konnte. Sie hatte ihm eine Junkers besorgt, beide flogen also denselben Typ. Obwohl es nicht groß angekündigt worden war, hatten sich an dem Morgen viele Leute eingefunden, von den Botschaften, aber auch japanische Militärpiloten. Es war ja zugleich auch ein Reklameflug für die Junkerswerke, ohne dass es ausdrücklich gesagt worden wäre.

Erst war sie, dann war er gestartet, und die beiden begannen, am Himmel herumzuturnen. Sie flogen Loopings, Rollen, Sturzflug und was es sonst an Flugfiguren gibt. Ich hatte schnell den Eindruck, dass sie weit eleganter flog als er, der die Maschine viel stärker herumriss. Irgendwann veränderte sich ihr Fliegen, sie versuchte offensichtlich, in Schussposition, also hinter ihn, zu kommen. Es begann die Jagd, deutlich, dieser

Augenblick, als das freie Spiel in eine Verfolgungsjagd übergegangen war, sie ihn herausforderte, ja, wie ein regelrechter Kampf der beiden im Himmel begann. Natürlich kannte sie die *Dicta Boelcke*. Boelcke war ja der Jagdflieger, von dem alle gelernt hatten, Richthofen, Udet und all die anderen: *Der Angriff auf den Gegner muss stets von hinten erfolgen. Greife immer aus der Sonne kommend an* und so weiter. Man sah, wie sie versuchte, hinter Dahlem zu kommen, und wie der, als er das bemerkte, seitab kippte, in einer Kurve hochzog und zur anderen, linken Seite flog, sie folgte ihm, er flog im Zickzack, eckig und abrupt waren diese Kurven bei ihm, weicher und doch knapper bei ihr, so ging es eine Zeit, und sie war ihm immer näher gekommen, einen Moment hatten wir alle, wie wir uns später versicherten, den Eindruck, sie wolle ihn rammen, seitlich von hinten rammen, so nah war sie an seine Maschine herangeflogen, einige Zuschauer schrien auf, dann drehte sich Dahlem mit einer Rolle wieder heraus, und erneut begann ihre Jagd, und wieder gelang es ihr, sich hinter ihm zu halten, wobei ein neben mir stehender Weltkriegspilot, ein Engländer, sagte, die ist immer noch nicht in Schussposition, aber dann, plötzlich, war sie fast genau hinter ihm, da zog er die Maschine steil hoch und drehte daraus nach rechts eine ganz enge Rolle und war plötzlich hinter ihr, einen Augenblick, einige Sekunden lang flog er genau hinter ihr, und der Engländer neben mir sagte, da, jetzt hat er sie. Dann drehte Dahlem ab. Wenig später flogen sie nebeneinander, er winkte ihr und sie ihm zu.

Als sie landeten, erst sie, dann er, sahen wir, beide waren schweißnass, aber beide lachten.

Er sagte, sie hätte in diesem spielerischen Luftkampf gesiegt. Ich habe Sie nicht bekommen.

Doch, sagte sie, du hast mich bekommen.

Es war das erste Mal, dass sie ihn in der Öffentlichkeit duzte.

Später, sagt Miller, habe ich ihn gefragt, warum er sie nicht hatte gewähren lassen, ihr diesen kleinen Triumph nicht gegönnt hatte.

Ich wollte ja. Aber es war ein plötzlicher Reflex. Ein Schreck, als ich sie hinter mir sah, nicht sie, die Maschine. Moment eines tödlichen Schrecks. Es ist zwar lächerlich, sagte er, aber es war so, schlimmer noch, ich habe gebrüllt, ein langes, wildes, triumphal erlösendes Ja.

Vornan floh ein Starker, jedoch ein Stärkerer folgte.

An dem Abend, nach diesem gestellten Luftkampf, saßen wir zusammen und feierten. Ihr Kleid, schwarz, eine Perlenkette, das Staunen der Japaner über die hohen Absätze ihrer Schuhe. Auch Lindbergh, der Atlantikflieger, der gerade in Japan war, blickte ihr, wie ich bemerkte, immer wieder auf die Beine. Ich hatte an diesem Abend den kleinen Triumph, dass Dahlem nicht tanzen konnte oder mochte. Ich tanzte mit ihr, recht eng, einen Foxtrott, und spürte, sie ist keine Amazone.

Und noch etwas. Ich bin sicher, da war nichts, sagt Miller. Eine noch jungfräuliche Frau. Man sah es ihr an. Etwas körperlich Fremdes war an ihr. Etwas sich selbst Fremdes. Eine Distanz, wie sie sich gab, sich verhielt, eine Distanz auch zu sich selbst. Dabei trat sie absolut sicher auf, ruhig, gewiss ihres Könnens, ihres Adels, ihres Erfolgs. Und doch war ein Rest unaufgelöst. Ich habe einen Blick für den Körper, Körperhaltungen. Nein, ich bin mir sicher, sie war bis zu der damaligen Nacht noch mit keinem Mann zusammen. Aber nach dieser Nacht hinter dem Vorhang war sie eine andere.

Sie war verwandelt. Ihre Gesichtszüge weich, etwas offen Zugewandtes. An dem Abend lief sie hinaus, blickte in den Spiegel, und als sie zurückkam, sah ich, sie hatte sich gekämmt und sie hatte die Lippen und die Augenbrauen nachgezogen.

Am nächsten Morgen startete sie. Es waren viele Menschen gekommen, Bekannte und Neugierige. Sie hatte inzwischen Bekanntschaften und Freundschaften geschlossen, auch mit den Japanern. Der General Nagaoka war da, die Botschaftsangehörigen und natürlich Dahlem. Kleine Andenken wurden ihr überreicht.

Dahlem schenkte ihr ein kunstvoll eingewickeltes Päckchen. Ein Glücksbringer, sagte er. Aber erst auspacken, wenn du in der Luft bist.

Sie startete, und einen Moment schien es, als käme sie nicht rechtzeitig vor einer Einfassungsmauer hoch.

Sogar Dahlem verlor seine gelassene Haltung und rief, obwohl sie das gar nicht hören konnte, los!, anziehen! Dann, endlich, gewann sie Höhe und flog noch eine Schleife, wackelte mit den Flügeln und entfernte sich Richtung Westen, langsam kleiner werdend.

Ich habe das kleine Päckchen, das er mir kurz vor dem Start gegeben hatte und das schwer in der Hand lag, erst ausgepackt, als ich über dem Meer war. Es war sein Etui, das silberne Zigarettenetui mit dem Messingsplitter. Ein schweres Andenken.

Das Weitere ist ja bekannt und schnell erzählt, sagt der Graue. Sie flog nach Hongkong, wo sie vom englischen Gouverneur empfangen wurde, wo sie Vorträge hielt, die Mitglieder der deutschen Kolonie traf und wo sie sich den Hafen ansah und von dort eine Postkarte an Dahlem nach Tokio schickte. Auf der Postkarte sind Dschunken und eine Hafenfähre zu sehen. Dear Christian, diese Postkarte schreibe ich mit dem Blick auf die Bucht. Ich denke, es könnte dein Blick sein: das schöne bewegte Wasser mit den darin langsam segelnden Dschunken. Auf der Reede löscht ein Frachter seine Fracht. Die Sonne ist eben hinter eine Hügelkette gerutscht. Morgen geht es weiter nach Bangkok. Yours. M.

Die Karte ist nicht frankiert, sagt der Graue. Sie muss sie in einem Kuvert geschickt haben. Und auch kein so aufdringliches Lieber, sondern das schöne, alles offenlassende Dear.

Von Hongkong flog sie nach Bangkok weiter. Dort ist sie beim Start abgestürzt, aus 80 Meter Höhe. Man zog sie aus den Trümmern der Maschine, schwer verletzt und bewusstlos. Eine Fraktur der Wirbelsäule. Die französischen Ärzte befürchteten eine bleibende Lähmung der Beine. Als sie aus der Ohnmacht erwachte und man sie nach den Schmerzen fragte, sagte sie, es geht. Ça va. Allerdings hatte sie sich die Lippen tief blutig gebissen, bis sie Morphium bekam. Die französischen Ärzte sahen eher nach Schlachtern aus, aber sie waren freundlich und vor allem ausgezeichnete Praktiker. Nach Hause schrieb sie: *Um ein Haar wär's, weiß Gott, schiefgegangen. Daß ein menschliches Wesen den Trümmern meines armen Kiek in die Welt auch nur halbwegs lebendig entsteigen konnte, wollte keiner glauben, der den Bruch oder die Bilder davon gesehen hat, mir ist es auch unklar. Der Motor hat ausgesetzt und ich bin aus 80 Meter auf die Schnauze gefallen.*

Diese Höhe, muss man sich vorstellen, 80 Meter, unglaublich. Und der Graue hustete. So, wie Sie husten, sagte ich, sollten Sie sich auf Keuchhusten untersuchen lassen. Die Infektionen haben in Berlin, seit der Osten wieder offen ist, stark zugenommen.

Aber der Graue schüttelte nur den Kopf, sagte, nein, nein, hören Sie. *Ein Rückenwirbel ist vor Schreck ausgerutscht und liegt fast 2 cm neben dem anderen, außerdem Rückgratverstauchung, Nierenquetschung, Bluterguss an der Wirbelsäule, Beule am Kopf, Loch im Bein, und ich wünschte, ich hätte so viele Taler wie blaue Flecken.* Und wieder hustete der Graue krampfartig. *Die ersten Tage waren trotz Morphium und allem möglichen mit ihren irrsinnigen Schmerzen natürlich scheußlich.*

Nach einigen Wochen konnte sie wieder gehen, zunächst an Krücken, danach lernte sie langsam das freie Laufen. Ihr großer Kummer war, dass ihr Flugzeug Schrott war. Ein Totalschaden. Ihr ganzes Kapital lag zertrümmert am Boden. *Meine Existenz lag da.* Sie verdiente sich etwas Geld mit Artikeln, die sie für deutsche Zeitungen schrieb, darunter einen Bericht über die Hochzeitsfeier des Königs, zu der sie geladen war. Sie hat lange den Heimflug hinausgezögert. Schließlich flog sie mit einer Linienmaschine nach Europa, nach Wien und von dort in einer geliehenen Maschine nach Berlin. Bei ihrer Landung trug sie eine Kappe und eine Jacke aus Pythonleder. Blumen, Musik, Applaus, aber jeder wusste, sie hatte abermals Bruch gemacht, und wenn man die Fotos genau betrachtet, sagt der Graue, sieht man bei einigen der Herren ein mokantes Lächeln. Wie sie da auf der Maschine sitzt, einen Strauß Blumen in der Linken und die Rechte wie ein römischer Feldherr zum Gruß erhoben. Sie war knapp mit dem Leben davongekommen. Um daran Anteil nehmen zu können, hätte man Zeuge sein müssen. Eben noch kühn in der Luft, und im nächsten Moment liegt der Flugapparat zerknautscht und zerborsten plump am Boden. Ein sinnloses Gewirr von Blech, Drähten, Metallstützen. Ein Sinnbild für: Hochmut kommt vor dem Fall. Im Alten Testament stürzt Gott den anmaßenden Engel Luzifer, der non servio sagte. Wer den Hochmut mit dem Tod bezahlt, wird als tragisch angesehen, wer weiterhumpelt, als komisch. Natürlich hat sie, diese empfindsame, kluge Frau, das gewusst. Sie hat bei dem Versuch, etwas von dem kühnen Flug herüberzuretten, dann aber zu dem falschen Mittel gegriffen, als sie sich in dieser Piloten-montur aus Schlangenleder zeigte. Wäre sie mit einer ölverdreckten, zerschlissenen Lederjacke aus der Ma-schine gestiegen, dann hätte das an die Strapazen, die Schmerzen, dieses abenteuerliche Scheitern erinnert. So aber war ihre Erscheinung wie Kosmetik. Jeder wusste, sie war finanziell ruiniert, und jetzt stieg sie aus einem geliehenen Flugzeug in einer elegant exo-tischen Aufmachung.

Sie ließ sich nicht unterkriegen. Sie versuchte Geld für einen Flug nach Australien aufzutreiben. Aber nie-mand wollte ihr ein Flugzeug geben. Zweimal Schrott war zu viel. Ich habe sie bewundert. Diese kühnen Männer, einfach fürchterlich. Aber bei ihr war alles anders. Sanft, ohne das ganze Gehabe, diese Kraft-meierei.

Und wäre es nur im Traum, ihm meine Liebe zu ge-stehen.

Auf jedem ihrer Langstreckenflüge eine Bruchlan-dung. Von Deutschland über Spanien, Marokko zu den Kanarischen Inseln. Von Berlin nach Istanbul, von Berlin nach Tokio. Tollkühne Flüge, und dann auf jedem ihrer Rückflüge macht sie eine Bruchlandung.

Das hält doch kein Mensch aus. Oder? Bei jedem Flug. In Sizilien beim Starten in eine Mauer geflogen. Blutet am Kopf. Auf dem Flug von Japan zurück, auf dem Rückflug in Bangkok, bricht sie sich den Lendenwirbel. Kommt jedes Mal mit dem Steuerknüppel nach Hause.

Sie wusste, was sie zu Hause erwartete.

Sie hat sich aus Scham erschossen, sagt eine Stimme. Sie wusste, was man sagen würde, was der dahinten gesagt hat, zum Fliegen gehört logisches Denken, emotionsfreies Handeln. Kombinationsgabe, technischer Verstand. Fällt doch auf, Frauen wissen sich bei einer Fahrradpanne viel weniger zu helfen als Männer.

Was für ein Waldheini, brüllt der Saufaus. Ich habe Frauen gesehen, die flogen tipptopp, kein Unterschied zu den Männern, die Hanna Reitsch, die wunderbare Strassmann, die Elly Beinhorn, aber auch die Marga von Etzdorf.

Marga war die Pechmarie unter den Fliegerinnen, sagt Miller, die Goldmarie ist die Beinhorn, die Elly, wie Marga 1907 geboren. Elly Beinhorn flog nach Australien, nach Afrika, Südamerika, flog über Wüsten, Meere, über die Anden, im Himalaja. Sie wurde gefeiert, wo immer sie hinkam. Ihr Lachen ein Strahlen. Auch Unfälle wurden nach einem geheimnisvollen Gesetz zu einem strahlenden Erfolg. Wie ihre Notlandung am Rande der Sahara. Sie wird vermisst, niemand weiß, ob sie noch am Leben ist, bis Elly nach Tagen auf einem Pferd in Timbuktu einreitet. Das muss man sich vorstellen, kommt auf einem Pferd in Timbuktu an. Diese Märchenstadt. Umschlagplatz für Salz und Gold. Ich wollte immer nach Timbuktu. Hätte da sofort und freiwillig Fronttheater gespielt, aber so weit in den Süden sind unsere Jungs ja nicht gekommen. Zum Glück. Aber das muss man sich vorstellen, dieser Traum von einer blonden Frau in einem Negerkraal. Man begegnet ihr mit größtem Zuvorkommen. Sie freundet sich mit einer Tuareg-Frau an. Alles gelingt ihr. Sie repariert die Benzinleitung und fliegt weiter, fliegt nach Deutschland zurück. Sie wird gefeiert, dieses Lachen, wunderschön, blond, ein sanftes mädchenhaftes Gesicht. Wunderschön.

Jetzt schwärmt der Mann schon für die zweite Fliegerin, sagt der Graue.

Aus der Distanz. Ich habe sie zwei-, dreimal gesehen. Ich habe sie reden hören. Vielleicht hat sie mich auch mal auf der Bühne gesehen und gehört. Aber wir haben nie ein Wort miteinander gewechselt. Sie wurde von allen bewundert und auch in der Liebe glückt bei ihr alles, heiratete den Rennfahrer Bernd Rosemeyer. Ein strahlendes junges Paar. Wen die Götter lieben, dem geben sie alles ganz, die Freuden, die unendlichen, die Schmerzen, die unendlichen, ganz. Wie unser Geheimrat sagt. Allerdings, und das war ihr Tribut an die Götter, verunglückte dieser junge strahlende Rennfahrer zwei Jahre später tödlich. Wen die Götter lieben, den nehmen sie jung zu sich, haben sie damals gesagt. Ist natürlich Quatsch. Sie, die Glücksmarie, im selben Jahr wie Marga geboren, wurde hundert Jahre alt, hundert Jahre in der Sonne, im Licht. Marga hingegen, schon der Name hat etwas von einem raunenden Unglück, finde ich, sagt Miller, klingt nach mager, wurde gerade mal 25 Jahre alt, zweimal ist sie abgestürzt, jedes Mal verletzt, und beim dritten Mal erschießt sie sich. Was für eine Haltung. Eine Preußin. Was für ein Stolz. Sie hat wie ein Samurai gehandelt. Die Schlacht war verloren. Sie war die erste Frau, die allein nach Japan geflogen war. Sie lebte Monate in Japan, lernte Glasnudeln mit Stäbchen essen, lernte Tee nach der Zeremonie zu trinken und die Bedeutung des Schattens kennen, hörte, was Seppuku ist, dieser links anzusetzende Schnitt, der nach rechts führt, tief in die Eingeweide, während der dahinterstehende Gefolgsmann mit dem Schwert den Kopf abschlägt, lernte die Bedeutung von Schatten und Halbschatten kennen. Sie wurde von General Nagaoko empfangen, dem ersten Flieger des Landes, der seinen Schnurrbart, weiß, seitwärts wie Schwingen, ja wie Tragflächen, hatte wachsen lassen, sie lernte, dass zerbrochenes Porzellan nicht einfach Abfall ist, sondern in seinem Aussehen gewinnt, wenn denn die Bruchstücke deutlich sichtbar wieder zusammengefügt werden, und es dadurch das Gemachte, das Zerbrochene, das Wiederhergestellte in sich vereint. Ein bewundernswertes Kunstwerk. Sie war von General Nagaoko umworben worden. Er hatte ihr einen Kimono aus einer in Cando gewebten Seide geschenkt, einen Kimono mit stilisierten Flugzeugen darauf, etwas ganz Ungewöhnliches. Tradition und Bruch der Tradition. Ein Foto zeigt ihn, wie er sie vorsichtig, man sieht in der Berührung die gewahrte Distanz, am Arm fasst. Eine Geste, die eben das gleichzeitig ausdrückt, Respekt und Begehren. Wie sie dasteht, mit diesem freundlichen Lächeln, so souverän in diesem Kimono, dessen Farben, da es ein Schwarz-Weiß-Foto ist, leider nicht zu erkennen sind.

Und Dahlem hatte ihr den Raum, das Licht, den Schatten und dieses Bild auf dem Stellschirm gedeutet. Konfuzius, der auf dem Rind reitet, um seine Weisheit weiterzutragen. Er wird Berge überwinden. Er wird die Sonne aufgehen sehen und sie niedergehen sehen. Er strahlt die Ruhe aus, wie sein Lasttier, der Büffel. Er trägt das Wissen der Welt. Der Einzelne ist auf einem Durchgang, auf einem Pfad. Er verliert sich in der Stille. Die von leichter Hand getuschten Kiefern, Berge, Wege, die wie hingehauchten Wolken zeigen, es ist in uns, wie die Dinge aufscheinen.

Das Glück der Ruhe.

Nein, sagt der Graue, es war nicht allein Stolz, das sicherlich auch, aber es hatte sich etwas in der Bedeutung des Fliegens verschoben. Es war nicht mehr ein Flug, bei dem sie allein als Frau eine lange, über Kontinente führende Strecke überwinden sollte, sondern sie sollte plötzlich als deutsche Frau, als Deutsche fliegen. Ein Jagdflieger als Präsident des Reichstags. Pour le Mérite. Der blaue Max. Schusterjungen liefen hinter den Offizieren her, die den blauen Max trugen, sichtbar, auch im Winter, über dem Kragen des Uniformmantels. Wachen mussten raus und ins Gewehr treten. Die Zeitungen schrieben, sie wird Deutschlands Ruhm nach Australien tragen.

Es klingelte, und er stand vor der Tür. Er war aus Asien zurückgekommen. So wird es gewesen sein. Fast ein Jahr war vergangen, und plötzlich stand er vor der Tür. Kein Brief in der Zwischenzeit, keine Nachricht. Es sollte eine Überraschung sein, sagte er, er wolle endlich einmal diese Redensart in die Tat umsetzen und mit der Tür ins Haus fallen. Er stellte eine kleine Schachtel auf den Tisch, und als sie die vorsichtig auspackte, fand sie darin eine kleine Schale in einem Grün, wie sie noch kein Grün gesehen hatte. Eine Teeschale, deren Sprünge in Goldlack gefasst waren.

Eine Mishima, sagte sie, wunderschön, ich werde sie hüten.

Er hatte ihr schon in Japan gesagt, dass er keine Briefe schreibt, schreiben könne. Keine weitere Erklärung. Sie sagte sich, auch die Diplomatenpost wird nicht sicher vor Einblick sein. So hatte sie sich das Schweigen erklärt. Ob sie Zeit und Lust habe, mit ihm essen zu gehen. Und sie sagte Ja, obwohl sie dachte, dieses Ja könnte so klingen, als habe sie seit Monaten auf diesen Abend gewartet. Und sie wusste, es war so.

Sie hatte gewartet.

Sie bot ihm einen Cognac an, und er saß im Sessel und rauchte, während sie sich umzog, ein schwarzes

Kleid, kurz, knapp unter dem Knie. Sie hatte es sich vor einer Woche, wie in einer Vorahnung, noch ein wenig kürzen lassen.

Wir sind mit einem Taxi zu dem Restaurant gefahren. Er hatte dort einen Tisch bestellt. Wir saßen und sprachen. Hin und wieder und wie zufällig berührten sich unsere Hände, wenn er mir Feuer gab, wenn er, als wir die Seezungen aßen, mir die Serviette, die mir immer wieder hinunterfiel, zurück auf den Schoß legte, schnell und kaum dass ich es merkte, weil ich erzählte, etwas konfus, aber dieses kurze Streifen an der rechten Hand spürte ich, und ich wartete darauf. Er erzählte von Japan und China und den dortigen Kriegswirren. Wir tranken Wein, einen sehr kalten Weißwein. Wir sind hinausgegangen in die nächtliche Kühle, in der schon ein Stich Frühlingsluft war. Nach wenigen Schritten hat er meine Hand gefasst, und wir blieben stehen. Ich sah ihn an. Alles ging schnell, überraschend und doch wie selbstverständlich, seine Lippen, meine Lippen, seine Hände, meine Hände. Seine Hände waren überall, sagt sie. Es war das erste Mal, dass du mich so berührt hast, diese vorsichtig tastenden Berührungen, die plötzlich fester und gezielter wurden, die gleichermaßen mich und mich, die Frau, meinten. Einen Augenblick habe ich an seine Erzählung von dem Abend mit dieser anderen Frau denken müssen, diese ähnliche Situation, aber ich sagte mir, vieles wiederholt und ähnelt sich und ist doch einmalig.

Ich wollte diesen Mann, sagt sie.

Wir sind Isobare, haben den gleichen Luftdruck an verschiedenen Orten. Ich will dich.

Er hat gelacht und gesagt, das gefiele ihm gut. Du bist ja auch eine Wolkensammlerin.

So muss man es wohl sagen, meint Miller. Sie wollte fliegen. Sie hatte einen starken Willen, aber hier war sie schwach. Mir erzählen viele Vieles, wie allen, die keine guten Ratschläge geben, die selbst die Fehlenden sind, die nicht Festgelegten, Unverbesserlichen, voller Gier nach dem Leben, dem eigenen und dem der anderen. Die von sich erzählen, von ihren Ängsten und von ihrem Versagen, ihren Niederlagen, den Verletzungen, Peinlichkeiten.

Der Herr der Karteikarten, sagt der Graue, sprach nie über Zögerlichkeit, Zweifel, Ängste, dagegen dieser verschwenderische Gebrauch des *ausrotten, aussondern, ausspeien, aus, aus, aus,* der Tod.

Und Dahlem?

Dahlem hat gesagt, er werde sich aus dem Geschäft zurückziehen. Diese Braunen gefielen ihm nicht. Kannte ja den Herrn der Gegnerkartei, dem er Flugunterricht gegeben hatte. Den Mann mit dem eisernen Herzen, wie ihn bewundernd seine Paladine nannten. Und die anderen, die Mitläufer? Pöbel, sagte er, und Dummköpfe. Sie reden ständig von Ehre, aber sie haben keine. Das seien nicht seine Leute. Nicht seine Regierung. Er machte einen feinen Unterschied.

Waffenhandel, na ja, sagt Miller, meine Sache wäre es nie gewesen.

Aber immerhin, sagt der Graue, er unterschied.

Sie wollte unbedingt nach Australien fliegen. Sie wäre nicht die erste Frau gewesen, die allein nach Australien fliegt. Vor ihr waren schon Elly Beinhorn und Amy Johnson dort. Der Flug führte über Indien, Djakarta, Bali, Timor und dann über die Timorsee nach Australien. Ein sensationeller, auch international beachteter Flug. Marga v. Etzdorf wollte eine andere Strecke fliegen. Aber der Pechmarie wollte niemand Geld für den Flug oder gar für ein Flugzeug geben.
Nein, die Bruchmarie.

Am nächsten Abend besuchte sie ihn in seiner Wohnung. Er zeigte seine Sammlung koreanischer, japanischer und chinesischer Vasen, darunter eine aus der Ming-Epoche, die er besonders mochte und auf dem Schreibtisch stehen hatte. Eigentlich ein Fehlbrand. Das blaue Muster war wie verlaufen und sah aus wie ein impressionistisches Gemälde. Sie hielt, wie sie mir erzählte, die Vase wie ein kleines Tier vorsichtig in den Händen, sagte, die ist wunderschön, und dann ganz unvermittelt, dass sie unbedingt fliegen wolle, fliegen müsse, aber nach dem Totalschaden ihrer Maschine sei kein Geld mehr da. Sie habe ihr Erbe am Boden liegen sehen, ein Haufen Schrott, und nicht nur das, sie habe Schulden, hohe, bei Freunden und Bekannten, sogar bei entfernten Bekannten. Nach einem kurzen Nachdenken sagte er, es gäbe vielleicht eine Möglichkeit, Geld zu beschaffen. Da wäre jemand, der weiterhelfen könnte. Der ihr vielleicht ein Flugzeug besorgen könne, auch das nötige Geld für Benzin und die anderen Kosten, ein Mann mit guten Kontakten zu der neuen Regierung. Ein gewisser Heymann, ehemaliger Hauptmann der Fliegertruppe, der für eine deutsche Waffenfabrik arbeite. Die Firma Schmeisser. Er habe vor einiger Zeit für diesen Mann Kontakte in China und Japan hergestellt. Wenn sie einverstanden sei, könne er dem ihre Adresse geben.

Sie wolle nichts mit Waffen zu tun haben, hatte sie sagen wollen, aber das wäre für Dahlem beleidigend gewesen. Sie hatte schon in Japan gehört, dass er mit Waffengeschäften zu tun hatte, nur waren die damals, wenn auch geheim, von staatlicher Seite gedeckt gewesen.

Kurz vor ihrem letzten Flug, sagt Miller, haben wir uns getroffen. Sie hat mir, wie man so sagt, ihr Herz ausgeschüttet. Ein geschwisterliches Gespräch, so kann man es wohl nennen. Auch von meiner Seite kein Versuch, das auszunützen. Wäre auch nichts gelaufen. Dahlem war in die Schweiz gereist. Musste dort wohl seine Geschäfte abwickeln. Mehr wollte sie nicht sagen.

Sie drehte und wendete Dahlems Geschenk, sein silbernes Etui, in den Händen. Er hatte es ihr gegeben, nachdem sie ihm in Japan ein dort gekauftes, unbelastetes, wie sie sagte, Etui geschenkt hatte. Sie zeigte mir Dahlems Etui. Ich kannte es natürlich, hielt es jetzt aber erstmals selbst in Händen, den glatten Deckel, gesäumt von kleinen Lorbeerblättern, und in dem Silberdeckel der Messingsplitter. Sie nahm es als Talisman. Aber es war wohl von seiner Seite ein Abschiedsgeschenk. Sie fand keine Gegenliebe. Sie hat es nicht ausgesprochen, aber so wird es gewesen sein.

Dahlem war nach Genf abgereist, und am nächsten Tag rief Hauptmann Heymann an und schlug ein Treffen im Hotel Adlon vor.

Wie wir uns erkennen? Gnädige Frau, ich kenne Sie natürlich, von Fotos. Er wartete in der Lounge, ein Mann, dem sich eine lange Narbe über Stirn, Nase und Wange hinzog, wie von einem Säbelhieb. Die linke Augenbraue war ihm verwirbelt zusammengewachsen. Seine geschliffenen Umgangsformen, wie er mir die Hand küsste, mir Feuer gab, aufstand, wenn ich aufstand, wartete, bis ich mich wieder setzte, die waren so betont hervorgehoben, dass man ihnen das Bemühte anmerkte, im Gegensatz zu der eingeübten Beiläufigkeit, mit der Dahlem diese kleinen Rituale ausführte. Heymann brachte das Gespräch schnell in eine politische Richtung. Endlich sei die Zeit vorbei, mit diesen Deutschland fesselnden Verträgen. Ein Ende der Demütigung, ein Ende der internationalen Erniedrigung sei gekommen, mit der neuen Regierung, endlich. Ein Erwachen. Stolz und Selbstverständlichkeit, was Deutschland geleistet hat, was es ist. Eine Zeit, in der Vaterlandsgefühl und Tradition wieder zu ihren Rechten kommen, und das heißt, dass sie auch wieder gelebt werden könnten. Neue Größe bekämen. Und Sie, sagte er, dass ist doch das Große, können das Ihre dazu beitragen. Deutsche Wertarbeit hat ihre Geltung, und der Handel sei die Voraussetzung für ein starkes nationales Wertgefühl. Er redete von Erfindergeist, Ingenieurskunst, Handwerkerethos, von Borsig kam er auf Dürer, die Darstellung des Ritters mit Drachen und Tod, und von Dürer kam er auf Richthofen, der dem Ritter so ähnlich sei, und sodann auf das Maschinengewehr, das bekanntlich durch den sich drehenden Propeller schoss, ohne den abzusägen, und von dem Propeller kam er auf die Maschinenpistole, die eine Waffenfabrik entwickelt habe, Schmeisser, die er vertrete, eine neu entwickelte Maschinenpistole, an der seien Syrer interessiert. Syrer, die sich von der französischen Mandatsmacht unterdrückt fühlten. Die über das nötige Geld verfügten. Sie müsse nur ein Exemplar mitnehmen, es zeigen, ein Muster, nichts weiter, auch Patronen, damit man die Feuergeschwindigkeit, die Zielpräzision überprüfen kann. Sie könne es sich überlegen. Wegen des Flugzeugs wolle er mit Reichsminister Göring sprechen. Der war ja Flieger, Jagdflieger, Pour-le-Mérite-Träger, wie sie wisse, der ist, sagte er, aus demselben Stall. Der ist auf unserer Seite.

Wieso unsere, habe ich gedacht. Was ist meine Seite? Ich rauchte und überlegte und sagte, ich müsse nochmals in Ruhe darüber nachdenken.

Selbstverständlich, sagte Heymann. Wann, gnädige Frau, darf ich Sie anrufen? Morgen oder übermorgen?

Und was sagt Dahlem dazu?

Der ist nicht hier.

Aber er hatte sich aus dem Geschäft zurückgezogen, während sie im Begriff war, in das Geschäft einzusteigen, sagt der Graue.

Die nationale Erweckung macht alles möglich, sagte Heymann, als sie sich nach drei Tagen wieder trafen. Das Flugzeug wird durch Vermittlung der Regierung vom Flugzeugwerk Klemm gestellt. Sie fliegen jetzt für Deutschland. Das ist mehr als nur ein privater Flug. Vor Ihren vorherigen Flügen habe ich alle Achtung. Großartig. Aber dieser Flug ist Teil unserer nationalen Erhebung. Sie dürfen stolz sein. Man wird alles veranlassen, damit Sie Ihren Flug recht bald durchführen können. Göring hat alles persönlich im Auge, wenn ich das einmal so sagen darf. Er ist ein Kenner, wie Sie wissen, 22 Abschüsse immerhin. Der Flug ist eine Ehrensache. Sie fliegen für Deutschland.

Warum nicht, habe ich überlegt. Bisher war ich für mich geflogen. Natürlich wusste man, dass ich aus Deutschland kam, aber zunächst war es immer die Etzdorf, das Ich, das flog, dann die Frau, und dann erst das Land, aus dem ich kam. Jetzt sollte es ein Reklameflug sein. Für das Land. Für die Nation. Das Fliegen war etwas, was über die Grenzen ging. Es sollte Grenzen überwinden, Menschen zusammenführen. Das war doch das Verständnis, das uns Piloten einte, man half sich untereinander. Jetzt war die Frage, mit diesem Auftrag um die Welt oder nur noch hin und wieder auf geliehenen Maschinen zu fliegen.

Ich habe dann nach einem kurzen Zögern gesagt: Gut. Einverstanden. Ich fliege.

Wusste sie da schon von der anderen Bedingung?

Zu ihrer Überraschung brachte der Hauptmann am darauffolgenden Tag einen Mann mit. Er trug Zivil, war mittelgroß, stämmig, und das Auffällige an ihm war ein nervöses, ein immer wieder über das Gesicht laufendes Zucken. Später erzählte ihr Hauptmann Heymann, der Mann sei bei einem Trommelfeuer in einem Schützengraben an der Somme verschüttet gewesen und erst nach zwei Tagen geborgen worden. Seitdem begleite ihn dieses nicht beherrschbare Zucken.

Der Mann sagte, mit einem wie von Gewitter überzogenem Gesicht, alle diplomatischen Fragen würden schnell geregelt. Das Flugzeug sei bereitgestellt. Sie könne, sagte er, einen Apparat mitnehmen, den sie nicht anmelden müsse, nicht anmelden dürfe, einen Filmapparat.

Das Mitnehmen von Filmapparaten ist doch strikt verboten.

Gott, sagte er, was ist nicht alles verboten. Man könne, wenn man alle Verbote mit bedenkt, morgens nicht seine Brötchen kaufen. Also die Aufklärung sei interessiert an Aufnahmen von dem französischen Mandatsgebiet in Syrien, später natürlich auch in Australien. Hafenanlagen, englische Schiffe, Kriegsschiffe vor allem, die Docks und Sendemasten an Land seien besonders wichtig.

Sie hat gezögert und dann doch zugesagt.

Wer beim Starten abstürzt, will eigentlich lieber auf der Erde bleiben, wer beim Landen abstürzt, will gar nicht mehr runterkommen.

Kaffeesatz.

Nein. So wird es gewesen sein, sagt Miller. Das Glück hatte sich von ihr abgewendet.

Glück hat, ruft eine Grabesstimme, nur der Tüchtige, hat mein Onkel immer gesagt.

Muss der gerade sagen, der alles verpatzt hat, da, an der Marne. 1914. Sein Onkel, der große Moltke, hätte die Nerven behalten, den Vormarsch vorangetrieben, die Schlacht geschlagen, Paris besetzt.
   Wer ist das?
   Der Stratege, der den rechten Flügel stark haben wollte.
   Staub. Und Spinnweben.

Sie war auf Aventiure in die Welt hinausgezogen, und jetzt war sie eine fliegende Vertreterin geworden. Ihr war etwas abhandengekommen, sagt Miller. Sie hatte ihren natürlichen Schutz verloren. Denn da war noch etwas. Ich meine das nicht so, dass sie immer an ihn dachte, aber es war etwas Tieferes zu dem Wunsch zu fliegen hinzugekommen. Es war immer noch ihr Herzenswunsch, in weite Fernen zu fliegen, er war jedoch überdeckt von einem anderen Wunsch oder, sagen wir, auf ihren Wunsch war der Schatten eines anderen gefallen. Dahlem. Schon in Japan.

Man kann nicht zwei Passionen haben.

Oder doch?

Und nach dem Restaurantbesuch?

Darüber redet sie nicht.

Niemand wollte ihr Geld für den Flug oder gar für das Flugzeug geben. Bis Dahlem ihr den Hauptmann Heymann empfahl.

Alles auf eine Karte gesetzt. Waffenschmuggel. Genau genommen sogar Vertreterin für Maschinenpistolen. Und ein Auftrag zur Spionage. Nichts Großartiges, aber doch für künftige Kriege wichtig. Dockanlagen, Funkmasten, Flughäfen, am Abend vor ihrem Flug hat sie mich zu sich eingeladen. Sie hat es erzählt. Mir kann man alles erzählen. Keine Vorhaltungen, kein Moralbramarbasieren. Und sie hat von ihm erzählt, von dieser ersten Nacht in Hiroshima, als sie Dahlem und ja auch mich getroffen hatte. Es war, sagte sie, das reine Glück. Und dann nach einem langen Schweigen, ob sie mich etwas fragen dürfe? Selbstverständlich. Wissen Sie, ob Dahlem mit dieser Frau nach Genf gefahren ist? Welcher Frau? Eine Frau, die sie nicht kannte, die sie Rapunzel nannte. Ein putziger Name.

Ja, sagte sie, aber für mich hat er so gar nichts Lustiges. Wissen Sie, ob Dahlem jetzt mit ihr zusammen ist? Ich wusste es nicht, wusste es wirklich nicht. Dahlem hielt sich ja in allem bedeckt, Frauen, Geschäfte. Erzählte wenig oder gar nichts von sich. Er war ein Zuhörer, ein Fragender, ein Bewahrer. Traf man ihn nach Monaten oder Jahren, konnte er nach Einzelheiten fragen, die man selbst schon wieder vergessen hatte. In jener Nacht aber hatte auch er von sich erzählt, wie sie von sich. Sie hatte ihm ihr Herz geöffnet. So kann man wohl sagen. Sie hatte ihren Panzer verloren.

Rechts neben dem Kopf befindet sich in einem Glasgefäß das Herz in einer Formollösung, während die inneren Teile auf dem Friedhof bestattet worden sind.

Dort, gegenüber von Udet, lag Richthofen.

Man hört ihn nicht.

Nein. Ist nicht mehr hier. Er wurde umgebettet. Nachdem hier die Mauer gebaut wurde und die Volksarmee patrouillierte. Die Verwandten glaubten, dass er an dieser Stelle, an der Grenze des Arbeiter- und Bauernstaats, nicht hätte liegen mögen. Trostlos war dieses Feld, wüst und zugewuchert, am Rand des Todesstreifens, davor der Patrouillenweg.

Auch Margas Grab war 1945 bei den Kämpfen von Granaten aufgewühlt worden, der Grabstein zersplittert. Aber ich wusste, wo ich sie finden würde, sagt der Graue. Hier. So konnte ich ihrer Geschichte nachgehen.

Am 30. Mai nachmittags 4 Uhr wurde in meinem Beisein von dem französischen Amtsarzt die amtliche Leichenschau vorgenommen. Die Leiche war gut konserviert, Ein- und Ausschüsse waren klar erkennbar. Die Einschüsse waren mit einem schwarzen Pulverrand umgeben und zeigten den Durchmesser von 9 mm. Durch Einführung von Sonden wurden die Schusskanäle klar demonstriert. Der rechte Zeigefinger wies eine blutunterlaufene Stelle auf. Der Körper hatte sonst keinerlei Verletzungen. Das Gesicht zeigte einen ruhigen und erregungslosen Ausdruck. Die Leiche war noch mit dem Fliegerdreß angetan, mit welchem Frl. von Etzdorf das Zimmer betreten hatte. Da der Tatbestand klar war, verzichtete ich auf die Öffnung des Schädels.

Ich wollte nach Australien fliegen. Ursprünglich über Kapstadt. Aber dorthin war gerade Elly Beinhorn geflogen. Ich wollte nicht die Zweite sein. Konnte es nicht sein, denn niemand nahm von solchen Flügen noch Notiz. Ich wollte eine Strecke fliegen, auf der noch keine Frau zu dem Kontinent geflogen war.

Sie wollte die Erste sein. Sie wollte da sein, wo noch kein Mensch zuvor war. Wo es etwas zu entdecken gab, was nicht schon hundertfach erkundet worden war. Das Neue, in dem man sich selbst neu erfährt. Wo sie sich selbst entdecken würde, in Gefahr und Not, und so sich selbst innewerden, wie nie sonst, das ganz und gar Fremde, gerade durch den Schrecken. Das, sagt der Graue, bewundere ich an dieser Frau.

Und ich wollte die Gloriosa sehen. Eine Wolkenbildung, die dort jeden Morgen erscheint. Auf das Gut der Großeltern war ein Tierarzt gekommen, hatte das Vieh untersucht, eine Untersuchungsmethode, mit der er sich später habilitieren wollte. Er hatte den schönen Namen Gottschalk und war in Afrika gewesen, bei der deutschen Schutztruppe, und hatte auf einer abgelegenen Station und fast ohne Beschäftigung den Tag damit verbracht, in den Himmel zu gucken. Er versuchte, eine neue Systematik der Wolken zu erstellen. War später als Veterinär in Australien, wo er einen ehemaligen Kollegen traf, ebenfalls Veterinär, der von der deutschen Schutztruppe desertiert war. Dieser Gottschalk hatte mir von der Gloriosa erzählt, dieser Wolkenbildung, eine horizontweite Rolle, die so einmalig sei, unbeschreiblich, allein der Farben wegen, wie soll man diese Farbabstufungen beschreiben, die bei einem dunklen Blau begannen, sich ins Gelborange verlagerten, um in einem Apfelgrün zu enden. Ich war damals gerade elf geworden und wünschte mir, nach Australien zu fahren. So begleiten uns unsere Wünsche durchs Leben.

Ihr Herz befindet sich rechts neben ihrem Kopf in einem Glas mit einer Formalinlösung.

Unsinn, es war dieses Wissen, es war das Ende ihrer Fliegerkarriere. Niemand würde ihr wieder ein Flugzeug geben. Frauen sollen bleiben, wo sie hingehören: Kinder, Kirche, Küche.

Kirche?

Nein, das ist überholt, aber Haus und Kinder.

Karikaturen würden erscheinen. Fräulein v. Etzdorf, lassen Sie bitte den Kirchturm im Dorf. Idiotische Witze. Lachen, offenes und hinter ihrem Rücken. Dreimal gestartet, dreimal kam sie ohne Flugzeug zurück. Sie, die Pechmarie. Die Bruchmarie.

Es war eine unerwiderte Liebe, sagt Miller. Es war der Schmerz des Verrats, der in der erweckten und nicht erwiderten Liebe liegt. Und dann: Dahlem hatte sie Heymann und dem Mann mit dem zuckenden Gesicht ausgeliefert.

Doch um ihr zu helfen.

Sicherlich mit guter Absicht. Aber er hätte ahnen können, was die Folgen waren. Er hätte sie warnen müssen. Es ist nicht das Ungleichgewicht, das im Empfinden liegt und nicht einklagbar ist, sondern die Gedankenlosigkeit, so kann man sagen, sie mit ihren Wünschen und mit diesen beiden Agenten und deren so ganz anderen Interessen alleinzulassen.

Im Augenblick des Hinübergleitens in den Schlaf hörte ich ihn schreien. Ein merkwürdiger Schrei, leise, Verwunderung war darin und auch Schreck. Ich war sofort hellwach und sah hinter dem Vorhang einen Lichtschein. Ich hörte, wie er sich vorsichtig bewegte. Er hatte die Taschenlampe angeknipst, offensichtlich suchte er etwas.

Nach einem Moment sagte ich, Sie können ruhig eine der Lampen holen.

Es geht schon.

Ich kann auch nicht schlafen, sagte ich und dachte, er hat gar nicht gemerkt, dass er eingeschlafen war. Es ist der Vollmond.

Ja, sagte er, aber der Mond ist immer da. Sein Leuchten ist ja nur vom Schatten der Erde verdeckt. Aber wir wissen von Ebbe und Flut, wie sehr das Wasser angezogen wird von diesem leuchtenden Gesellen.

Es ist kühl geworden.

Im Hintergrund brannten schwach die beiden Lampen.

Lassen Sie uns teilen.

Was, fragte ich, und in meiner Frage klang meine Überraschung mit.

Wir haben noch eine Zigarette.

Er hatte die letzte Zigarette nicht geraucht, sondern durchgeschnitten.

Danke, nein, rauchen Sie nur.

Ich täte es mit demselben schlechten Gewissen, mit dem Sie mich auf dem Gang hätten schlafen lassen.

Ich lachte. Nein, wirklich nicht.

Kurz war der Lichtschein des Feuerzeugs zu sehen. Ich habe so ganz anders als Sie das Rauchen angefangen. Damals in den Gräben. Ich bin im Rauchen von Kippen geübt. Wir haben in den Gräben die Reste der Zigarette, die man partout nicht mehr mit den Fingerspitzen halten konnte, auf Streichhölzer gespießt. Einige Kameraden hatten Brandblasen an den Lippen, sagte er. Rauchen war so ziemlich der einzige Genuss. Ein Genuss mit Brandblasen. Und manchmal lebensgefährlich. Darum das Rauchen in der hohlen Hand, nachts, in den Gräben. Aber ich will nicht von den Gräben reden. Ich wollte Ihnen von dieser Fahrt erzählen, in einer Rikscha, durch Macao, diesen winzigen lusitanischen Teil Chinas, mit dem Spielcasino, den gierigen, auf das Glück hoffenden Chinesen, Engländern, Portugiesen, den skrupellosen Händlern, den Goldgeschäften, den Bordellen mit Minderjährigen aller Rassen, den weißuniformierten portugiesischen Offizieren. Eine Rikscha sollte mich zum Hafen bringen, als ich meinen Namen rufen hörte: Christian. Man erwartet in China am allerwenigsten, mit dem Vornamen angerufen zu werden. Ich ließ halten und sah einen Mönch in einer schwarzen Kutte. Er kam auf mich zu. Ich erkannte ihn nicht sogleich. Ein früherer Kamerad, noch aus der Zeit der Schützengräben. Ein Jahr hatten wir zusammen in einer Erdhöhle gewohnt. Er war nach dem Krieg konvertiert und Mönch geworden. Wir standen auf einem Platz. Und was ich jedes Mal wieder merkwürdig finde, sind die in chinesischen Schriftzeichen auf blaue portugiesische Kacheln geschriebenen Straßen- und Platznamen: *Sankt Lazarus*. Ich sagte ihm, ich sei leider in Eile, da ich die Fähre nach Hongkong erreichen müsse. Was er denn in China mache, ob er Seelen fische? Er lachte und sagte, wenn du so willst, ja.

Er fragte nicht, was ich mache. Ich vermute, er wusste es. Er sagte, als wir uns trennten, du sollst wissen, ich wünsche dir Frieden, und ich werde für dich beten. Zu jeder Weihnacht.

Wir gaben uns die Hand, und der Rikschafahrer lief los.

Ich erreichte die Fähre, stand an der Reling und blickte über die Bucht, über das leicht bewegte Wasser, das hier vom Perlfluss gelbbraun gefärbt ist.

Sonderbar, seitdem muss ich oft daran denken. Dieses: Ich bete für dich, es ist wie ein Versprechen. Ich gehöre ja zu den Ungläubigen, nicht aus Gleichgültigkeit, sondern aus einem Nichtglaubenkönnen. Dieses Nichtglaubenkönnen ist ein Kettenwort, das, eigentümlich genug, auch bindet.

Ein tiefes Schweigen, immer noch Wind, wieder der ferne Laut eines Vogels. Ein Kiwitt. Noch sind es bekannte Bilder von Menschen, Situationen, Ereignissen, aber schon mischen sich merkwürdig andere, fremde darunter, und noch stellt sich die Verwunderung darüber ein, um sie im nächsten Moment ganz selbstverständlich erscheinen zu lassen.

Sie hat mir, sagt Miller, das Zigarettenetui, das Dahlem ihr geschenkt hatte, aus Aleppo zuschicken lassen. Das war ihr Vermächtnis, denn sie wusste, dass ich es ihm erzählen würde. Isobare. Nein. Es war eben nicht derselbe Luftdruck, zwischen ihm und ihr, wie sie geglaubt hatte. Ich habe Dahlem Jahre später in Berlin getroffen. Zweiundvierzig, im Spätsommer. Er war Hauptmann und flog einen Fernaufklärer in Afrika. Er war auf Urlaub gekommen. Sah gut aus in seiner Luftwaffenuniform, die Orden, das Weiß der Uniformjacke betonte noch die Bräune seines Gesichts. Ich hatte ihn bis dahin noch nie in Uniform gesehen. Er erzählte auf meine Frage, was er dort mache, von seinen Einsätzen. Für Jagdmaschinen war er mit seinen

fünfundvierzig Jahren schon zu alt. Aufklärungsflüge,
nahe und ferne. Sehe viel von der Wüste. Weite. Berg-
reliefs. Oasen. Die Sandflächen, leicht gewellt, eine
lange gelbe Dünung. Auf dem Rückflug im Streiflicht
der untergehenden Sonne eine Fläche, ein Graubraun
und darauf die Schatten der Steinbrocken. Raumtiefe.
Diesen Satz aus dem Alten Testament, sagte er, habe
ich gesehen: Und die Erde war wüst und leer. Und,
wie ich seitdem weiß, sie ist dort von unschuldiger
Schönheit.

Und die Engländer erlauben ein so beschauliches
Fliegen?

Wie immer spielte er die Gefahr dieser Flüge herunter. Ich hab einen ausgezeichneten MG-Schützen,
sagte er, wenn die Tommys in ihren Jägern auftauchen.
Ausführlich erzählte er von den feinen Unterschieden
des ausgeblichenen Blaus der Tuaregtücher, so als solle die Farbe des Gewands zwischen dem Himmel und
der Wüste vermitteln. Ein tragbarer Sonnenschatten.
Ich dachte in dem Moment, dass es vielleicht solche
Sätze waren, die ihren Wunsch, diesen unbedingten
Wunsch nach seiner Nähe geweckt hatten. Er hatte,
erzählte er, ein paar hungernde Tuaregs auf einer weit
abgelegenen Piste in der Wüste getroffen. Eine ihrer
Frauen hatte ihn angebettelt, mit großer Würde, so als
sei es ein Geschenk, das sie ihm mache, wenn sie ihn
um Geld bitte. Die Männer standen im Hintergrund
und trugen die Schwerter auf dem Rücken gegürtet.
Es war, sagte er, ein Glücksgefühl, ihr das Geschenk
machen zu dürfen. Sie nahm es dann auch ganz selbstverständlich.

Ich zog in einer Gesprächspause das Etui aus der Tasche. Sie hat es mir aus Aleppo zuschicken lassen. Kommentarlos. Wahrscheinlich doch mit dem Wunsch, es an dich weiterzureichen.

Er war überrascht. Nahm das Etui in die Hand. Las die Inschrift. Isobare.

Ich sagte ihm, ich wisse nicht, womit ich es verdient hätte.

Er gab es mir zurück. Du bringst die Leute zum Lachen.

Na ja.

Doch, das ist viel.

Ich hielt es ihm wieder hin. Du kannst es bei deinen Aufklärungsflügen gut gebrauchen.

Nein, sagt er, das schützt nur einmal.

Und sie, fragte ich ihn.

Er schwieg nur und schüttelte den Kopf.

Nein.

Ich war mit meinen Gedanken woanders, sagt sie, so einfach ist es. Man könnte auch sagen, ich habe geträumt.

Sie war unsicher geworden. Es war, sagte Dahlem, als wenn die Hummel merken würde, dass ihre Flügel viel zu klein sind, um damit zu fliegen. Sie würde sofort zu Boden stürzen.

Und du?

Dahlem dachte einen Moment nach, sagte dann: Behalt du es. Dir bringt es Glück.

Es ist immer alles zusammen, sagt der Graue. Eine Stimmung. Es braucht nicht viel. Jemand grüßt dich nicht. Ein Mann sagt, ich mag dich, aber liebe dich nicht. Jemand sieht sich beim Rasieren im Spiegel. Jeden Morgen, seit Jahren, er sieht sich, und plötzlich sieht er sich so, als einen, der immer dasselbe tut. Und immer dasselbe Gesicht. Das kann ausreichen. Vielleicht fand sie das Bad schmutzig. Vielleicht war ihr das Leben lästig.

Nein. Es war Stolz. Würde. Etwas, was mehr und mehr verloren geht. Ein Beispiel geben. Beispielhaft für sich selbst, zugleich auch für andere. Etwas, was uns empört, etwas, was wir nur mit dem Letzten, dem Äußersten deutlich machen können. Was jeden Kleinsinn in Frage stellt. Die radikale Freiheit in Anspruch nimmt, Ich zu sein. Die Größe in der Selbstbestimmung.
Zeugnis ablegen, sagt die Stimme des Frierenden.

Und die Moral der Geschichte?

Gibt's nicht.

Wer ist 'n das?
Der Jagdflieger. Mölders. 101 Abschüsse. Hochdekoriert: Brillanten zu den Schwertern zu dem Eichenlaub zum Ritterkreuz.
Seine Stimme ist noch sehr deutlich zu hören.
Ja. Immer noch im Gespräch. Und Gedenken. Auf seinem Grab liegen Kränze, Gestecke, Schleifen in

den Farben Schwarz und Weiß und Rot. Die Familie. Sein Bruder Victor. Dort eine Schleife in Schwarz und Rot und Gold. Und Rosen. Immer wieder Rosen. Liebling der Frauen. Hat seine Erfahrungen als Jagdflieger in Spanien, im Bürgerkrieg, gesammelt, auf Seiten Francos, gegen die Republikaner.

Kommt jemand, immer dieselben Schritte, werden dann langsamer, jetzt hört man einen Stock im Kies knirschen. Die Schritte einer Frau. Sie kommt und besucht ihn.

Meine Frau, sagt der Oberst der Jagdflieger. War mal gerade eben ein paar Wochen verheiratet. Kam nach Berlin, die Trauerfeier, für den, der vor mir liegt oder unter mir, wie man will. Er war abgestürzt, hieß es, andere sagten, hat sich erschossen. Staatsakt. Ich war auf dem Hinflug, sollte am Sarg von Udet Ehrenwache halten. Kam von der Krim, mit einer Heinkel He 111. Kurz vor Breslau setzte der linke Motor aus. Maschine hing plötzlich schief im Novemberdunst. Der Pilot trimmt. Gibt Gas im anderen Motor, da setzt auch noch der rechte Motor aus. Ein idiotischer Schornstein steht da mitten in der Landschaft. Hab noch aus dem Fenster geguckt, wie die Erde näher kam, hab im Reflex den Steuerknüppel angezogen, als könnte ich die Maschine abfangen. Saß ja gar nicht am Steuer. Und Rumms. Dann der Knall. Ja, man hört noch lange, weit länger, als man sieht. Man hört und hört. Glaubt man nicht, Schreie, Explosionen, und ich hörte mich selbst, fragte mich noch, bin ich das, der da schreit.

Wenn eine Granate in der Nähe einschlug, bewegte sich sacht die Deckenlampe. Die Bunkerdecke war sechs Meter dick. Der Geruch von Mörtel und Brand kam durch die Entlüftung. Die Unberührbare bekam einen Telegrammtext hereingereicht, den sie sofort absetzen sollte: *Meinen Dank Ihnen, Duce, für Ihre Glückwünsche zu meinem Geburtstag. Der Kampf, den wir um unsere nackte Existenz führen, hat seinen Höhepunkt erreicht. Mit unbeschränktem Material-einsatz setzen der Bolschewismus und die Truppen des Judentums alles daran, ihre zerstörerischen Kräfte in Deutschland zu vereinen und so unseren Kontinent in ein Chaos zu stürzen ...*

Durch die Entlüftung drang der Geruch nach verbranntem Horn. Ihr war schlecht geworden und sie bat um Ablösung.

Ich bin hinausgegangen, in die brennende Stadt, vorbei an geborstenen Fassaden, aufgebrochenem Asphalt, wie Gedärm waren Rohre und Leitungen aus den Straßen herausgerissen. In der Luft war der Geruch von Brand und Verwesung. Man hatte uns gesagt, wir können gehen, der Führer brauche uns nicht mehr. Das war das Ende meiner Dienstverpflichtung. Ich wollte zu meinem Kind, das bei meiner Mutter war. Ich bin weit gegangen. In den Nebenstraßen wurde gekämpft. Aus einem Haus schlugen die hellen Flammen, es war Nacht, und die Funken flogen durch die Luft. Weiter vorn schlugen Granaten ein, da war schon die Fehrbelliner Straße. Und wieder. Dort verlor ich mich.

Endlich, sagte ich laut, endlich, dieser Schutt, die dampfenden Trümmer, über die ich ging, die Stahlträger ragen wie Gerippe aus dem Schutt, schwelende Balken, Dampf aus Kellern, Rauch, Schreie, das Haus, in dem ich wohnte, Flammen schlugen heraus, Fenster platzten, Körper lagen am Boden, halb verkohlt, Häftlinge in gestreiften Jacken und Hosen trugen verkohlte Leichen heraus, aus den Fenstern wehte Papier, Karteikarten, Vordrucke der Ahnenforschung, anderes schwebte schwarz verkohlt in der Luft. Die gebrüllt haben, die Hurra gerufen haben, Heil, irrten durch die Straßen, bepackte Kinderwagen, Holzwagen, selbst gebaute Karren, Frauen mit Kindern an der Hand, Waggons quer gestellt, mit Backsteinen angefüllt, Verwundete mit weißschmutzigen Verbänden an Armen und Beinen, und überall Brandgeruch und siehe, da ging Rauch auf vom Lande wie der Rauch von einem Ofen.

Abraham, sagt der Graue, hat Gott von den fünfzig Gerechten, deretwegen Sodom und Gomorrha geschont werden sollten, auf zehn heruntergehandelt, eine der wunderbaren Szenen in dem ersten Buch Moses, ein Handel wie im Basar. Und Gott stimmt bei jedem Zehnerschritt zu: Ich will ihnen nichts tun, um der vierzig willen, der dreißig, der zwanzig, zehn. Also gut. Aber es waren nicht einmal zehn, nur Lot mit seinen Töchtern, und die lassen sich, mangels Männern, von dem weintrunkenen Vater zwei Kinder machen.

Dass die Etzdorf zweimal geschossen hat, ganz unglaublich. Eiserner Wille. Hab die immer bewundert. Ich hab's nur einmal geschafft, hörte den Knall, laut und dann ganz wunderbar, wie soll ich sagen, wellenförmig leiser werdend, und ich wurde mitgetragen. Tja. Das war's.

Hochgewachsen, aufrechte Haltung, eng anliegende Uniform, das Silber der Knöpfe, der Litzen, der Lorbeer auf dem Kragenspiegel, die glänzenden Langschäfter, am Koppel die Pistole oder den Dolch, an der Mütze den silbernen Totenkopf, das Zeichen der Herrschaft. Die größte denkbare Freiheit: Herr sein über Leben und Tod.

Ich fand ihn komisch, mit dieser Piepsstimme, diesem meckernden Lachen. Ziege nannten sie ihn, sagt Miller. Aber dann, als er in Amt und Würden war, da war der Schrecken, den er verbreitete, auch in mir. Auch ich war voller Furcht. Aber imposant fand ich ihn nicht, nein, nie, nur auf eine kalte Weise Schrecken verbreitend.

Eine Fliegerin wie Elly Beinhorn oder Hanna Reitsch, die Marga. Hanna Reitsch war Testpilotin der Luftwaffe, einzige Frau mit dem Eisernen Kreuz Erster Klasse. Flog nach Berlin am 27. April 45, die Stadt von der Roten Armee eingeschlossen, die Russen überall. Sie brachte ihren Fieseler Storch, trotz Beschuss, im Tiergarten runter, wo Pioniere eine Landebahn frei geholzt hatten. Genauer eine Startbahn. Sie wollte den

Führer aus der eingeschlossenen Stadt holen. Und der Führer hat gesagt, wenn alle Männer ihren Mut, ihre Tapferkeit hätten, dann stünde der Russe jetzt nicht in Berlin. Stünde, hat er gesagt. Tja. Beherrschte den Konjunktiv, der Führer. Und dann hat er gesagt: Ich bleibe.

Der Bunker bebte unter den Artillerieeinschlägen. Das Haar von Hanna war grau geworden vom Staub, der durch die Entlüftung drang.

Er wurde erschossen, dann gekeult und wie Schlachtvieh kopfüber an einem Garagendach aufgehängt. Gehirn tropfte auf den Boden. Neben ihm hing seine Geliebte, der Rock, damit er nicht herunterrutschte, mit einem Strick an die Beine gebunden. Sie hing, die Arme ausgebreitet, als wolle sie fliegend zur Erde stürzen, das Haar wie ein dunkler Strudel herabfallend.

Wer hört da Wagner? Die Götterdämmerung.
Aufhören! Sofort aufhören!
Nein, die Musik ist wunderbar, und sie ist unschuldig.
Nein, sie ist die Hure unter den Künsten.
Quatsch.

Wie sind Sie hierhergekommen?
Ein Witz. Tatsache.
Und wie geht der.
Später. Ich kann Ihnen aber einen anderen erzählen. Was ist das: Nur Schwanz und Schnauze.

Kaulquappe?

Nein, Goebbels.

Mein lieber Schwan, lebensgefährlich, der Kalauer.

Kann man wohl sagen.

Aber erst mal muss ich weiter. Dort hinten, zu dem Depot. Angesteckt haben sie es, statt zu verteilen. Kamen mir schon welche entgegen, mit Dosen, Leberwurst, Blutwurst, sogar Gänseleberpastete. Einige Dosen etwas aufgebläht, von der Hitze, aber immer noch gut im Geschmack.

Unsere Ehre heißt Treue.

Jawoll.

Vielleicht wäre sie ja auch Testpilotin der Luftwaffe geworden wie die Hanna Reitsch.

Die Etzdorf nicht, sagt der Graue. Wer Heine-Gedichte auswendig kann, der nimmt einen anderen Weg.

Wer weiß?

Ja, wer weiß.

Der Waffenvertreter Hauptmann Heymann sagt beim Abschied zu der Fliegerin: Mögen Sie durch Ihren Flug dazu beitragen, in unserer Jugend den Glauben an die eigene Kraft unseres Volkes und Vaterlandes, der in diesen schweren Zeiten manchmal zu wanken droht, wieder zu festigen, auch den Ruf deutscher Wertarbeit. So wird auch wieder der Wehrwille gestärkt.

Sie wollte es richtig machen, und mit richtig meine ich, sich nicht zum Krüppel zu schießen. Sie hat sich darauf konzentriert. Woran mag sie gedacht haben? An diese eine Nacht, sagt der Graue, an diese Nacht, von der sie zu Miller sagte, das sei das Glück gewesen. Und sie wird an das Foto gedacht haben, das er ihr geschenkt hat. Ein Foto, das ihn in seinem Doppeldecker zeigt, in seiner Maschine sitzt noch ein Beobachter. Das Eiserne Kreuz am Seitenruder, hinten, ist deutlich zu erkennen. Zwei Menschen über den Wolken, in der Ferne die untergehende Sonne, noch ist die Wolkendecke angestrahlt, ein Meer, aber darunter sammelt sich schon das Dunkel. Stille, sagt dieses Foto, die Stille im Flug.

Mutmaßungen, nichts weiter.

Ihr Sarg wurde mit dem Schiff nach Hamburg gebracht und von dort nach Berlin. Im Dom wurde der Sarg aufgebahrt und SA- und SS-Männer standen Ehrenwache.

Sie hätte sich, sagt Miller, im Sarg umgedreht.

Und Dahlem? Kam Ende 45 aus der amerikanischen Gefangenschaft. Stand in Berlin vor dem Haus, in dem er gewohnt hatte. Ein Schuttberg. Als der Schutt abgeräumt wurde, hat er, als der Löffelbagger abends abgestellt wurde, im Schutt gesucht und fand Scherben. Die Reste seiner Porzellansammlung. Das Blau und Weiß der Ming-Vase. Das Jadegrün der koreanischen Koryo-Dynastie. Ein Stück war geschmolzen, wie eine Murmel, grünblauweiß. Das steckte er ein. Er lebte noch einige Jahre in Berlin, gab Unterricht in Japanisch. Ging dann, als er ein Visum bekam, nach Chile, flog eine Firmenmaschine für eine Bergbaugesellschaft. Dort verliert sich seine Spur.

Und wenn er hier wäre?
Nein. Man würde ihn hören.
Jetzt auch egal.

Die Rote Armee. Die Soldaten, erdbraune Uniformen. Ich bin ihnen, als ich die ersten sah, entgegengegangen. Endlich, hab ich gedacht, alles in Klump. Richtig so, muss alles ganz runter, ganz kaputt sein, nur so kann was Neues kommen. Was ganz Neues. Ganz unten sein, alle, die gejubelt haben, alle mit ihren Fähnchen, alle, die Jawoll gesagt haben, Strammstehen, Heilrufen, alle sollen sehen, wenn sie kommen. Befreiung – ja, aber nix von Niederlage reden. War der Sieg. Bin, sagt der Monteur, den Rotarmisten entgegengegangen. Hab noch gerufen: Genossen. Hab gerufen, Druschba, hat der eine die Maschinenpistole gehoben, und dann wühlte es in mir wie ein Feuer.

Er hatte, sagt der Graue, vergessen, dass er immer noch die deutsche Uniform trug. Ein Missverständnis. Man würde wohl sagen, ein tragisches. Jetzt liegt er hier.

Würde lieber da sein, wo Rosa Luxemburg liegt.

Ach herrje, die wärmt auch nicht mehr.

Und Miller, Amandus Miller genannt, was ist mit ihm?

Er hat einen Witz erzählt.

Ich habe einen Witz erzählt. Einen sehr guten Witz, wie ich finde. Vielleicht meinen besten. Das Artilleriefeuer lag recht genau auf dem Richard-Wagner-Platz. Ich bin durch den Hinterhof zur Bismarckstraße, wo noch nicht scharf geschossen wurde. Bin in einen Luftschutzkeller. Durch die Gasschleuse hinunter. Saß da zwischen all den alten Leuten. Es waren ja fast nur noch alte Leute. Saß da, und weil eine junge Frau Angst hatte, Angst vor den Russen, die kommen, und die anderen Angst vor den Granaten und den Flammenwerfern hatten und ich vor beidem Angst hatte, hab ich diesen Witz von dem Führer und seinen falschen Ratgebern erzählt. Alle haben gelacht. In dem Moment kam eine HJ-Streife herein. Was gibt's denn hier zu lachen? Da sagt einer, ein älterer Mann in einem Kleppermantel, der besonders laut gelacht hatte, der da, und er zeigte auf mich, der hat einen Witz erzählt.

Was für ein Witz, fragt der Streifenführer. Erzählen, los!

Nein, sag ich, der ist nicht so gut, kann man nicht zweimal erzählen. Aber ich könnte Ihnen einen Kartentrick zeigen.

Klappe. Den Witz!

Und dann erzählt dieser Mann im Kleppermantel meinen Witz. Warum hat Adolf Hitler den Krieg verloren? Diese jungen Gesichter sahen gespannt den Mann und dann mich an. Weil er keine jüdischen Berater hatte. Die beiden Jungs lachten nicht, sie zeigten einen wunderbaren spartanischen Ernst. Ja. Sie sagten nur: Mitkommen!

Und dann?

In einer kurzen Feuerpause, als die anderen aus dem Keller hinausgingen, um Wasser zu holen, sahen sie ihn an einer Laterne in der Bismarckstraße hängen.
Die sind doch ziemlich hoch. Müssen eine Leiter besorgt haben. Oder sie sind mit dem Lastwagen rangefahren. Gab ja noch ein paar Wehrmachtslaster. Schlinge um den Hals, dann anfahren. Ein Ruck. Das wars.
Er hatte ein Schild um den Hals.
Und was stand darauf?
Veigling.

Ein Stück der Mauer, die über den Friedhof verlief, wurde jetzt wieder errichtet, eine historische Dekoration. Marga liegt direkt davor, blickt auf diese grauweiße Mauer, keine zwei, drei Meter entfernt. Der Flug ist das Leben wert, steht auf dem Stein, ein Findling, Granit.
Überhaupt wachsen die Grabsteine hier wieder aus dem Boden.
Wie die Fingernägel bei den Leichen.

Er hat mir das Etui unter dem Vorhang durchgeschoben. Es war warm von seinen Händen. Dieses silberne Etui mit einem Messingsplitter darin.

Und alles Widerreden hätte nicht geholfen. Es war der Traum von einer Welt, in der es kein kleinliches Haben und Behalten, nur ein Schenken, auch Sichverschenken gibt.

Sein Leben in die Schanze schlagen.

Also nun doch.

Was denn?

Das waren die letzten Worte. Die Pistole im Genick. Dann: Fertig machen, los. Das Gefängnis in Moabit. Acht Mann, die aus der Zelle geholt werden. Verlegung, hieß es. In Zweierreihen marsch. Sturmbannführer Stawitzki kam mit sechs Mann SS. Die Runen am Kragen. Die Totenköpfe an den Mützen. Nacht war es, und es regnete. Von Nahem Geschützdonner. Berlin vom Russen eingeschlossen, der 22. April 1945. Ein paar Tage, bevor der Krieg in Berlin zu Ende war. Marsch! Die Invalidenstraße entlang, schon wenige Meter vor dem Lehrter Bahnhof, rechts um, in die Trümmer. Sie klettern über Schutt und Steine. Halt. Fertig machen, los! Die unterdrückten Schreie der Opfer. Auch sein Schrei: Ich weiß nichts. Sokrates mit Nadeln unter den Fingernägeln.

Einer von den acht Häftlingen ist er, Oberst Staehle. Kommandant des Invalidenhauses mit dem Friedhof. Sie haben ihn schon bei der Vernehmung gehört, einer verschärften Vernehmung. Also nun doch. Waren seine letzten Worte. Man hört ihn hin und wieder stöhnen, wenn er seine Aussagen macht. War wegen Begünstigung eines politischen Flüchtlings zu zwei Jahren Gefängnis verurteilt worden. Hatte eine Jüdin versteckt. Der Kriminalrat und SS-Sturmbannführer Kurt Stawitzki kam und ließ ihn erschießen. Aufräumen vor der Götterdämmerung. Stawitzki liebte Wagner-Opern.

Halt! Fertig machen, los.

Einer überlebte, verletzt, stellte sich tot, Herbert Kosney, und legte Zeugnis ab, sagt der Graue.

Und Stawitzki?

Starb friedlich, wie man so sagt, in Bad Godesberg, 1959. Geboren 1900 in Kiel als Kurt Stawitzki. Schule. Freikorps. Polizei. 1933 Gestapo. Kommandeur der Sicherheitspolizei und des SD Krakau. 1941 Einsatzkommando z.b.V. Lemberg, bis 24. 11. 1943 Z.b.V.

Was meint das?

Zur besonderen Verwendung.

11. 1943 Leiter der Gestapo beim Kommando der Sicherheitspolizei Lemberg, Führer eines Mordkommandos. Beteiligt an Deportationen nach Belzec, stellte eine Einheit des Sonderkommandos 1005 zur Enterdung der Massengräber auf. Oktober 1943 Gestapo Hamburg, danach Reichssicherheitshauptamt, Sonderkommission 20. Juli. 1945 Stellvertreter Kommandant des KZ Flossenbürg. Am 1. 5. 1945 bei der Gestapo in Flensburg, dort mit Papieren auf den Namen Kurt Stein und mit Geld ausgestattet. Oktober in Bad Godesberg, von 1953 bis zum Tode bei der Deutschen Forschungsgemeinschaft in der Registratur tätig.

Eine der vielen gewöhnlichen Biografien. Wir können ihn nicht hören. Liegt ganz friedlich in Bonn auf dem Friedhof.

Kein Racheengel hat ihn geholt.

Aber.

Da gibt es kein Aber.

Ich zog die Maschine etwas hinunter, zu den Gärten, Straßen, Häusern, ging noch tiefer, sah jetzt deutlich die Villen, die Allee, dort das Haus, den Garten, da stand er, eine weiße Hose, ein dunkles Jackett, er stand da und winkte, winkte mit einem weißen Tuch, wie verabredet. Ich wackelte mit den Flügeln und flog nach Südosten. Ich hatte mir von ihm gewünscht, dass er nicht zum Flugplatz kommen möge. Den Abschied am Flugfeld mochte ich nicht. Und vor allem keine Blumen zum Abschied. Ich zerpflückte sie heimlich vor dem Start. Sie könnten Unglück bringen, glaubte ich. Aberglaube, wie er sagte. Dennoch hatte er mir seinen Glücksbringer geschenkt, das Zigarettenetui. Und er hatte mir dieses Wort eingravieren lassen. *Isobare*. Das Glück der Isobaren. Aber da war es schon kein Glück mehr.

Aber.

Er hätte sie warnen müssen. Sie vertraute ihm. Sie dachte, was er ihr geraten hat, sei in Ordnung.

Nein, sie hätte es selbst wissen müssen.

Woanders kann das sein. Aber. Was Aber? Das Aber

der Aber? Wer sagt das. Jemand von ganz da hinten. Der da. Sie alle können ihre Geschichte erzählen.

Alles verloren. Aber die Stadt ist viel früher untergegangen, sagt eine Stimme.

Wer ist das?
    Auch einer von dahinten, sagt der Graue.
    Der hat doch hier nichts zu suchen.
    Doch, sagt der Graue. Das hängt zusammen, dieser Ort hier und das ferne Ostpreußen. Ist tausend Kilometer zu Fuß gelaufen, von Ostpreußen bis hierher, im Winter, minus 26 Grad, durch Eis und Schnee. Kommt hier an, denkt, er hat es geschafft, stürzt ein Balken auf ihn. Er hatte sich in einem von Bomben beschädigten Haus niedergelassen. Und dann fällt dieser Balken runter. Einfach so.

Bin immer vor den Russen hergelaufen. Immer den Kanonendonner hinter mir. Bin von der Stadt weg. Winter vierundvierzig. Jetzt ist die Stadt verschwunden. Völlig zerstört. Aber sie ist schon vorher verschwunden, genau an dem Tag, als man ihren Namen änderte. Vierhundert Jahre hieß sie Pillkallen, dann hat man den Namen germanisiert und Schlossberg daraus gemacht. Eindeutschung der Ortsnamen. Pillkallen war slawisch, Schlossberg, obwohl dort nie ein Schloss gestanden hatte. Germanisieren. Und plötzlich verlor alles seinen Sinn, verstehen Sie, zum Beispiel hieß es doch: Es trinkt der Mensch. Es säuft das Pferd. In Pillkallen ist es umgekehrt.

Ja, man nimmt einer Stadt nicht den Namen.

Nie hätte ich gedacht, einmal hier liegen zu dürfen. Allein das Wort Stutenmilch.

Eine solche Ehre.

Mich hat man nicht gefragt.

Mich ooch nich, is mir aber schnuppe und piepejal.

Woher kommt das Rauschen?

Wind?

Nein, Regen. Seit Tagen. Es ist, als wäre der Himmel aufgerissen. Ein grauer Vorhang vor der Weinstube. Dort sitzen der Ortsgruppenleiter und der Bauernführer. Samstagnachmittags. Stoßen an. Deutscher Sang und deutscher Wein. Trinken aus Römergläsern. Burgunderrot. Tizianblau.

Wer redet da?

Tizianblau, Unsinn, Tizian hat braune Farben. Braun, ein ganz bestimmtes Braun, ein Braun, wie es die vertrockneten Blätter der Buchen im Winter zeigen, zusammengerollt und kleinen Muscheln ähnlich, so hingen sie an den Ästen.

Hören Sie den Regen?

Ja. Von der Weinstube ist nichts mehr zu sehen.

Später erfuhr ich, dass er nie darüber sprach, über seine Kriegserlebnisse, anders als viele, die meisten seiner Kameraden, die immer wieder und wieder davon redeten, wie sie geflogen waren und wie sie geschossen hatten und wie die Maschinen abgeschmiert sind und so das Töten zum Abenteuer werden ließen. Er hatte mir in diesem nur durch einen Vorhang ge-

teilten Raum erzählt, warum er nicht von den Luft-
kämpfen reden mochte. Dieses fürchterliche Erlebnis.
Das war weit nach Mitternacht. Ich mochte nicht das
Schießen, nicht das Abschießen, Worte wie: sechs
Abschüsse. Wie Wild, wie die Tiere. Und doch muss
ich sagen, dass, so widersinnig es ist, diese Einsicht
mir nichts von meiner Bewunderung nahm. Die Stärke, die Entschlossenheit, dieser Wille, ja, dieser Wille
zum Äußersten gefiel mir, dieses Maß an Freiheit, das
man sich nimmt, im Kampf und in der Bereitschaft
zum Tode.

Ich kannte die Strophen aus der Ilias, learned by
heart, wie die Hauslehrerin sagte: *Nein, wie ein fun-
kelnder Adler auf weitgeflügelter Vögel/ Scharen daher sich stürzt, die weidend am Strom sich gelagert,/
Kraniche, oder Gäns', und das Volk langhalsiger
Schwäne: So drang Hektor gerad' auf ein schwarz-
geschnäbeltes Meerschiff.*

Ich dachte an ihn. Und ich dachte an das, was man
mir mitgegeben hatte, die Unterlagen, Listen, Auf-
zeichnungen, die ich hüten sollte, hüten auch vor den
Augen des Zolls, der Militärs. Aber vor allem dachte
ich an ihn, an den Abschied. Ich hatte seine Antwort
nicht gleich begriffen. Als ich ihn fragte, ob wir uns
bei meiner Rückkehr in Berlin sehen würden, sagte
er nach einigem Zögern – und er zögerte oft –, wahrscheinlich nicht. Warum nicht? Ich gehe nach Mexiko,
sagte er. Wunderbar. Sagte ich. Ich fliege nicht nach
Australien, ich fliege über den Atlantik. Die erste
Frau, die von Ost nach West allein über den Atlantik

fliegt. Und als ich sein Zögern bemerkte, fragte ich nach. Gehst du allein. Nein. Ich gehe mit der Frau des Freundes. Sie will sich von ihm trennen. Das alles hat sich vor zwei Tagen entschieden. Auch das ging mir durch den Kopf. Der Satz: du nicht. Und im Anflug sah ich diese Wolke. Keine Wolke ist der Wolke gleich, und doch ähneln sie sich so, dass wir sie vergleichen können, aber diese Form hatte ich noch nie gesehen, ein Wolkenband, weiß, in dem blauen Himmel, ein Wolkenband wie das Muster des fliehenden Hundes oder wie Wellen, die sich brechen, schmal, genau hervorgehoben, dort, wo sie sich nach einer Rundung brechen, ein wenig flockig, wie Gischt aufgelöst. Ja, es waren brechende Wolken.

Es war das erste Mal, dass sie jemandem ihr Leben erzählt hat, sagt der Graue, jetzt kann sie sich nur noch wiederholen. Keine Wandlung mehr. Alles aufgelöst und doch versammelt. Hier ist es zu hören. Es war erstaunlich leicht, mit diesem Wissen, er, der Verstehende, liegt hinter dem Vorhang. Er hatte ihr dieses Gedicht übersetzt.

Astwerk
Zusammengetragen und verbunden:
Eine Reisighütte.
Aufgelöst: wie zuvor.
Wieder die Wildnis.

Auch er hatte ihr von sich erzählt. Und sie hatte das Gefühl, durch dieses Sichöffnen ihm verbündet zu sein, für immer, dachte sie.

Und sie denkt es nicht mehr?

Doch. Ja.

Das Etui habe ich hier auf einem Markt gekauft, sagt der Graue, gleich nach der Wende, als alle scharf auf die Mark waren. Ein Zufall. Einer dieser merkwürdigen Zufälle, der mich bewogen hat, dieser Geschichte weiter nachzugehen. Gleich nach dem Fall der Mauer traf ich auf einem der Trödelmärkte einen Rentner. Er bot auf einem Tisch ausgelegt an, was während der sozialistischen Zeit verboten und auf dem Dachboden verstaubt war, Bücher: *Narvik wird erobert, Unsere Sturzkampfbomber, Panzer gehen vor, Unsere U-Boot-Fahrer.* Und sonstiger Krimskrams, Abzeichen vom Winterhilfswerk, Alben mit Zigarettenbildern, Deutsche Kolonien, die großen Deutschen, Filmgrößen, ein paar Zigarettenspitzen, aus Patronen gebaute Sturmfeuerzeuge und dieses Etui. Etwas beschädigt, sagte er, bisschen verbeult, mit dem Splitter drin, aber echt Silber. Wollte es schon in der schlechten Zeit tauschen gegen Brikett oder Zigaretten. Wollte damals keiner. War doch kaputt. Und wenn dann nur für n Appel und n Ei.

Woher er das hat? In der Jackentasche von einem gefunden, den sie in den letzten Kriegstagen noch aufgeknüpft haben. Er hat den Mann beerdigt, hier, auf dem Invalidenfriedhof.

Das Silberetui war sozusagen Lohn für seinen

Totengräberdienst. 50 Mark, Silber rein, auch gestempelt.

Es war ein Anfängerfehler. Der dümmste Fehler, den man sich denken kann. Sie, die über Meere und Wüsten geflogen war, landete in Syrien auf einem Flughafen mit dem Wind statt gegen den Wind. Die Maschine schoss über die Landebahn hinaus in einen Graben. Das Fahrwerk abgebrochen, der Propeller zersplittert, der Motor aus der Verankerung gerissen. Sie klettert unverletzt aus der Maschine. Beruhigt die entsetzten Menschen, die herbeigelaufen kamen. Sie geht um die Maschine herum. Der Schaden wäre behebbar. Der Kommandant des Flughafens, ein französischer Offizier, der zum ersten Mal eine Frau sieht, die eine Maschine fliegt, versucht sie zu trösten, entschuldigt sich immer wieder, als sei er der Graben gewesen, der ihr im Wege war. Er zeigt auf den Windsack, um deutlich zu machen, der Windsack war sichtbar und vorschriftsmäßig angebracht. Es ist nichts Besserwisserisches an diesem Mann, nicht die Spur von Schadenfreude. Das reine Bedauern spricht aus ihm. Sie nickt, geht mit dem Kommandanten zu dem Flughafengebäude hinüber, eine Wellblechhalle, der Hangar, daneben das aus Stein errichtete Gebäude und der Kontrollturm. Die Offiziere bemühen sich um sie, bieten ihr türkischen Kaffee an, die Ordonnanz stellt eine Karaffe Wasser auf den Tisch. Der Kommandant fragt, ob sie Zucker in den Kaffee haben möchte, und sie sagt: oui, merci. Der wachhabende Offizier will einen Arzt rufen. Aber sie sagt, sie habe keinerlei Beschwerden. Eine lächerlich kleine Schramme, das ist alles. Sie lächelt, trinkt von dem türkischen Kaffee. Ob sie sich hinlegen möchte? Sie sagt, nein, es gehe ihr gut. Aber sie würde gern ein Bad nehmen oder duschen.

Zuvor aber möchte sie noch die Einreisedokumente ausfüllen. Sie sitzt am Tisch, das Gesicht gerötet vom Fahrtwind, dort, wo die Fliegerbrille saß, um die Augen herum, sind noch die Druckstellen zu sehen. Sie trinkt das Wasser, lässt sich aus der Karaffe noch ein Glas nachschenken. Vor dem rückwärtigen Fenster steht ein kleiner Olivenbaum. Der Schatten der lanzettförmigen Blätter fällt auf den Boden. Sie schreibt mit dem Füllfederhalter, den sie nur halb gefüllt bei sich trägt. Auf ihrem ersten Flug war er ausgelaufen, ein Tintenfleck, der noch immer in ihrer Lederjacke zu sehen ist, dunkel, knapp unter dem Herzen. Sie zieht ein Zigarettenetui aus der Jackentasche, bietet dem Kommandanten eine Zigarette an, der zögert, dann doch zugreift, überrascht, dass eine Frau ihm Feuer reicht.

Sie raucht ein paar Züge, drückt die Zigarette aus. Wickelt das Etui in einen Briefbogen ein und schreibt einen Namen und eine Anschrift darauf. Schreibt auf einen Telegrammbogen: Bin unverletzt. Soll das aufgegeben werden? Warten Sie noch, sagt sie und bittet, sich erfrischen zu dürfen. Der Kommandant stellt ihr seinen Raum zur Verfügung. Sie geht in das Zimmer und dann in das daran anschließende Bad.

Sie wird an Dahlem gedacht haben. Er hatte ihr diesen Kontakt vermittelt. Man könnte es einen Spionageauftrag nennen, während des Flugs wird sie öfter an dieses Wort gedacht haben und sich auch gefragt haben, was passiert, wenn sie entdeckt wird. Eine verbotene unplombierte Filmkamera und die Maschinenpistole. Auch das wird sie beschäftigt haben, was die Folgen wären. Ein Skandal. Diplomatische Verwicklungen. Die es dann tatsächlich auch gab. Allerdings von beiden Seiten, von der französischen wie der deutschen, diskret behandelt und aus Takt gegenüber der Toten verschwiegen wurden. Die Presse hätte Schlagzeilen gehabt: Bruchlandung. Fliegerin landet mit dem Wind. Verwickelt in Waffengeschäfte. Spionageauftrag. Es wäre ein Skandal gewesen. So wird sie als Heldin gefeiert werden. Dahlem hat nie mit ihr darüber gesprochen, hat sie nicht gewarnt, hat ihr keine Verhaltensregeln genannt. Sie wäscht sich das Gesicht.

Sie benutzt die Toilette, sie will vor all diesen Männern sauber daliegen, so sauber, wie es eben geht. Blut ist wie Tränen eine saubere Flüssigkeit. Man beschmutzt sich nicht mit Blut, schon gar nicht Soldaten. Daran ist nichts Abstoßendes. Sie wäscht sich die Hände, das Gesicht, zieht den Reißverschluss am Lederetui auf, von dem die Offiziere angenommen haben, es sei ein Jagdgewehr, und holt die Maschinenpistole heraus.

Kurz darauf fallen zwei Schüsse.

Gegen Morgen muss ich eingeschlafen sein, sagt sie, es war ein Moment, in dem wir beide schwiegen.

Als ich aufwachte, sah ich einen Lichtstreifen, einen schmalen Sonnenstreifen auf dem Holzboden. Und ich sah den Raum, sah in mich hinein, in dieser Stille, bis ein Hahn krähte, und es war, als öffnete sich die Welt.

Dieser Hahn rief wie aus dem fernen Ort meiner Kindheit.

Deutlich hörte ich jetzt seinen Atem, als hätte er sich näher an den Vorhang gelegt.

Der Flug ist das Leben wert?

Vielleicht.

Ich denke, eher nicht.

Wer weiß.

So könnte es gewesen sein, sagt der Graue. Es ist spät geworden. Sie müssen jetzt gehen. Winterzeit. Das Tor wird gleich geschlossen.

NACHSCHRIFT. Die Lektüreliste wäre lang, wenn dieses Buch nicht ein Roman wäre. So aber müssen nur sieben Bücher, die für diese Arbeit wichtig waren, hervorgehoben werden. Zuerst und vor allem »Kiek in die Welt«, in dem Marga v. Etzdorf von ihrem Leben und ihren Flügen erzählt. Das Copyright gibt das Jahr 1931 an, das Buch muss aber, da ein Nachruf auf Marga v. Etzdorf darin abgedruckt ist, nach ihrem Tod erschienen sein, also 1933. Bei der Beschreibung ihrer Flüge nach Japan und zu den Kanarischen Inseln habe ich mich auf ihre Erzählung gestützt.

Sodann:

Des Herrn Christan Ewald von Kleist Sämtliche Werke, Berlin 1766.

Saul Friedländer, *Die Jahre der Vernichtung 1939–1945*, München 2006.

Mario R. Dederichs, *Heydrich*, München 2005.

Evelyn Zegenhagen, *»Schneidige deutsche Mädel«*. Fliegerinnen zwischen 1918 und 1945, Göttingen 2007.

Flucht und Vertreibung der deutschen Bevölkerung 1945/ 46 Kreis Greifenberg in Pommern. Zusammengestellt von Fritz Baatz, Münster 1994.

Haiku und Haiga.
Herausgegeben von Stiftung Museum Moyland, Sammlung von der Grinten, Joseph Beuys Archiv des Landes Nordrhein-Westfalen.

Bedburg-Hau 2006. In Zusammenarbeit mit Hotei Publishing, Amsterdam.

Daraus fünf Haikus im Original und hier in der deutschen Übertragung:

S. 39

An meinem Tore
Die Kiefern – zwei Freunde aus
Vergangenen Zeiten.

S. 67

»Die Blätter, die Blätter!«
so klagen auch die Stimmen der
Krähen auf dem Baum.

S. 75

Gibt es einen Himmel,
zu dem man sich wenden kann?
Krähe im Sommerregen.

S. 76

Einen Hut in der Nacht
setzt sich auch der Mond auf, denkt
die Vogelscheuche!

S. 153 und S. 166

Heut' ist er zu sehen
Auch heute ist zu sehen – der
Fuji no yama!

Dem Politischen Archiv des Auswärtigen Amtes und dem Archiv des Deutschen Museums danke ich für die freundliche Hilfe bei der Akteneinsicht.
Aus den Akten des Auswärtigen Amtes stammen die Berichte über die Besteigung des Fujiyamas und über den Tod Marga von Etzdorfs.

Weitere Titel von Uwe Timm bei Kiepenheuer & Witsch

Der Freund und der Fremde
Gebunden

Rot. Roman. Sonderausgabe
Gebunden

Am Beispiel meines Bruders
Gebunden

Die Entdeckung der Currywurst
Novelle. Gebunden

Johannisnacht. Roman
Gebunden

Erzählen und kein Ende
Gebunden

Kopfjäger. Roman. Gebunden

Der Schlangenbaum. Roman
Gebunden

Nicht morgen, nicht gestern
Erzählungen. Gebunden

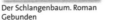